최후의 증인

上

대한민국 스토리DNA 007

최후의 증인 上

초판 1쇄 발행 | 2015년 6월 25일
초판 7쇄 발행 | 2022년 10월 25일

지은이 김성종
발행인 한명선

편집 김수경　**마케팅** 김예진
관리 박미실　**디자인** 모리스

주소 서울시 종로구 평창길 329(우편번호 03003)
문의전화 02-394-1037(편집)　02-394-1047(마케팅)
팩스 02-394-1029
전자우편 saeum98@hanmail.net
블로그 blog.naver.com/saeumpub
페이스북 facebook.com/saeumbooks
인스타그램 instagram.com/saeumbooks

발행처 (주)새움출판사
출판등록 1998년 8월 28일(제10-1633호)

대한민국
스토리DNA
007

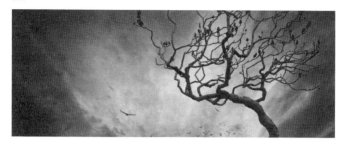

최후의 증인

上

김성종 추리소설

새움

상처뿐인 영광을 어루만져 주는 손길

나의 최초의 장편추리소설이라고 할 수 있는『최후의 증인』이 처음 세상에 선보인 것은 햇수로 41년 전인 1974년의 일이다. 그해 〈한국일보〉에서는 창간 20주년을 기념하기 위해 거금 200만 원을 내걸고 장편소설을 모집했는데, 추리소설을 모집한 것이 아니고 일반 소설을 공모한 것이었다.

그때만 해도 국내에는 눈을 씻고 봐도 추리소설 따위는 없었고 고상한 일반 소설들만 판을 치고 있는, 다시 말하면 추리소설 같은 것은 명함도 못 내밀던 시절이었다. 그런 사정을 잘 알고 있는 나는 응모작인『최후의 증인』원고 표지에다 차마 장편추리소설이라고 밝히지 못한 채 일반 소설인 것처럼 '추리' 자를 빼고 장편소설이라고 적어서 신문사에 보냈다. 추리소설임을 미리 밝히면 심사위원들에게 좋지 않은 선입견을 주어 작품을 읽어 보지도 않고 버릴 것 같았기 때문이었다.

당시 심사위원들 면면을 보면 김동리, 유주현, 김윤식 등 하나같이 추리소설에 대해 호감을 갖고 있을 것 같지 않은 분들이었다. 아무튼 겉표지에다 추리소설이란 것을 밝히지 않았기 때문인지는 몰라도 심사위원들은 만장일치로『최후의 증인』을 당선작으로 뽑았고, 이튿날 〈한국일보〉에는 당선작에 대해 "한국전쟁의 비극을 추리적 기법으로 형상화한 작품"이라는 심사평이 실렸다. 상금 200만 원은 한 푼 낭비하지 않고 화곡동에 조그만 집을 한 채 구입하는 데 사용했고, 나머지 돈으로 장가를 가서 34세 노총각 딱지를 뗐다.

문제는 그다음부터 터져 나왔다. 여기저기서 추리소설 연재 청탁이 쏟아져 들어오기 시작했던 것이다. 그것은 마치 신문, 잡지, 주간지 등 모든 활자 매체에서 추리작가가 나오기를 학수고 대하고 있다가 마침내 추리작가가 나타나자 한꺼번에 원고 청탁을 해오는 것 같은 그런 현상이었다. 아무튼 그때부터 나는 청탁 원고를 써대느라고 정신이 없었고, 많을 때는 일고여덟 군데 연재를 메우느라고 머리가 돌아 버릴 지경이었다. 그러는 사이 추리소설이 아닌 『여명의 눈동자』를 〈일간스포츠〉에 6년 동안 연재 하기도 했는데, 그런 것이야 어떻든 나는 어느새 추리작가로 굳어져 있었다. 그것은 내가 바라는 바이기도 했기 때문에 나는 기꺼이 '추리작가'라는 호칭을 즐거운 마음으로 받아들였다.

말이 나온 김에 한국 문학에 대해 잠깐 언급하고 가야 할 것 같다. 지금이야 한국에서 추리소설이란 것이 장르문학으로 취급을 받고 있기는 하지만, '장르'라는 말에서는 여전히 일반 소설에서 분리해 놓으려는 폄하 의식이 도사리고 있음이 느껴진다. 외국 문학에는 장르라는 말이 없는데 한국에서는 왜 그런 용어를 굳이 사용하여 추리소설을 홀대하려고 하는지, 그 무지한 의식이 개탄스럽기만 하다.

문학의 천국이라고 할 수 있는 유럽과 미국, 일본 등에서는 글로 표현할 수 있는 온갖 형태의 작품들이 자유롭게 발표되고 있는데 유독 한국에는 추리소설도 없고 SF도 존재하지 않는다. '순수'라는 이름의 허울 좋은 문학만이 인정되고 그것만을 고집하다 보니, 다양한 형태의 문학이 발달하지 못한 채 우물 안 개구리 같은 편협된 문학세계에 갇히게 되었다. 왜소한 모습으로 굳어져 버린 한국 문학…… 그 모습을 보면 안타깝기 짝이 없다.

우물 안에 갇혀 거기서 빠져나오려고 하지 않는 한국의 문학인들에게 이런 질문을 던지고 싶다. 코난 도일, 애거서 크리스티, 조앤 롤링이 영국 문학의 순수성을 훼손했는가? 에드거 앨런 포가 미국 문학 발전에 과연 해를 끼쳤는가? 유럽과 미국인들은 결코 그렇게 생각하지 않고 그들의 문학이 자국 문학을 더욱 풍성하게 하고 그 다양성에 크게 이바지했다고 보고 있다.

『최후의 증인』은 추리문학의 불모지나 다름없는 한국에 이방인 같은 모습으로 등장하여 그 시대에 추리문학에 대한 인식을 새롭게 심어 준 최초의 작품이라고 할 수 있다. 개인적으로는 추리작가로서 척박하기 이를 데 없는 황무지에서 고군분투하면서 많은 작품들을 발표할 수 있는 계기를 만들어 주었고, 작가로서의 입지를 다져 준 아주 중요한 작품이었다. 독자들은 나의 많은 작품들 가운데서도 『최후의 증인』을 단연 최고의 걸작으로 꼽는 데 주저하지 않는다.

『최후의 증인』은 그동안 두 번 영화화되기도 했다. 첫 번째는 이두용 감독이 두 시간 반 정도의 대작으로 야심차게 만들었는데, 군사정권하에서 3분의 1 정도가 싹둑 잘려 나가는 바람에 작품을 크게 훼손하고 말았다. 최근에 그것을 원래대로 복원하여 상영한 것을 보니, 원작에 충실하게 만든 것이 정말 감동적이었다. 두 번째는 배창호 감독에 의해 크랭크인되었는데 원제목을 바꿔 '흑수선'이라는 이름으로 제작, 부산국제영화제에서 오프닝 작으로 초대되기도 했다. 하지만 원작과 너무 동떨어지게 내용을 바꾸는 바람에 리얼리티가 부족하고 호감을 느낄 수가 없었다.

『최후의 증인』은 한국전쟁이 낳은 비극의 일단면을 그린 작품이다. 숨을 데가 없어진 빨치산들이 마을로 내려와 교실 밑바닥에 숨어 지내다가 처참하게 죽어 간 것은 내 고향에서 실제로 있었던 사건이다. 그것을 뼈대로 해서 가지를 얼기설기 치고 살을 붙여 만든 것이 『최후의 증인』이다. 하지만 나는 이 작품에 결코 만족할 수가 없다. 수백만이 죽어 간 그 참혹한 전쟁을 이야기하는 데 있어 어찌 이 작품 하나로 만족할 수 있단 말인가. 여력이 있는 한 세상을 떠날 때까지 한국전쟁을 소재로 한 작품을, 그것도 열 권이 되든 스무 권이 되든 결코 끝나지 않는 대하소설을 쓰고 싶은 것이 나의 마지막 소원이다.

상처뿐인 영광이라고나 할까. 상처가 있기에 그 의미가 남달랐던 『최후의 증인』, 그것을 41년 만에 다시 펴내게 되면서 굳어진 그 상처를 작가 대신 어루만져 주는 출판사가 존재한다는 사실이 감회를 넘어 진한 감동으로 다가온다.

2015년 6월

김성종

차례

일러두기

1. 원본 : 1993년 남도출판사에서 출간된 중판을 원본으로 삼아 작가의 수정과 최종 교정을 거쳤다.
2. 표기는 작품의 원형을 해치지 않는 선에서 2015년 현재의 원칙에 따랐다. 다만, 방언이나 속어, 대화체의 옛 표기 등은 가능한 한 원본을 살렸다. 국민학교, 간호원, 관상대 등도 시대적인 분위기를 살리기 위해 그대로 두었다.
3. 한자 병기는 의미 전달에 문제가 되지 않는 선에서 생략했다.

출옥

"고생 많았소, 잘 가시오."

늙은 간수는 측은한 듯이 그를 바라보며 말했다. 황바우는 깊이 고개를 숙여 인사했다. 눈이 내리고 있는 탓인지 그의 머리는 유난히 희어 보였다.

그는 보따리 하나를 가슴에 안고 어깨를 웅크린 채 거리 쪽으로 천천히 걸어갔다. 그의 뒤에서 육중한 철문이 쾅 하고 닫히는 소리가 들려왔다. 그 순간 갑자기 그는 무섭도록 외로움을 느꼈다. 자신이 완전히 혼자라는 사실이, 그리고 앞으로 늙은 몸을 이끌고 이 세상을 새로 살아가야 한다는 사실이 그로 하여금 더욱 그렇게 느끼게 했다.

오늘이 몇 년 몇 월 며칠인지 그는 알지 못했고, 또 알고 싶지도 않았다. 그는 자신의 나이도 정확히 알 수가 없었다. 그러나 젊을 때 감옥에 들어왔다가 이렇게 늙어서 나가는 것으로 보아, 매우 오랜 세월이 흐른 것만은 분명했다.

사실 너무 오랫동안 갇혀 있었기 때문에 그는 지칠 대로 지친 나머지 날짜 헤아리는 것조차 포기해 버렸었다. 날짜만이 아니라 모든 사람까지도 포기했었고, 심지어는 살아서 나가리라고는 생각지도 못했었다.

따라서 그가 석방되어 밖에 나왔을 때 그를 맞아 주는 사람은 아무도 없었다. 사실 지금까지 그를 기억해 줄 사람이 있을 리가 없었다.

그는, 대부분이 젊은이들이지만 같은 감방에 있던 동료 죄수들이 불현듯이 그리워졌다. 그에게 못되게 굴던 그들도 작별의 순간이 다가오자,

"영감, 잘 가."

하고 목멘 소리로 말하지 않았던가.

습관이란 무서운 것이다. 비록 감옥 생활이었지만, 그는 거기에 오랫동안 젖어 있었고 어느새 정이 들 대로 들었던 것이다.

그는 손등으로 얼른 눈물을 훔친 다음, 맞아 주는 이 하나 없는 세상을 향하여 두려운 듯이 느릿느릿 걸어갔다.

눈발 사이로 희미하게 산이 보였고, 그 밑으로 마을 초가지붕들의 가라앉은 듯한 모습이 나타났다.

마을이 가까워 오자 군데군데 제설 작업 하는 사람들이 있었는데, 그가 나타나자 모두들 일손을 멈추고 이상한 눈으로 그를

　　　　　　　　　　　　　　　　최후의 증인 上

쳐다보았다.

"원, 저 나이에……"

"무슨 죄를 지었길래, 쯔쯔……"

하는 속삭임과 혀를 차는 소리를 들으면서 바우는 그들 사이로 묵묵히 걸어갔다. 세상 사람들을 너무 오랜만에 대하게 되었기 때문에 그는 몹시 당황했고, 그래서 감히 얼굴조차 들 수가 없었다.

낡고 때에 절어 누렇게 퇴색된 솜 바지저고리를 입고 검정 고무신을 신은, 거기다가 보따리를 가슴에 안은 사람이라면 이 마을 사람들은 대개가 다 그 신분을 짐작했다. 그리고 그것을 알기 때문인지 올 때나 갈 때나 항상 측은한 표정으로 쳐다보곤 했다.

"이제 눈이 그칠 때도 됐는디."

하고 바우는 혼자 중얼거렸다.

이렇게 함박눈이 내리다가는 꼼짝없이 발이 묶일지도 몰랐다. 형무소 안에서는 그저께부터 제설 작업이 있었다. 죄수들은 눈이 오자 모두들 즐거워했고, 눈을 치우는 동안 내내 눈싸움까지 벌였었다.

"여그가 무슨 마을이지라우?"

그는 어느 노파 앞에 다가서서 물었다.

울타리도 없는 길가의 주막 앞에 서서 어린 손녀를 어르고 있던 노파가 눈을 끔뻑이며 그를 쳐다보았는데, 무슨 말인지 잘 못 알아들은 것 같았다.

"저그서 오시우?"

노파는 대답 대신 물었다.

"예, 지금 나오는 길이오."

황바우는 한없이 높고 두껍기만 하던 그 우중충한 벽과, 죄수들의 탈옥을 방지하기 위하여 세워 놓은 네 개의 높은 망루만이 보이는 형무소를 한참 동안 멍하니 바라보았다.

"말년에 고생이 많소. 지금…… 몇이오?"

"모르겠소. 모르문 몰라도 육십은 지났을 거요."

그는 무감동하게 말했다.

"저런, 자기 나이도 모르요?"

노파는 몹시 측은해하며 새삼스레 그를 아래위로 찬찬히 살펴보았다.

바우는 별로 부끄러워하는 기색도 없이,

"저그, 돈은 있응께, 요기 좀 할 수 있을끼라?"

하고 물었다.

아침밥을 먹고 나왔지만 그는 배가 고팠다.

배가 고픈 것은 그가 감옥 생활을 하는 동안 항상 절박하게 느끼던 일이었다. 그것은 고통을 지나 거의 습관처럼 되다시피 했고, 따라서 한번 실컷 먹어 보고 죽는 것이 그의 소원이었다. 김이 무럭무럭 나는 흰 쌀밥과 기름진 고깃국, 그것은 수형자라면 누구나가 다 바라는 꿈이었다. 이제 그는 형무소에 있을 동안 잡역으로 조금씩 모아 놓은 돈이 약간 있었다. 이 돈으로 가장 먼저 하고 싶은 일이 바로 배불리 먹어 보는 일이었다. 노파는 잠시 생각하는 듯하다가,

"누추하지만 들어오시오."

하고 말했다.

바우는 노파를 따라 방 안으로 들어갔다. 메주 뜨는 냄새가
방 안을 가득 채우고 있어서 그는 마치 정든 고향에 돌아온 느
낌이 들었다.

그가 윗목에 앉으려 하자 노파는 그의 어깨를 밀어 아랫목에
앉게 했다.

"아들네는 어디 갔소?"

하고 황바우는 물었다. 노파는 잠든 소녀를 바닥에 눕히다 말고
대답했다.

"아들은 벌써 죽었소. 여기는 딸네 집이오."

"그라문 딸네가 술장사하는구만요?"

"사위는 탄광으로 돈 벌러 나간 지 몇 년이 됐는데…… 감감
무소식이오."

"딸네는 어디 갔소?"

"마슬 나간 모양이오."

노파는 그를 방에 남겨 두고 부엌으로 나갔다.

방은 좀 어두웠지만, 여자들만이 있는 방답게 아주 깨끗했다.
그러나 남자가 없어서 그런지 어딘가 좀 쓸쓸한 분위기가 배어
있었다.

아랫목이 따뜻했기 때문에 바우는 벽에 기대앉아 있는 동안
졸음이 왔다.

반수면 상태에 있을 때 또는 꿈속에 있을 때 그는 영원히 잠

들어 버렸으면 하고 바랄 때가 많았다. 요즘 그는 종종 죽음에 대해서 생각하곤 했는데, 만일 그것이 불가피한 것이라면 차라리 아무도 눈치채지 못하게 조용히 그것을 치렀으면 했다.

사형수들의 시체를 많이 다루고, 그 자신이 죽음이나 다름없는 무기수(無期囚) 생활을 하다가 감형이 되어 나온 그로서는 죽음이란 것을 그렇게 무섭다거나 멀리 있는 것으로 생각지는 않았다. 오히려 그에게 있어서 죽음은 항상 가까이에 있어 왔다고 볼 수 있었다.

그가 입고 있는 솜옷만 하더라도 사형수가 그에게 남겨 주고 간 것이었다. 그러나 그 옷은 이상하기는커녕 오히려 따뜻한 죽음 같은 것을 그에게 느끼게 했던 것이다.

바우는 힘줄이 튀어나오고 뼈마디가 굵은 자신의 앙상한 손을 바라보다가 어느 사이에 잠이 들어 버렸다. 벽으로부터 미끄러져 내린 그는 이윽고 사지를 길게 뻗으면서 코를 골기 시작했다.

그러나 그것은 잠깐이었다. 갑자기 놀라 일어난 그는 불안하고 충혈된 눈으로 주위를 휘둘러보다가 이내 다시 고개를 꺾으면서 졸았다.

"몹시 피곤한가 보오."

노파는 한참 만에 밥상을 받쳐 들고 들어오면서 말했다. 바우는 벌떡 일어나면서 상을 받았다.

"아이고, 이거 초면에 미안스럽습니다."

"찬은 없지만 많이 드시오."

노파의 따뜻한 말씨를 듣고, 김이 무럭무럭 나는 쌀밥을 보자 그는 갑자기 목이 메었다.

"원, 이렇게 쌀밥을……."

"염려 말고 많이 드시오."

"잘 먹겠습니다."

그는 고개를 숙이고 처음에는 조심스럽게 손을 놀리다가, 마침내 굶주린 짐승처럼 허덕허덕 먹기 시작했다.

그 먹는 모습이 매우 거칠고 정신이 하나도 없어 보였기 때문에 노파는 움푹 들어간 눈에 놀라움을 나타내고 그를 바라보았다.

"아무도 마중 안 나왔소?"

"마중 나올 사람도 없소."

잠깐 침묵이 흐른 뒤에 노파가 다시 물었다.

"어디 의지할 곳도 없소?"

"예…… 혼자 몸인디, 어디 간들 밥벌이야 못하겠소."

"안 그렇습디다. 늙으니까 밥벌이하기도 힘듭디다. 어떻게 하다가 그렇게 자식도 하나 못 두었소?"

노파의 음성은 감정에 얽혀, 낮게 흘러나왔다. 바우는 막걸리를 한 사발 들이켠 다음 길게 한숨을 내쉬었다.

"아들 하나 늦게 둔 게 있긴 한데, 찾을랑가 모르겠소. 지금 아들이라고 만나 봐야 짐만 될 거고……."

"무슨 소리를 그렇게 하시오. 부모가 자기 자식 찾는 것이 뭐가 죄가 된다고 그런 말을 하시오."

"워낙 오래돼 놔서 알아보지도 못할 거요."

그는 짧게 깎은 흰 머리를 한 손으로 쓰다듬었다.

"몇 살 때 헤어졌는데, 아들 얼굴도 모르시오?"

"그놈이 태어나서 얼마 안 되었을 때니까…… 돌도 안 됐을 때 헤어졌지요."

"그동안 한 번도 면회를 안 왔소?"

"안 왔지요."

"원 그럴 수가……."

"그럴 수밖에 없었응께 원망은 안 해요."

노파는 한숨을 쉬고 나서 다시 몹시 궁금하다는 듯이 입을 열었다.

"어멈은 어찌 되었소?"

황바우는 한참 동안 벽을 응시하다가 힘이 풀리는 어조로 말했다.

"옛날에 벌써 딴 데로 개가를 했다고 그러는디…… 자세한 건 잘 모르겠소."

"그라문 아들은 어멈 따라 간 모양이구만요?"

"글쎄, 잘 모르겠소. 워낙 오래돼 놔서…… 너무 오래돼 놔서……."

황바우는 노파가 내미는 담배를 종이에 말아 불을 붙였다. 실로 오랜만에 마셔 보는 술이었기 때문에 그의 얼굴은 금방 붉게 달아올랐다.

그는 자신이 꿈을 꾸고 있는 것 같았다. 담배 연기 때문인지 몰라도 자꾸만 눈물이 흘러내렸고, 그것을 막으려고 그는 자주 헛기침을 했다.

노파는 밥상을 치울 생각도 하지 않은 채 그 자리에 주저앉아 있었다.

"도대체 무슨 죄를 지었기에 그랬소?"

부황으로 누렇게 부어오른 얼굴이 딱딱하게 굳어지는 것과 함께 황바우는 이마를 찌푸렸다. 두 줄의 깊은 주름살이 이마를 가로지르고 있었다.

"사람을 죽였소."

하고 그는 말했다. 그러나 그는 별로 참회하는 기색도 없는 것 같았고, 흡사 남의 일처럼 여기는 표정이었다.

"아이구, 사람을……."

노파는 완전히 당황하는 얼굴이 되었다. 그러면서도 아무래도 믿기지 않는다는 듯이,

"그거 정말이유?"

하고 물었다.

노파가 눈을 크게 뜨고 다그치자 황바우는 힘없이 고개를 끄덕거렸다.

"안 죽였다고 아무리 그래도 듣지를 않아요. 재판관님 말을 들으면 내가 틀림없이 사람을 죽였다고 그래요. 그런 것 같기도 하고…… 잘 모르겠어요. 이렇게 석방된 것만도 다행이지라우."

"아니, 무슨 말이 그러시유? 죽였으면 죽인 거구 안 죽였으면 안 죽인 거지, 죽였는지 안 죽였는지 잘 모르겠다니, 무슨 말이

그래유?"

노파는 어이없다는 듯이 좀 큰 소리로 물었다.

"정말 잘 몰라요. 재판관님이 잘 알아서 한 거니까, 이렇게 살아 나온 거지요. 까딱 잘못했으문 사형당할 뻔했지요. 사형은 무서운 거지라우. 목을 매서 죽이니까요. 그렇게 죽은 사람들을 많이 봤어요. 옷도 벗겨 주고 그랬는디…… 모두 불쌍한 사람들이지라우. 그렇게 죽은 사람을 보면 며칠씩 잠이 안 와요."

바우는 어깨를 추켜올렸다.

"영감, 자기 이름자나 쓸 줄 아시우?"

"이름자는 쓸 줄 알지우. 감옥에 있을 때 어떤 대학 선생님이 언문을 깨쳐 주었지요. 그 선생님도 죽었지라우."

노파는 갑자기 밥상을 한쪽으로 밀어붙이고 바싹 앞으로 다가앉았다.

"어디 자초지종을 자세히 좀 들어 봅시다. 어떻게 돼서 감옥에 들어가게 됐소? 정말 사람을 죽였는지 안 죽였는지 모른단 말이오?"

"왜 그러지라우? 그건 알아서 뭘 하겠다는 거지요? 지나간 일을 가지고 따져 봐야 뭘 하겠습니까? 그저 모른 체 두는 게 좋지요."

그는 두 번째 담배를 말았고, 노파는 거기에 손수 불을 붙여 주었다.

"이 세상은 따질 건 따져야 살아 나갈 수 있다고요. 영감같이 살다가는 평생 손해만 봐요."

노파의 말을 듣는 둥 마는 둥 바우는 묵묵히 일어섰다.

"잘 묵었습니다. 얼마 드리면 되겠습니까?"

"돈이나 있소?"

"그라문요. 돈도 없이 여기를 들어왔겠소."

"관두시오. 나중에 지나는 길 있으문 또 들르시오."

바우가 돈을 꺼내려고 보따리 속을 뒤적거리는 것을 노파는
한사코 말렸다.

"지금까지 여러 사람을 겪어 봤지만, 당신같이 딱한 사람은 처
음 봤소."

노파는 길에까지 따라나서며 이렇게 말했다.

바우는 노파에게 고개를 깊이 숙여 인사했다. 평생 그는 공손
히 고개를 숙여 인사하는 법만을 배워 온 사람 같았다.

"지금 어디로 갈라요?"

"글쎄…… 아무 데나 가지요."

"그러지 말고 아들이나 찾아보시오."

"예, 그러지라우."

그는 노파에게 다시 고개를 숙여 인사한 다음 눈 내리는 거리
를 따라 천천히 걸어갔다.

갑자기 아들 생각 때문에 그는 눈앞이 침침해졌다. 물론 그동
안 단 한시도 아들을 잊어 본 적은 없었지만, 다른 사람으로부
터 이렇게 아들을 찾아보라는 말을 듣자 그는 가슴이 찢어지는
것만 같았다.

그가 아들을 마지막으로 본 것은 젊은 어멈이 놈을 낳은 지

출옥

얼마 안 되어서였다. 때문에 아들이 어떻게 장성했는지, 그리고 과연 살았는지 죽었는지, 또 어떤 모습을 하고 있는지 그로서는 전혀 알 도리가 없었다. 그런데도 불구하고 아들에 대한 생각은 거의 그를 정신없게 만들었다.

"자석이 많이 컸을 거야. 지금 만나 보면 아마 서로 못 알아볼 거야……."

그는 중얼거리면서 몸을 부르르 떨었다. 중얼거리는 버릇은 감옥에 있을 때 그렇게 된 것이었다. 벽을 바라보면서 하염없이 앉아 있다 보면 여러 가지 생각들이 주마등처럼 스치면서 현실처럼 다가오는 것이었고, 그러면 그는 마치 상대가 있는 것처럼 중얼거리곤 했었다.

이러한 버릇은 그만 아니라 거의 모든 죄수들이 다 가지고 있었다.

"우선 누님한테 먼저 가봐야제. 지금까지 살아 계시문 좋겠는데……."

그에게는 누님이 한 사람 있었다. 그러나 이제는 워낙 늙었을 것이고 보면 살아 있을 가망이 적었다. 그러나 누님에게 아들이 하나 있으니까 거기 간다고 해서 전혀 헛걸음은 아닐 것 같았다. 누님의 아들은 전쟁이 일어나던 해에 두 다리를 잃고 상이군인이 되어 집에 돌아와 있었는데 황바우가 지금 그 조카에 대하여 생각할 수 있는 것은 그의 절망적인 표정뿐이었다.

두 다리를 잃고 집에 돌아왔을 때 조카는 금방이라도 죽을 것 같았다. 반미치광이가 된 그는 몸부림치면서 하루 종일 울부짖곤 했었다. 그러한 그가 지금은 어떻게 살고 있는지 바우에게는 모든 것이 궁금한 일들뿐이었다.

사람을 구별하여 멸시하는 것은 개나 사람이나 마찬가지인 모양이었다. 누런 개가 한 마리 황바우를 의심스러운 듯이 노려보다가 컹 하고 짖었다. 그러자 여기저기서 개 짖는 소리가 요란스럽게 들려오기 시작했다. 개는 순식간에 다섯 마리나 되어, 바우 뒤를 따르면서 짖어 댔다.

그러나 바우는 개들을 쫓으려고 하지 않았다. 개가 달려들어 다리를 물어뜯는다 해도 그는 무서울 것이 없었다.

그만큼 그는 자기 자신을 아끼고 싶은 마음도 없이, 거의 자포자기 상태에 놓여 있었던 것이다.

그때 바우 옆을 검은 코트 차림의 잘생긴 청년 하나가 바삐 걸어갔다. 청년의 옷차림이 몹시 훌륭해 보였기 때문에 바우는 어느 귀한 집 아들일 거라는 생각이 들었다.

"아마 모르문 몰라도 우리 아들도 지금 저만큼은 컸을 거야."

이렇게 중얼거리고 난 그는 갑자기 이 청년에게 말을 걸고 싶어졌다.

"여, 여보…… 젊은이……."

청년이 모른 체하고 그대로 걸어가자 바우는 좀 더 큰 소리로 그를 불렀다.

"여, 여보, 젊은이…… 말 좀 물읍시다."

그제야 청년은 이 남루한 차림의 노인을 경계하는 눈빛으로 바라보았다.

"무슨 일입니까?"

"저그, 미안하지만 난리 난 지 몇 해나 됐소?"

"난리라니요?"

청년은 입술에서 담배꽁초를 빼내더니, 그것을 손가락으로 높이 튕겼다.

"아, 그 난리 말이오. 전쟁 나고 하던……."

"아, 육이오 말이군요."

청년은 이 어리석은 노인을 빨리 이해시키는 방법을 찾기라도 하는 듯이 작고 날카로워 보이는 눈을 몇 번 깜박이고 나서 이렇게 말했다.

"에 또, 그러니까 육이오가 1950년 6월 25일에 일어났고…… 오늘이 1972년 1월 10일이라, 햇수로 22년이 됐습니다."

"그라문 난리 나고 이태 후에 감옥에 들어갔으문 몇 년이 지난 거요?"

"20년입니다."

하고 말한 청년은 숫자가 실감이 안 나는지 입을 멍하니 벌린 채 황바우를 바라보았다.

"20년이라, 벌써…… 그라문 우리 아들이 지금 살아 있다문 꼭 스물이겠네. 아이구 젊은이만큼 크겠소."

그는 놀라서 두 손을 휘저었다. 그 서슬에 청년은 뒷걸음질을 하다가, 얼른 돌아서서 뛰듯이 걸어가 버렸다. 걸어가면서 그는 연방 뒤를 돌아보곤 했다.

황바우는 그 자리에 한동안 우두커니 서 있었다. 눈송이가 그의 몸을 허옇게 덮어 가고 있었지만, 그는 그것을 털려고도 하지 않은 채 마치 넋이 나간 사람처럼 초점 없는 시선만을 허공에 던지고 있었다.

깊게 주름이 잡힌 넓은 이마와 그 밑에 자리 잡고 있는 두 개의 큰 눈, 그리고 두꺼운 입술은 그의 인상을 더없이 선량하게 만들어 주고 있었다. 이러한 선량한 인상은 그의 마음가짐을 그대로 드러내 준 것이라고 볼 수 있었다.

사실 선량하기 때문에 그는 여러 사람들에게 이용만 당해 왔고 또 그것 때문에 오래도록 고생을 겪어 왔던 것이다. 그러나 그는 결코 악해지지 않았고 앞으로도 그렇게 될 수 없는 그런 사람이었다.

이렇게 볼 때, 선량하다는 것이야말로 이 사람에게 있어서는 가장 큰 무기라고 할 수 있었고, 그것 때문에 그는 지독한 고생 속에서도 지금까지 자신을 지탱해 나갈 수가 있었는지도 모른다.

그러나 청년의 말을 듣고 난 지금, 그의 마음은 심한 좌절감에 빠져들면서 걷잡을 수 없이 흔들리고 있었다. 이제야 비로소 그는 세월이 흐르고 있었다는 것을 실감할 수가 있게 된 것이다.

세월이 하나의 숫자로서 명확한 모습을 나타내었을 때 그는 사신이 이렇게 늙어 버렸다는 사실에 완전히 당황하지 않을 수 없었다. 마흔세 살에 감옥에 들어갔던 그는 이제 환갑도 지난 예순세 살이 되어 있었다.

"20년이 지나다니…… 내 나이가 예순셋이라니……."

바우는 허물어질 것만 같은 몸을 겨우 가누면서 한쪽 발로 자꾸만 눈을 밟았다. 눈이 침침해지면서 갑자기 눈물이 쏟아졌지만 그는 그것을 닦을 생각도 하지 않은 채 고개를 깊이 숙이고만 있었다.

멀리서 차고 매운 바닷바람이 불어오고 있었다. 그 바람은 눈발을 몰고 왔다가 돌연 그것을 휘저은 다음 땅 위로 내려 뿌리곤 했다.

이날 이후 황바우가 어디로 갔는지는 아무도 모른다. 그를 주시하는 사람도 없었고 그를 찾는 사람도 없었으니 그럴 수밖에 없는 일이었다.

두 개의 살인

1973년 1월 하순, 그러니까 황바우가 출옥한 지 1년이 지난 어느 날 밤, 변호사 김중엽(金重燁)은 그의 집으로부터 얼마 떨어지지 않은 골목에서 타살 시체로 발견되었다. 경찰이 알아본 결과, 그는 그날 큼직한 사건 하나를 맡은 기분에 바에서 노닥거리다가 술에 잔뜩 취해 밤늦게야 집으로 돌아갔는데, 바로 그 도중에 변을 당한 것이었다.

처음 그의 시신을 발견한 사람은 스물여섯 살 먹은 그의 소실 연이(蓮伊)였다.

영감이 돌아올 때까지 저녁을 먹지 않고 기다리고 있던 그녀는 통금 시간이 막 되기 전에 참다못해 마중 나갔는데, 가로등이 없는 골목 중간에 이르자 무엇인가 검은 동체가 길 위에 쓰러져 신음하고 있는 것을 발견했다. 섬뜩한 기분으로 가까이 다가가서 보니, 바로 자기 집 영감이었다.

"아이구머니, 사람 살려!"

놀란 그녀는 소리소리 지르면서 동네 사람들을 끌어내어 영감을 집으로 옮겼지만, 의사가 오기 전에 영감은 숨을 거두고 말았다.

부검 결과 흉기로 뒤통수를 얻어맞은 것이 결정적인 사망 원인으로 밝혀졌다. 피살자가 변호사인 만큼 경찰은 바짝 긴장해서 광범위하고도 신중한 수사를 벌였다.

손목시계와 변호 계약금으로 생각되는 돈 30만 원이 그대로 있는 것으로 보아 살인강도라고 볼 수가 없었다. 그래서 경찰은 소실 연이를 불러 우선 치정 관계를 추궁해 들어갔다.

그 결과 경찰이 알아낸 것은, 김중엽과 연이가 동거생활에 들어간 것은 지난여름이었고, 그 당시 연이는 어느 다방 레지로 일하다가 단골손님이었던 김 변호사가 자기한테 단단히 반해 추근대자 이왕 버린 몸 결혼할 때까지 귀여움이나 받으면서 소실 노릇이나 해보자고 영감의 요구를 받아들였다는 것이었다.

시골 중학교밖에 나오지 않은 이 아가씨가 서울 변호사계에서 가장 노련한 사나이로 알려진 김중엽에게서 매달 생활비 조로 받아 낸 돈은 10만여 원 정도, 한 달 3만 원도 못 되는 레지 생활에 비해 볼 때 그것은 가히 생각할 수도 없는 큰 수입이었다. 그 돈으로 그는 부유한 집 따님처럼 치장할 수 있었고, 국산 영화를 상영하는 극장을 자주 드나들면서 그 둥글둥글한 배우들의 얼굴을 실컷 볼 수 있었고, 고향에 송금까지 할 수 있었으며 적금도 부을 수 있었다.

"딱 1년만 같이 살다가 헤어지려고 했어요."

하고 수사관 앞에서 연이는 훌쩍거리면서 말했다.

"사랑했어요?"

"사랑하지는 않았어요."

"솔직하군."

"제가 존경하는 분이었어요."

연이는 눈물을 훔치면서 말했다.

"그렇다면 다행이군."

수사관은 씁쓸하게 웃었다.

그러나 경찰이 알려고 하는 것은 그런 것이 아니었다. 연이의 배후에 숨어 있을지도 모르는 사나이, 그 정체가 문제였다.

그러나 경찰의 이러한 수사 초점은 빗나가고 말았다. 이미 남자 맛을 안 연이는 서너 명의 청년들과 심심찮은 관계를 유지하고는 있었으나 그들의 알리바이는 썩 훌륭히 성립되어 있었던 것이다.

그런데 사건을 캐면서 경찰이 무엇보다도 놀란 것은 김 변호사의 생활이 실로 어마어마할 정도로 호화로웠다는 것이었다.

시천만 원을 호가하는 집들이 세 채나 있는가 하면, 자가용이 두 대에다 관광사업체까지 가지고 있었다. 특히 이 관광업체라는 것이 묘한 것이어서, 실제 관광은 형식뿐이고, 전국 방방곡곡에 흩어져 있는 골동품들을 닥치는 대로 수집해다가 일본인

에게 파는 것이 주목적이었다. 그것은 세금도 전혀 붙지 않을 뿐
아니라 부르는 게 값이어서 실로 엄청날 정도로 돈벌이가 된다
고 할 수 있었다. 여기에다 집 세 채 중 한 채에는 일본인 상대의
비밀 요정까지 차려 두고 톡톡히 재미를 보고 있었다.

이러한 모든 것은 법에 대한 그의 전문 지식과 변호사라는 현
재의 위치, 그리고 그가 상류사회의 인사들을 많이 알고 있다는
사실 등으로 하여 지금까지 별 탈 없이 이루어질 수가 있었던 것
이다.

더욱이 그의 집안은 내로라하는 실력자들로만 이루어져 있었
다. 그의 두 아들 중 하나는 현직 검사였고 그의 동생은 Y신문
사 사장이었다.

아무튼 이러한 배경이 그의 활동에 더없는 도움이 되었다고
볼 수 있었다.

그러나 이제 그가 죽자, 유족들은 각자 자신들의 위치를 고려,
뒤에서는 범인 체포를 위해 이를 갈았지만, 표면적으로는 앞에
나서지 않으려고 노력했다. 죽은 사람의 좋지 않은 사생활이 자
신들의 체모를 깎는다고 생각했기 때문만이 아니라 가능한 한
그들은 그가 남기고 간 일들을 그대로 계속하고 싶었던 것이다.

따라서 그들은 명색이 집안 명예에 관한 일이라는 이유로 이
사건이 요란스럽게 세상에 알려지지 않도록 각처에 손을 썼고,
그렇게 해서 조용히 해결되기만을 바랐다. 이러한 여러 가지 관
계로 해서 경찰은 점점 궁지에 몰리기 시작했고, 본부인 최씨를
만나 보는 것을 마지막으로 가족 관계에 대한 점검을 끝내지 않

을 수 없었다.

최씨는 남편의 죽음에 대해서 별로 슬퍼하는 것 같지가 않았다. 어마어마한 돈을 굴리는 계꾼으로 소문이 나 있는 그녀는, 집 안에 있는 시간보다도 밖에 나가 있는 시간이 더 많았다.

"무슨 망신이람. 딸 같은 계집년 데리고 살더니, 결국은 그 꼴로 죽고……. 난 아무것도 몰라요. 알고 싶지도 않고요."

그녀는 정말 아무것도 모르고 있었고, 남편을 잊은 지도 오래인 것 같았다.

갑자기 목청을 높여 울부짖는 것이 발작이라도 하는 것 같았지만, 남편의 죽음을 슬퍼해서 그러는 것이 아니라 자기의 신세가 한심스러워서 그러는 것 같았다.

경찰은 그에게서 손을 떼고 다른 방향에서 원한 관계를 추적해 보았다. 김 변호사가 특히 형사소송 관계의 일을 많이 다루었던 만큼 거기에 얽힌 문제가 전혀 없다고도 할 수 없었기 때문이었다.

그러나 몇 사람을 만나 보고 엄중한 심문을 가해 보았지만 날짜만 잡아먹을 뿐 이렇다 할 단서 하나 잡히지가 않았다. 결국 경찰 수사는 벽에 부딪혔고, 사건은 미궁에 빠져들고 말았다. 이에 대한 여론의 공세, 특히 신문의 공격은 신랄했다.

인구가 급증하고 사회 구조가 복잡해질수록 살인사건은 자주 일어나는 법이다. 김중엽 변호사가 타살된 후에도 전국에서는 계속 살인사건이 발생했다. 경찰이 집계한 바에 의하면, 1973년 1월부터 5월 사이에 발생한 살인사건만도 무려 18건이나 되었다.

따라서 신문은 이런 유의 살인사건에 면역이 되어 버린 탓으로, 전대미문의 엽기적 살인사건이 아니면 대부분 짤막한 보도로 취급해 버리곤 했다.

김 변호사 사건이 일어난 지 5개월이 지난, 그러니까 5월도 다가고 6월에 접어들면서 첫 번째로 일어난 살인사건만 해도 여느 사건들처럼 작은 기사로밖에 취급되지 않았고, 어떤 신문에는 아예 실리지도 않았다.

전라남도 문창에서 발생한 이 살인사건은 그곳 일대에서 크게 양조업을 하고 있는 양달수(梁達秀)라는 50대의 사내가 읍으로부터 30리쯤 떨어져 있는 용왕리 저수지에서 익사체로 발견됨으로써 표면화된 것인데, 경찰 조사 결과에 따르면 전신을 예리한 칼로 난자당한 끝에 물에 내던져진 것 같았다.

오래전부터 술장사로 꽤 돈을 벌어 관공리들과 안면이 두터웠고, 그것으로 하여 유지급 행세를 해온 그는 생전에 주위로부터 좋지 않은 평판을 받아 온 몸이었기 때문에 원한 관계로 인하여 타살되었을 거라는 공론이 분분했다.

비록 중앙에서는 지방에서 발생한 이 사건에 대해 선혀 문제시하지를 않았지만, 적어도 문창 일원에서만은 굉장히 충격적이고 귀추가 주목되는 그런 사건이었다. 사람들은 모이기만 하면 그 사건에 대해 이야기를 나누었고, 그래서 호기심은 날로 커져만 갔다.

이러한 상황을 눈치챈 지방 신문은 이튿날부터 갑자기 그 사건을 확대하여 갖가지 억측과 함께 그것을 보도하기 시작했다.

이렇게 되자 난처한 것은 경찰이었다. 일단 신문에 이렇게 크게 말썽이 되고 보면 조만간에 사건을 해결해 놓아야만 되었다. 그렇지 않으면 무능경찰로 다시 또 언어맞을 것이 뻔했다.

사건이 일어나던 날 양달수는 그가 고용하고 있는 박진태(朴振泰)라는 청년과 함께 용왕리 저수지로 낚시질을 갔었다. 따라서 그와 동행한 진태가 가장 많은 혐의를 받은 것은 당연했다.

박진태는 사건이 나던 날 종적을 감추었다가 결국 닷새 만에 체포되어 경찰서로 연행되었다. 그는 연일 엄한 심문을 받았다.

그러나 그는 자기는 전혀 모르는 사실이라고 완강히 부인했다. 그날 낚시 도중 양달수가 닭을 한 마리 잡아 오라고 해서 마을로 내려갔다가, 그길로 저수지로 돌아가지 않고 바로 도망쳐 버렸다는 것이었다.

"다 집어치우고 서울로 올라갈 생각이었습니다."

중학교 학력밖에 없었지만 그는 꽤 똑똑한 편이었고, 용모도 잘생긴 편이어서 어디 가든 호감을 살 청년이었다.

"그렇다 치고. 그럼 주인이 죽었다는 건 언제 알았지?"

"그다음 날 신문을 보고 알았습니다."

"그럼 왜 바로 오지 않고 숨어 있었어?"

진태는 머뭇거리다가,

"틀림없이 제가 범인이라고 할 것 같아서 그랬습니다."
하고 말했다.

"제법 그럴듯하게 말하는군."

경찰은 그를 내보내지 않고 계속 심문했다.

수사본부가 설치된 곳은 사건 관할인 용왕리 지서였다. 이곳에 부임한 지 한 달밖에 되지 않은 오병호(吳炳鎬) 주임은 마치 이번 사건이 그에게 불어닥친 크나큰 불운인 것만 같이 생각되었다.

도(道) 경찰국으로부터는 범인 체포에 대한 강력한 지시 사항과 함께 강력범 체포에 능숙한 민완 형사 두 명이 파견되었고, 서장은 매일 나와서 진을 치고 앉아 있었다.

오 주임은 대단히 무력한 자의 모습을 한 채 며칠 동안 사건의 추이를 관망했다.

도경에서 온 형사들은 박진태 군을 유력한 용의자로 보고 거기에 필사적으로 매달리고 있었지만 그가 볼 때는 처음부터 수사의 초점을 잘못 잡고 있는 것 같았다. 그들은 완전히 육감에 의존하고 있었다. 육감수사라는 것이 얼마나 믿을 것이 못 되는가를, 그리고 그것이 얼마나 무서운 결과를 가져오는가를 그는 잘 알고 있었다.

따라서 박진태에 대해서는 너무 기대를 할 필요가 없다는 것이 그의 생각이었다. 범행 현장에서의 그의 알리바이를 증언해 줄 사람이 없다고 해도, 조사해 본 결과 범행 현장 밖에서의 그의 알리바이는 그의 진술대로 들어맞고 있었다.

그런데 형사들은 범행 현장에서의 그의 알리바이를 문제 삼고 있었던 것이다. 목격자가 아무도 없는 이상 박진태에게 혐의를 둔다는 것은 당연한 일일지도 몰랐다.

그렇다고 경찰이 그것을 결정적인 것으로 생각하는 것도 역시 곤란한 일이라고 병호는 생각했다. 아무리 혐의가 많은 용의자라 할지라도 증거가 없는 한 일단 그를 석방해야 옳았다. 그러나 형사들은 진태를 석방하려고 들지를 않았다.

이러한 점으로 해서 병호는 처음부터 그들이 마음에 들지를 않았다. 그렇다고는 하지만 수사에 한해서 그들을 지휘할 권한이 없었기 때문에 그는 다만 묵묵히 그들이 하는 짓을 지켜보는 수밖에 없었다.

그들은 완전히 병호 따위는 안중에도 두지 않고 수사를 진행하고 있었다.

그리하여 일주일쯤 지나자 경찰은 수사에 뚜렷한 단서도 포착하지 못한 채 다만 혐의와 자백만을 가지고 박진태를 검찰에 송치했다. 그리고 검찰은 즉시 그를 기소해 버렸다. 그러나 뚜렷한 물증이 없었고, 자백마저도 형사의 강요에 의한 것이라는 사실이 밝혀지자 지방법원은 그에게 무죄 판결을 내렸다.

이렇게 그가 무죄 판결을 받고 실제적으로 구속 상태에서 풀려나오기까지는 거의 3개월이나 걸렸다.

그러자 이번에는 지방 신문뿐만 아니라 중앙의 큰 신문까지도 경찰의 무능과 인권유린을 규탄하고 나섰다. 경찰은 박진태가 진범임에는 틀림없으며 단시일 내에 증거를 보완하여 재기소하겠다고 주장했지만, 그것은 실추된 위신을 세워 보려는 안간힘에 지나지 않았다. 도대체가 제멋대로 범인을 지적해 놓고 거기에다 되지도 않는 증거들을 두드려 맞추는 것 자체가 비인간적이고 상식을 벗어난 처사였던 것이다.

일이 잘못되었을 때는 그 과오를 깨끗이 인정하고 새로운 각오와 함께 재빨리 앞일에 대처해야 한다. 그렇게 해야만 이렇게 시간을 다투는 일에 있어서 소기의 성과를 거둘 수가 있는 것이다. 그러나 경찰은 그러지를 않고 계속 꾸물거렸다.

아무튼 이 사건의 파문은 말단에까지 내려와, 사건이 발생한 저수지가 관할구역이라는 점 때문에 병호는 좌천되어 본서에서 대기발령을 받게 되었다.

그는 지금까지 주로 쫓겨 다니는 생활만 해왔기 때문에 이번 일에 그다지 마음이 쓰인다거나 하는 것은 아니었다. 그러나 좀 아쉬운 점이 없는 것은 아니었다.

벽지의 지서라는 곳은 경찰로 말하면 한직이라고 할 수 있는 그런 장소였다. 이런 곳의 책임을 맡고 있으면 상급자의 얼굴을 매일 대하지 않아 좋았고 기구 자체가 간단해서 편리한 점이 많았다. 일정한 보고만 형식적으로 해치우면 모든 일과가 끝나는 것이었다.

더구나 이러한 곳은 골치 아픈 사건이 거의 없기 때문에 더없이 한적해서, 세속적인 것에 대해 별 욕심이 없는 자가 지내기는 안성맞춤이었다. 10년 가까운 경찰 생활에서 시달릴 대로 시달린 병호는 사실 이런 벽촌에 묻혀서 은둔이나 다름없이 편안히 지내보고 싶었던 것이 솔직한 심정이었다.

그러나 이러한 한직마저도 그에게는 과분했던지, 뜻밖의 사건으로 그는 다시 쫓겨나게 된 것이다.

서울, 광주, 여수, 순천을 거쳐 마침내 그가 이 시골구석으로 와버렸을 때, 그를 아는 대부분의 동료들은 한심하다는 듯이 그를 전송했었다. 남들이 가능한 한 도시로 빠져나오려는 데 반하여 시골구석으로만 찾아들어 가는 그가 아무래도 잘 이해가 되지 않았던 것이다.

그가 원하는 대로 이 벽촌의 지서를 하나 맡을 수 있었던 것은 마침 도 경찰국 간부 중에 아는 사람이 하나 있었기 때문이었다. 그 사람은 그의 대학 선배로 일찍이 고시에 합격하여 지금은 상당히 높은 자리까지 진출해 있었다. 그러나 이렇게 된 이상 그 도경의 간부를 다시 만나고 싶지는 않았다.

결국, 본의 아니게 거추장스러운 존재가 되어 그는 본서의 한쪽 구석에 하는 일 없이 매일 나와 있어야만 했다.

그런데 가을에 들어 새로 경찰서장이 부임해 오면서 사정이 좀 달라졌다. 정년퇴직을 얼마 남기고 있지 않은 이 신임 김 서장은 약간 게으르면서도 성실한 데가 있는 사람이었다. 교활하고 비굴한 것을 싫어하는 이 사나이는 일곱이나 되는 자식들을 모두 훌륭히 교육시키는 것을 유일한 낙으로 생각하고 있었고, 무사히 정년퇴직하여 퇴직금이나 착실하게 받아 내었으면 하는 게 요즈음의 희망이었다. 때문에 그는 자신이 무엇 때문에 갑자기 이곳으로 전임되었는가 하는 이유를 명백히 파악해 두려고 노력했고, 자신의 주변에 문제가 있다면 그 뒤처리를 깨끗이 해둘 필요가 있다고 생각했다.

부임해 온 지 며칠 뒤에 김 서장은 그의 방으로 오병호를 불렀다. 병호가 들어갔을 때 서장은 병호의 신상카드를 고개를 갸웃거리며 보고 있었다. 그의 표정은 매우 흥미 있는 것을 발견했다는 듯이 약간 검붉게 상기되어 있었다.

"앉게. 요새 재미는 어떤가?"

서장은 웃으면서 물었다. 그의 웃음은 얼굴을 온통 주름투성이로 만들었고 그 바람에 작고 가느다란 두 눈은 거의 보이지도 않았다. 병호도 따라 웃었지만 대답하지는 않았다. 대신 그는 친근감이 느껴지는 양반이구나 하고 생각했다.

서장은 미소를 띤 채 다시 물었다.

"카드를 보니까 서른여섯 살로 나와 있는데, 가족은 몇이나 되나?"

"저 혼잡니다."

"그럼, 아직 미혼이란 말인가?"

"아닙니다."

병호는 마주 잡은 두 손을 비볐다. 그의 손은 언제나 거칠고 꺼끌꺼끌했다.

"이혼했나 보군."

"그게 아니라…… 작년에 죽었습니다."

"아…… 저런……."

서장은 창밖을 바라보았다. 날씨는 흐려 있었고, 은행나뭇잎이 바람에 하나둘씩 떨어지고 있었다.

"그럼 지금 하숙하겠군?"

"네."

그들의 목소리는 갑자기 작아져 있었다.

"빨리 재혼해야겠군. 혼자 살 수야 없으니까. 자식은 없는가?"

"없습니다."

"다행이군. 어미 없는 애를 기른다는 건 괴로운 일이지."

서장의 중얼거리는 소리에 병호는 무엇인가 말해야 한다고 생각했지만, 웬일인지 말문이 막히고 말았다. 대신 그는 차에 치이던 날의 아내의 모습이 생각났다.

서른이 넘어 알게 된 여자와 결혼한 그는 그녀를 매우 소중히 다루었다. 결혼은 했지만 아내라는 기분은 들지 않았고 언제나 손목만을 잡아 본 여자에게서 느껴지는 최초의 안개 같은 연정, 그런 감정만이 있을 뿐이었다. 더구나 그녀는 그보다 나이가 열한 살이나 어렸기 때문에 어리광이 심했고, 그러한 그녀를 그는 바다 같은 마음으로 받아 주었던 것이다. 어느새 그들 사이에는 그들만이 간직할 수 있는 행복과 미래의 약속이 하나의 신앙처럼 굳게 다져져 있었다.

그런데 그러던 중, 아내가 차에 치인 것이다.

머리를 차에 부딪힌 아내는 무서우리만큼 얼굴이 부어올랐고, 뇌수술 끝에 결국은 깨어나지 못하고 말았다. 원통한 것은 아내가 임신 중이었다는 사실이었다. 아마 부끄러워서 그것을 숨겼으리라.

병호는 눈을 깊이 감았다가 떴다. 서장이 그를 물끄러미 바라보다가 생각난 듯이 입을 열었다.

"우리 문창 경찰서는 물론이고 군내 각 지서를 통틀어 봐도 경찰관 중에 대학 졸업자는 세 명밖에 안 되고, 그중에서도 명문으로 꼽을 수 있는 대학다운 대학을 나온 사람은 자네 혼자뿐이더군."

병호는 가슴이 답답해 오는 것을 느꼈다. 그는 담배를 피우고 싶었지만, 서장은 그것을 권하지 않았다.

"뿐만 아니라, 과거에 수사 계통에서 상당히 독자적인 솜씨도 보여 수상도 몇 번 하고 그랬더군. 그런데도 불구하고 현재 자네 위치가 이렇게 불안정한 건 무슨 까닭인가? 카드를 보면 한 번은 상관을 폭행했고, 범인을 풀어 준 일도 있더군. 하긴, 그런 일로 상관에게 밉게 보이면 좋게 풀려나가기가 어렵지. 그리고 듣기에, 자네는 벽지 근무를 바라고 있다고 하더군. 그게 정말인가?"

서장의 목소리는 무겁고 느렸다.

"가능하면 그렇게 되었으면 합니다."

병호는 이야기가 간단히 끝났으면 하고 바랐다.

"다른 사람들은 되도록 빠져나오려고 하는데, 자넨 왜 벽지를 바라나? 늙지도 않았는데……"

"좀 조용히 살고 싶어서 그럽니다."

그는 힘없이 대답했다.

김 서장은 마른기침을 한 번 하고 나서 병호를 똑바로 쳐다보았다.

"젊었을 때는 좀 요란스럽게 살아도 괜찮아. 이런 말 해서 어떻게 생각할지 모르지만, 내 생각엔 자네라면 저…… 저수지 사건을 해결할 수 있을 것 같아. 여기 오면서 쭉 생각해 봤는데, 그 사건은 평범한 수사 방식을 가지고는 쉽게 풀릴 것 같지가 않아. 도경에서도 사람들이 내려와 다시 수사를 하고 있는 모양이지만, 직접적으로 자기들 책임 지역이 아니니까 보나마나 형식적으로 그칠 거란 말이야."

서장은 말을 끊고 병호의 눈치를 살피려는 듯이 그를 다시 찬찬히 바라보았다. 병호는 난처한 일에 자신이 동원되고 있는 것을 알았다. 서장이 말하는 것으로 보아 이미 일은 결정되어 있는 것 같았다. 병호는,

"사건에 대해서 짐작 가시는 일이라도 있습니까?"
하고 물었다.

서장은 엽차를 찻잔에 조심스럽게 따른 다음 그것을 조금씩 마셨다.

"내가 보기엔 상당히 뿌리가 깊은 원한 관계로 해서 일어난 일 같아. 죽은 사람에 대해서 안된 말이지만 생전에 과히 평판이 좋지 않은 사람이었던 모양이야. 허지만 이런 사람은 우리 사회에 부지기수란 말이야. 때문에 아까 내가 말한 것처럼 평범하게 다루다가는 사건 해결이 곤란하지."

"훌륭한 수사관이 많이 있는 줄 아는데, 왜 하필 저를……?"

병호는 얼굴을 붉히면서 말했다. 나이가 들었으면서도 그는 소년처럼 얼굴을 붉히는 버릇이 아직 남아 있었다.

"누구나 어떤 문제가 발생했을 때, 그것을 의뢰하고 싶은 사람이 있는 법이야. 여기서 자네 같은 사람을 발견할 수 있었다는

것은 정말 반가운 일이야. 내 생각엔 자네가 이 사건을 해결하면 다시 그 용왕리 지서 주임으로 갈 수 있는 명분은 충분하리라고 봐. 어떤가…… 우선 수사과에서 일을 보도록 하지."

이렇게 된 이상 그는 싫다고도 할 수가 없었다. 서장으로서는 꽤 점잖게 하는 말이지만 이건 일종의 명령이나 다름없지 않은 가.

"한 가지 부탁이 있습니다."

"부탁이 있겠지. 말해 보게."

"수사과에 예속시키지 말고 단독으로 행동할 수 있게 해주십시오. 저로서는 그대로 대기발령 상태에서 혼자 활동하는 게 좋을 것 같습니다."

"자넨 사람들을 싫어하는군."

서장은 병호에게 깊은 눈길을 주며 말했다.

"싫어하는 게 아니라, 좀 자유로운 상태에서 수사를 해보려고 그러는 겁니다."

"그렇다면, 그렇게 하도록 하지. 단 이것은 사건이 해결될 때까지 자네와 나와의 극비 사항으로 양해해 두어야겠어. 다른 직원들이 알면 매우 불쾌할지도 모르니까 말이야. 현재 상부뿐만 아니라 신문 기자들, 그리고 모든 사람들이 이 사건을 수시하고 있으니까, 나로서는 빨리 해결해야만 다리를 뻗고 잠을 잘 수 있을 것 같아. 수사비에 구애받지 말고 잘해 보게. 보고는 눈에 띄지 않게 나에게만 하되 특별한 경우 외에는 생략해도 좋아. 이제부터 자넨 형사 오병호로 움직이는 거야."

서장은 서랍을 열더니 권총 한 자루와 지폐 뭉치를 병호에게 내주었다.

"모자라는 대로 청구하도록……."

병호는 몹시 갈증을 느꼈다.

가끔 엉뚱한 일이 벌어지기도 하지만 이런 일은 정말 예상하지도 못한 일이었다. 서장이 이렇게까지 나오는 것으로 보아 그에게 거는 기대가 상당히 큰 것 같았다.

그렇다고는 하지만, 이 미궁에 빠져 버린 사건에 어떻게 자신을 가질 수가 있단 말인가. 그는 매우 곤란했고, 좀 어리둥절한 기분이었다.

그렇다 보니, 양달수라는 사람에 대해서 원망스러운 생각까지 들었다. 읍에 사는 사내가 하필 그의 관할구역이었던, 30리나 떨어진 용왕리 저수지에까지 와서 죽을 게 뭔가.

무거운 기분으로 서장실을 나온 그는 다른 직원들의 강렬한 시선을 느끼면서 한동안 자리에 앉은 채 말없이 담배만 피웠다. 그에게 있어서 담배는 여자처럼 아늑하고 부드러운 맛이 있었다.

여자를 잊은 지 얼마나 오래되었는가. 햇빛 하나 나지 않는 이렇게 우중충한 날이면 그는 더욱더 외로움을 느끼곤 했다. 사실 아내가 죽은 이래 계속 혼자 살고 있는 그는 문득문득 여자 생각이 날 때가 있었고, 그럴 때면 죽은 아내에게 더없이 미안한 생각이 들곤 했다.

밖으로 나온 그는 갈 곳이 마땅치 않아 망설이다가 정신 나간 사람처럼 돌연 걸음을 빨리하기 시작했다.

죽은 양달수가 운영하던 양조장은 문이 닫혀 있었다. 병호는 굳게 닫힌 대문 앞에서 머뭇거리다가 이웃 한약방으로 들어갔다. 한약 냄새가 물씬 코를 찔렀다.

신문을 보고 있던 노인이 돋보기안경을 내리고 그를 바라보았다. 그는 노인에게 신분을 밝힌 다음 용건을 이야기했다. 그러자 노인은 대뜸,

"나 양달수라는 사람하고는 생전에 서로 이야기도 하지 않았소."

하고 말했다.

"그럴 이유라도 있었습니까?"

"있건 없건, 그 사람하고는 생전에 면담을 하지 않았소."

"요즘은 장사를 안 하는 모양이지요?"

"걷어치운 모양입디다. 누가 할 사람이 있어야지요. 잘했지요. 그 판에 무슨 장사를 하겠소."

병호는 그만 나갈까 하다가 다시 물었다.

"양씨가 여기서 양조업을 한 건 언제부터였습니까?"

노인은 기침을 크게 하고 나서 다시 신문을 펴 들었다. 그리고 한참 후에 말했다.

"그게 그러니까 난리가 나고 좀 지난 뒤였으니까…… 한 20년 되었을 거요. 그때 여기에 처음으로 양조장이 들어섰지요. 난 술을 못 마싯께 술 파는 사람을 좋아하지 않소."

"잘 알겠습니다. 양조장 하기 전에는 뭘 했습니까?"

"그전에 뭘 했는지 그거야 알 수가 없지요. 타관에서 여그 왔

최후의 증인 上

응께……."

"아니, 그러면 양씨 고향이 여기가 아닙니까?"

"잘은 모르겠지만 여그는 아닐 거요. 난 그 양반 그때 처음 봤응께."

"감사합니다. 사건이 아직 해결되지 않아서 이렇게 폐를 끼쳤습니다."

그는 일어서면서 정중히 허리를 굽혔다. 노인은 머리를 끄덕이면서,

"사건이 워낙 흉측해 놔서……."

하고 중얼거렸다.

아무리 술장사하는 사람을 싫어한다고 해도, 20년 동안 이웃에 살면서 모른 체하고 지냈다는 것은 무엇인가 잘못되어 있는 것이 분명했다. 그것은 어쩌면 양달수의 인간 관계가 그만큼 나빴다는 것으로도 해석될 수 있는 그런 것이었다.

날이 저물어 가고 있었기 때문에 병호는 바로 집으로 돌아왔다.

저녁 식사를 마친 후 그는 어두운 방 안에 불도 켜지 않은 채 오랫동안 앉아 있었다. 아무리 생각해도 이 사건은 어디서부터 손을 대야 할지 막연하기만 했다. 용왕리 지서에도 가보아야 하고, 박진태 군도 만나 보아야 하고, 양달수의 집도 방문해야 되겠지만, 이런 것은 보나마나 뻔한 노릇일 것 같았다.

그러나 다시 생각해 볼 때 그로서는 형식적으로나마 이 모든 것들을 한 번 거치는 게 좋을 것 같기도 했다. 왜냐하면 거기서

의외로 엉뚱한 사실이 밝혀질지도 모르기 때문이었다. 그렇게 되면 수사 방향이 잡혀지고 속도도 빨라지게 마련이니까.

그는 다시 밖으로 나왔다. 밖에는 바람과 함께 가을비가 내리고 있었다. 비는 차가웠다. 그는 비를 맞으면서 그대로 걸어갔다. 오늘 밤은 좀 취하고 싶은 심정이었다. 실컷 취해서 어느 구석에서건 짐승처럼 쓰러져 잠들어 버리고 싶었다. 지난날을 가만히 생각해 보면 술을 좋아하면서도 정신없이 취한 적이 별로 없었던 것 같았다. 어쩌면 몸을 함부로 굴린다는 생각이 두려워서 그랬는지도 몰랐다.

그는 여자 없는 술집을 찾다가 장터 초입에 있는 어느 허름한 집으로 들어갔다. 그는 술을 마실 때면 혼자서 자작하는 버릇이 있었다. 술집 여자와 함께 술을 마실 때는 돈도 돈이지만 그 목쉰 유행가 가락을 들어야 하고, 화장품 냄새를 맡아야 하고, 결국 고달픈 인생을 보아야 한다는 괴로움이 있기 때문에 그는 혼자 술을 마시곤 했다.

그가 들어간 술집은 장사가 영 안 되는지 주모 혼자서만 앉아 있었다. 노경에 접어들어 보이는 그녀는 별로 반가워하는 기색도 없이 그를 맞았다.

좁은 방 안에는 웬 청년이 한 사람 잠들어 있었지만, 병호는 개의치 않고 아랫목에 자리를 잡고 앉아, 주모가 가져다준 술을 혼자 따라 마셨다.

밀주처럼 진한 막걸리는 맛이 아주 좋았다.

뒤늦게 방으로 들어온 주모는 청년을 한쪽으로 밀어 제치면서,

"아이구, 이 썩어 빠질 자석, 어디 가서 제발 좀 뒈져라. 어디서 이런 것이 생겨 갖고 이렇게 속을 썩인다냐."

하고 욕을 퍼부었다. 그런 다음 이번에는 어조를 좀 낮추어 병호에게 물었다.

"어찌 이렇게 혼자서 술을 마시오?"

"그렇게 됐습니다."

병호는 웃으면서 대답했다.

"우리집에는 처음 왔는가 보요?"

"예, 그렇습니다."

"나도 한 잔 줄라요?"

"그립시다."

병호는 주모에게 술을 따라 주었다. 방 안이 따뜻했기 때문에 그는 금방 술기운이 올랐다.

"장사 잘됩니까?"

"어디요, 요새는 토옹 손님이 없소. 빚만 잔뜩 지고, 큰일 났구 만요."

머리가 희끗희끗해지기 시작한 주모는 한숨을 푹푹 내쉬었다.

"반반한 애들도 한 두엇 데려다 놔야 손님이 있을 텐디, 돈은 없고……."

그녀는 문을 닫고 다른 장사를 해야겠다고 말했다.

"여기 술은 어디서 배달합니까?"

"서너 달 전만 해도 양씨 집에서 가져왔는디, 거그서 문을 닫는 바람에 요새는 저그 먼데서 가져오요."

"양씨네 양조장은 아주 문을 닫은 겁니까?"

"주인이 그렇게 죽었는디, 무슨 정신으로 장사를 하겠소. 가족들은 다 싸들고 서울로 올라가고, 그 집 머슴네만 거그서 살고 있는 것 같습디다. 집을 팔라고 내놨지만, 그런 재수 옴 붙은 집을 누가 사가야 말이지요."

"가족들은 언제 서울로 이사 갔습니까?"

병호는 내색을 하지 않고 지나치는 투로 물었다.

"벌써 한 서너 달 되었는가 봐요. 딸애 하나 데리고 말도 없이 가버렸지요."

"그러니까 양씨 부인이 말입니까?"

"그렇지라우."

"아주 망해 버렸군요."

"망했지요. 망해도 폭싹 망했지요. 그 바람에 이래저래 살아 있는 사람들만 고생이 됐지요. 죽은 사람이야 죽어 버렸응께 괜찮지만……."

주모는 병호가 내주는 담배를 피워 물었다.

병호는 정신을 가다듬고 이야기를 끌고 나갔다.

"누가 양씨를 죽였는지, 아직 모르는가요?"

"아직 모르는 것 같소. 그렇게 사람을 죽여 놓고 누가 나 잡아가 달라고 나오겠소."

"거참 큰일이군요."

그녀는 병호에게 무슨 말인가 하고 싶은 것을 억지로 참는 것 같았다.

이렇게 좁은 바닥의 소문은 의외로 놀라운 정보를 제공해 주는 경우가 있기 때문에 병호는 그녀가 품고 있는 모든 것을 듣고 싶었다.

"죽은 사람을 놓고 이러쿵저러쿵 할 말은 아니지만……."

"뭐, 이상한 거라도 있습니까?"

"이상한 이야기가 아니라……."

주모는 술을 벌컥벌컥 들이켠 다음 다시 병호를 찬찬히 바라보았다.

"여그, 읍에 사시오?"

"네, 여기 온 지 몇 달 됐습니다."

"그런디 어찌 내가 한 번도 못 봤을까?"

주모는 머리를 갸우뚱했다.

"이 집에는 처음 왔으니까 그렇겠지요."

"아니, 그래도 오다가다……."

"하하, 그럴 수도 있지요."

그들은 한동안 말을 끊고 비바람 소리에 귀를 기울였다.

"올해는 여름 내내 비가 오더니, 가을에도 이렇게 비가 오고……."

"글쎄 말입니다. 날씨가 좋지 않은데요."

"작년에는 비가 안 와서 야단이었는디, 올해는 비가 와도 너무 오네."

"갈수록 살기가 어려워만 지는군요. 이런 데서도 사람을 서로 죽이고 하니……. 죽은 양씨는 뭐 그럴 만한 이유라도 있었습니까?"

"그거야 낸들 어떻게 알겄소만, 평소에 성질이 사나웠지라우. 그 사람한테 빚지구는 못 살았응께……."

주모는 정색을 하고 말했다.

"평판이 좋지 않았나 보군요?"

"좋지 않은 정도가 아니라……."

주모는 병호를 힐끗 바라본 다음 갑자기 어조를 낮추면서 말을 이었다.

"암튼 단단히 인심을 잃고 있었응께요. 아, 보시요만 그 양반 죽었다고 누구 한 사람 서러워하나요?"

"아, 그렇군요."

병호는 이해가 간다는 듯이 고개를 끄덕거렸다.

"세상에 아무리 돈이 좋다고 하지만, 그렇게 인정머리 없이 욕심을 부리면 제명에 못 사는 법인디……."

주모는 혀를 끌끌 찼다.

"안됐군요."

"안되다마다요. 결국 그렇게 죽더니만, 죽어서까지도 야단을 안 피웠소?"

남의 흠을 끄집어내기 좋아하는 사람이 으레 그러는 것처럼 그녀의 눈은 번득이기 시작했다.

"야단을 피우다니요?"

"이거, 오늘 밤 내가 주책을 좀 떨랑가 보요."

"뭐, 이런 자리에서 무슨 말을 한들 어떻습니까."

주모는 아무래도 술을 좀 더 팔아 달라는 눈치였기 때문에 병호는 내친김에 술과 안주를 더 시켰다. 그제야 주모는 활기를 찾는 것 같았다.

다시 상을 차린 그녀는 만족한 듯이 입을 열었다.

"글쎄, 우리는 지금까지 살면서 그 양조장 집 아낙이 첩인 줄은 몰랐지요. 하긴 나이 차이가 많아서 조금 이상하긴 했지만, 설마 그런 줄은 몰랐지요. 글쎄, 양씨가 죽으니까 웬 낯선 사람들이 나타나서 야단법석을 떨지 않아요. 알고 보니, 본부인이 자식들하고 친정붙이들을 데리고 나타난 거지요. 말도 말아요. 그통에 그 첩이란 여자는 어떻게나 두들겨 맞았던지⋯⋯."

"무엇 때문에 그렇게 맞았습니까?"

"아이구, 이 답답한 양반아. 서방 잡아먹고 집안 망하게 한 년이라고 실컷 두들겨 맞았지. 서방이 죽으니까 찾아와서 화풀이를 한 거지요. 누가 나서서 말리고 자시고 할 수도 없었어요."

"굉장했겠군요."

"아이고, 말도 말아요. 며칠을 두고 법석을 피웠응께⋯⋯ 결국 첩은 본처한테 쫓겨서 나갔지요. 고등학교 다니는 딸애 하나 데리고 서울로 간다고 갔어요. 서방이 죽고 나니까, 하루아침에 거지가 돼가지고⋯⋯ 참, 불쌍합디다."

주모의 목소리는 갑자기 잠기는 것 같았다.

"서울엔 아는 사람이라도 있어서 갔나요?"

"그거야 알 수 없지요. 요새 사람들은 툭하면 서울로 가니까."

"그 집 재산은 어떻게 됐나요?"

"본처가 모두 쓸어 갔지요. 죽은 시체까지 업어 갔는데 뭐 말할 거 있나요. 남편 살아생전에는 냉대받아 오다가 이제야 기를 펴게 됐으니, 오죽하겠소."

병호는 자기가 어둠 속에 서 있는 느낌이 들었다. 동시에 그는 이번 살인사건이 의외로 이상한 곳에서 이상하게 얽히게 될지도 모른다는 생각이 얼핏 들기도 했다.

"시체는 왜 업어 갔나요?"

"찢어 죽이도록 밉긴 하겠지만, 그래도 자기 남편인디 어짜겠소. 시체라도 자기 손으로 거둬야 재산을 차지하기가 떳떳하겠지요."

"듣고 보니 복잡한 집안이군요."

"복잡하다마다요. 그런 줄도 모르고 우리는……."

그녀는 죽은 양씨에게 그런 비밀이 있었다는 것을 지금까지 모르고 있었다는 사실에 대해서 몹시 억울한 모양이었다.

"그 본처라는 여자는 이 지방에 사는 사람이 아닌가요?"

"여기 살았다면 누가 모를라구요?"

"어디서 살고 있습니까?"

"어디라고 그러더라…… 내가 듣긴 들었는데……."

주모가 눈을 끔벅이며 생각을 더듬고 있을 때 구석에서 자고 있던 청년이 느닷없이,

"풍산!"

하고 소리를 질렀다.

그 바람에 병호와 주모는 움찔 하고 놀랐다.

"저런, 썩어 빠질 놈이. 자빠져 자는 줄 알았는디 자지도 않고 다 듣고 있었네. 소문도 빠르다. 그건 어찌 알고…… 나가 뒈져. 꼴도 보기 싫다. 자식 하나 있는 것이 어찌 저리 어미 속을 썩이는지."

"나가지 말래도 나간다고. 군대 나갈 텡께 염려 말라고. 정말 간다고."

청년은 일어나 앉으면서 하품을 길게 했다. 허우대가 큰 모습이었지만, 얼굴 전체에는 어딘가 순진하고 미련스러운 데가 있어 보였다.

"너, 요새도 진탠가 하는 놈 만나냐?"

"안 만나."

"만나기만 했단 봐라. 다리몽댕이를 뿐질러 놓을 텡께. 그놈이 어떤 놈인 줄 알고……."

주모는 이를 앙다물고 말했다.

"무죄로 나왔는디, 뭐가 어째서?"

"그래도 안 되어. 제발 내 말 좀 들어. 이 썩어 빠질 자석아. 지금 양씨 죽인 놈 잡으려고 눈이 시뻘개서 다니는디, 잘못하다가는 너도 붙잡혀 들어간다고."

"알았어. 냉수나 한 그릇 줘."

주모가 물을 뜨러 나간 사이 청년은 멀거니 병호를 바라보다가 별로 관심이 가지 않는지 시선을 돌려 버렸다. 그러나 병호는 오늘 밤의 술자리가 결코 무익하지 않다는 것을 새삼 깨닫고 있었다. 그는 지금 별로 노력하지도 않은 채 퍽 도움이 될지도 모를 인물을 만난 셈이었다.

"박진태라면 양씨네 집에서 일하던 청년 말인가?"

병호의 질문에 청년은 고개를 끄덕거렸다.

"진태와 친군가?"

"예, 그저 그래요."

청년은 또 하품을 했다.

"자네 이름은 뭔가?"

"신상우라고 그래요."

눈이 마주치자 청년은 피식 하고 웃었다.

중학교 정도 졸업을 하고 계집애들 꽁무니나 따라다니면서 여드름 짜다가 스무 살을 막 넘기게 된 전형적인 시골 청년, 상우는 바로 그런 인상이었다. 얼굴에는 아직 여드름이 흡사 무슨 종기처럼 더덕더덕 붙어 있었다.

"진태는 요즘 별일 없는가?"

"예, 별일 없어요. 진태 잘 아세요?"

그 목소리가 워낙 순진했기 때문에 병호는 웃음이 나왔다.

"조금은 알지."

그때 냉수 그릇을 들고 안으로 들어선 주모가 아들에게 그릇을 내밀면서,

"아나, 처묵어라."

하고 쏘아붙이는 바람에 그들의 이야기는 중단되었다.

아들에게 욕지거리를 퍼붓고는 있지만, 여인은 아들을 대견스럽게 생각하는 눈치였다. 그들 사이에는 악의 같은 것이 없어 보

였다.

"야가 글쎄, 양씨 집에 있던 진태 놈하고 친구래요. 그러니 내가 걱정이 안 되겠소."

주모는 넋두리를 늘어놓았다.

"진태는 양씨 죽은 거하고 관계가 없다구."

"시끄러, 이 호랭이가 물어 갈 놈아. 순겡이 그랬다고 하는디 니가 뭔디 안 그랬다고 허냐?"

"순겡 말이라고 다 맞는가."

"오메, 저 오라질 자석 좀 보소. 쎄가 빠지게 고생해서 키워 놓응께 이젠 제법 말대꾸를 하네."

"쎄가 빠지긴 뭐가 쎄가 빠져. 학교도 안 보내구."

상우는 벌떡 일어나서 거칠게 문을 열고 밖으로 뛰어나가 버렸다.

병호는 더 이상 술 마실 기분이 나지 않았기 때문에 자리를 털고 일어섰다. 꽤 마셨는지 몸이 휘청거렸다. 바람은 여전히 불고 있었지만, 비는 아까보다는 많이 그쳐서 부슬부슬 내리고 있었다.

병호가 장터를 가로질러 걸어가고 있을 때, 아들을 부르는 주모의 고함 소리가 밤의 적막을 타고 멀리 퍼져 갔다.

"상우, 쏙쏙 숨어라."

하고 그는 중얼거렸다.

밤이 깊은 탓인지 거리에는 불빛이 거의 없었다. 어둠 속에서 개가 한 마리 나타났다가 그와 마주치자 놀라서 도망쳤다. 어디

선가 젓가락 장단에 맞춰 노랫소리가 들려왔다.

그가 군청의 벽돌담을 끼고 돌 때 누군가가 거기에 마주 서서 오줌을 누고 있는 것이 보였다. 가까이 지나치면서 불빛에 보니 상우였다.

"아, 여기 있었군. 집에 안 들어갈 텐가?"

상우는 허겁지겁 바지를 추슬러 올리면서 멋쩍게 웃었다.

"진태 집에 가는 길이에요."

하고 그는 말했다.

"여기서 먼가?"

"별로 안 멀어요."

"요새 진태는 뭘 하고 있나?"

"아파서 비리비리하고 있어요."

"어디가 아픈데?"

"그저, 온몸이 쑤시고 아픈가 봐요. 그때 감옥에 들어갔다 나오고부터 그런가 봐요."

"저런, 안됐군. 진태네 집이나 좀 알아 둘까?"

"네, 그렇게 허세요."

병호가 누구인지를 알려는 생각도 없이, 그리고 조금도 경계심이 없이 순순히 대답한 다음 상우는 앞장서서 성큼성큼 걸어갔다. 그 뒷모습이 걱정거리라고는 조금도 없이 천진스러워 보였다.

"자넨 형제가 없는가?"

이렇게 사사로운 질문을 던지는 자신을 약간 지나치다고 생각하면서 병호는 상우의 대답을 기다렸다.

"저 혼자예요. 시집간 누나가 하나 있고…… 형은 옛날에 죽었대요."

"부친은 뭘 하시는가?"

"죽었어요. 옛날에…… 저그, 산에서 죽었대요."

흡사 남의 일처럼 말하면서 상우는 추운지 어깨를 웅크렸다. 그의 말투로 보아 그의 아버지는 아마 공비가 출몰하던 시절에 죽은 것 같았다. 공비로서 죽었는지, 혹은 그 반대로 토벌군으로서 죽었는지, 아니면 이것도 저것도 아닌 상태에서 죽었는지는 알 수 없는 일이었다.

"어머니 혼자서 고생하시는군."

"그저 그래요."

상우는 어깨를 흔들어 보였다.

진태네 집은 비탈진 곳에 외따로 떨어져 있었다. 방 한 칸뿐인 조그마한 오막살이로 전기도 안 들어오는지, 희미한 불빛이 창호지를 통해 새어 나오고 있었다. 집 위의 비탈에는 밭을 일구어 놓았는지 인분 냄새가 몹시 풍겨 왔다.

병호에게는 진태를 만나서 구체적으로 무엇을 물어야겠다는 생각은 처음부터 없었다. 다만 우연히 그렇게 되었기 때문에 만나 본다는 것이 전부였다. 따라서 굳이 만나야 된다는 것까지는 없었다. 그래서 집만 알아 둔 채 곧 상우와 헤어져 집으로 돌아왔다.

그러나 아무튼 현재의 그로서는 어떻게 손을 써야 할지 막연했고 그럴수록 여러 사람들의 이야기를 들어 둘 필요가 있었기 때문에, 그는 이튿날 점심때쯤 슬그머니 진태네 집을 찾아갔다. 진태에게 아무리 혐의가 없더라도 그를 만나면 양달수에 대해서 보다 깊이 알 수 있을지도 모른다는 생각이 그를 그쪽으로 밀어 댔던 것이다.

진태는 할머니 한 분과 함께 단둘이 살고 있었다. 쪼글쪼글하게 늙은 노파는 근심스러운 눈으로 그를 맞았다.

그가 방으로 들어가자 자리에 누워 있던 진태는 벌떡 일어나 질린 듯이 그를 바라보았다. 처음 보았을 때와는 달리 그는 많이 초췌해 있었다. 눈은 더욱 커 보였고 얼굴에는 핏기가 하나도 없었다.

병호는 가지고 간 사과 봉지를 내려놓으면서,

"나 기억하겠나?"

하고 물었다.

"글쎄, 많이 뵌 것 같은데……."

박진태는 병호에게 몹시 조심스럽고 불안에 찬 시선을 던졌다.

"몇 달 전까지 용왕리 지서에 있었지."

"아, 지서 주임님이시군요?"

진태는 놀란 목소리로 말했다. 그와 함께 그의 표정은 돌처럼 굳어졌다. 살인 혐의를 받고 시달릴 대로 시달린 그로서는 그럴 수밖에 없을 것이라고 병호는 생각했다.

잠깐 동안이었지만, 병호는 자신이 지서 주임으로 있던 용왕리 지서에 수사본부가 설치되었을 때 혹시 진태에게 가혹한 짓을 한 일이 없었는지 생각해 보았다. 그러나 당시 본격적으로 수사를 맡지 않았던 자기로서는 그런 일이 없었던 것 같았다.

"지금은 본서에 와 있지. 내가 자네에게 잘못이 있었다면 용서해 주게."

하고 말했으나 진태는 대꾸하지 않았다.

"죄도 없는 아이를 붙들어다가 그 욕을 뵈고……."

진태 할머니가 눈시울을 붉히는 바람에 병호는 가슴이 쓰려왔다.

"선상님, 이 애는 아무것도 모르는 앱니다. 어쩌자고 자꾸만 이 애를 들볶는지 모르겠소. 비록 이렇게 살지만 어릴 때부터 하도 착실해서 매 한 번 안 맞은 애라구요. 이 늙은것이 어미 없는 저 어린것 하나만 바라고 지금까지 살아왔는디, 참말 너무들 하시오."

노파는 손등으로 눈물을 닦으면서 한숨을 내쉬었다.

병호는 미안한 나머지 바로 일어서서 나오고 싶었다. 그러나 그래서는 안 된다는 생각으로 참고 기다렸다. 직무를 수행하다 보면 눈물겨운 일에 부닥칠 때가 많았다. 그러나 일이 끝날 때까지는 냉혹하게 밀고 나갈 필요가 있었다. 사정을 봐주고 안 봐주고는 그 뒤의 문제였다.

병호는 웃으면서 말했다.

"할머니, 안심하십시오. 저는 그럴려고 여기 온 것이 아닙니다."

"순경들은 언제나 그런 말을 합디다. 저 애를 잡아갈 때도 금방 돌려보낸다고 하더니, 석 달이 지나서야…… 죽지 않고 살아온 게 다행이지……."

"죄송합니다. 일을 하다 보니까 좀 심했던 모양입니다."

"심해도 분수가 있지, 생사람을 붙들어다가 어디 그럴 수가 있소."

그때 진태가 사과를 우두둑 하고 깨먹는 바람에 그들은 입을 다물었다. 그는 약간 골이 난 표정으로 사과를 우걱우걱 씹었다. 진태의 이러한 의외의 행동에 병호는 좀 어리둥절했다.

"할머니는 가만 계세요."

이렇게 말한 진태는 갑자기 일어나서 옷을 주섬주섬 입기 시작했다. 노파는 놀라서 손자를 붙들었다.

"아니, 몸도 편치 않은 애가 어딜 나갈려고 그러냐?"

"답답해서 죽겠어요. 나가서 바람 좀 쐬고 올 텡께 염려 마세요."

"아이고, 니가 지금 순겡 따라갈라고 그러지야?"

노파는 손자와 병호를 번갈아 쳐다보면서 금방 울상을 지어 보였다.

병호는 자리를 털고 일어서면서 진태를 말렸다.

"자네, 왜 일어나나? 자네하고 같이 가자는 게 아니니까, 할머님 걱정시키지 말고 그대로 누워 있어. 자넨 지금 아무 죄도 없으니까, 자네가 편한 대로 할 수가 있어. 난 특별히 일이 있어서 여길 찾아온 게 아니야."

병호의 말에 진태는 그를 빤히 쳐다보다가 말없이 먼저 밖으로 나갔다. 그의 태도가 단호했기 때문에 아무도 말릴 수가 없었다.

"이렇게 되면 내가 미안한데……"

진태와 나란히 걷게 되었을 때 병호는 솔직한 기분으로 말했다.

"아닙니다."

진태는 빠른 어조로 말했다.

"그동안 고생이 퍽 많았다는 건 나도 잘 알고 있어."

"잠이 잘 오지 않습니다."

진태는 돌멩이를 걷어찼다.

"그럴 거야. 아까도 말했지만, 난 자네한테 특별한 일이 있어서 온 게 아니라 자네가 양씨 집에서 일했었기 때문에 양씨에 대해서 다른 사람들보다는 좀 더 많이 알고 있으리라고 생각해서, 혹시 참고 될 말이 없을까 해서 찾아온 거야. 난 이 사건으로 용왕리 지서에서 쫓겨났어. 처음엔 기분이 몹시 나빴지만, 지금은 괜찮아."

"오 주임님은 그때 저한테 아무 말씀도 안 하셨지요."

"그땐 직접 이 사건을 수사하려고 도경에서 형사들이 내려왔기 때문에 사실상 나는 수사 활동에서 제외되었었지. 나 자신도 손을 대고 싶지 않았기 때문에 모른 체해 버렸지. 그 통에 자네한테 별 도움을 주지 못하고……"

날씨는 어제에 비해 아주 청명했다. 병호는 가끔 하늘을 올려다보곤 했다.

그들은 읍 거리를 지나 하나밖에 없는 다방으로 들어갔다. 일정한 직업도 없이 어슬렁거리는 청년들이 몇 명 앉아 있을 뿐 다방 안은 조용했다. 그들이 들어서자 청년들은 이쪽을 힐끗거리면서 무엇인가 쑤군거리기 시작했다.

"다른 데로 갈까?"

"아니, 괜찮습니다."

진태는 구석진 곳에 먼저 자리를 잡고 앉았다.

눈매가 똑똑해 보이는 이 청년은 그동안 경찰서와 교도소를 드나드는 사이에 자신도 모르게 반항심이 굳어지고 사람의 눈을 꺼리지 않는 거친 성격을 갖게 된 것 같았다.

그들은 먼저 커피를 시켜 마셨다. 오랜만에 마시는 커피는 비록 서투르게 끓인 것이지만, 매우 맛이 있었다.

먼저 입을 연 사람은 병호였다.

"양씨와 부인 사이는 어땠나?"

"서로 거의 말도 하지 않았어요."

"별거생활을 했다는 건가?"

"그렇지요. 따로따로 잤어요."

"왜 그랬을까? 어느 쪽에서 그런 것 같았나?"

"아주머니 쪽에서 양씨를 싫어한 것 같았습니다."

"그렇다면 부부싸움이 잦았겠구만?"

"그렇지는 않았습니다. 주인아주머니께서 워낙 참을성이 많아서…… 많이 참으시곤 했지요."

"양씨는 몇 살이었지?"

"거의 육십은 되었을 겁니다. 곧 환갑이라는 말을 들었으니까요. 허지만, 나이보다는 훨씬 젊어 보였어요. 힘도 셌구요. 워낙 한약을 많이 달여 먹어서……."

"부인은 몇 살쯤 되었나?"

"서른여덟인가 아홉이었습니다."

"나이 차이가 많았군."

"딸 같은 나이죠."

"별거생활한 지는 오래되었나?"

"네, 제가 그 집에 들어간 것이 재작년 여름이었는데 그때도 그랬으니까요."

"그렇다면, 양씨가 바람을 많이 피웠겠군."

"원래 양씨는 그런 사람이었으니까요. 가끔씩 외박도 잘하고……."

"도대체 부인은 왜 양씨를 싫어했을까? 짐작이 가는 일이라도 없어?"

"그건 잘 모르겠습니다. 전 그런 것에는 별로 관심이 없었으니까요."

병호는 간격을 좀 두었다가 다시 물었다.

"내가 형사들에게 듣기로는, 양씨에게 본부인이 따로 있었다던데……."

"네, 저도 요즘에야 그런 말을 듣기는 했는데……."

"복잡하군. 그렇다면…… 양씨 소실은 호적에도 오르지 못했겠군."

"따님 한 사람만 호적에 올랐겠지요."

"그 딸은 고등학교에 다닌다며?"

"네."

진태의 목소리는 조금 꺾여 나왔다.

"모두 서울로 올라갔다는데, 떠날 때 보지 못했나?"

"못 봤습니다. 전 감옥에 있었으니까요."

말을 마친 진태는 고개를 숙이면서 탁자 위를 물끄러미 내려다보았다. 병호는 잠깐이었지만, 양씨 소실의 딸에 대한 진태의 감정이 심상치 않은 것을 느낄 수가 있었다.

"양씨 딸은 이름이 뭐였나?"

"묘련(杳蓮)이라구 합니다."

이름이 무척 아름답다는 생각이 들었다. 이름처럼 아름다운 소녀겠지, 하고 그는 생각했다.

"서울서 학교를 다니고 있었는데, 이번 사건으로 그만둔 모양입니다."

병호는 말을 삼키려고 하다가 갑자기 다그쳐 물었다.

"자네 혹시 묘련이 사진 가진 거 없나?"

그러자 진태는 얼굴을 확 붉혔다. 동시에 그의 얼굴에는 깊은 비밀이 벗겨졌을 때의 그 아쉽고 화가 난 듯한 기색이 나타났다.

"어떻게 아셨나요?"

"자네 눈빛을 보니까, 그럴 것 같아서…… 미안해."

병호는 조금 멋쩍게 웃어 보였다.

진태는 머뭇거리다가 품속에서 사진을 꺼냈다. 사진은 앞뒤가 보이는 비닐 지갑 속에 들어 있었다.

그것을 받아 든 병호는 그들의 순정을 방해하는 것 같아서 미안한 생각이 들었다. 그와 함께 그는 무엇인가 가슴에 뭉클하게 젖어드는 충동을 느끼지 않을 수 없었다.

그것은 머리를 양쪽으로 얌전하게 땋아 늘인 까만 제복의 소녀가 수줍은 모습을 하고 있는 사진이었다. 그녀의 입은 미소를 띠고 있었지만 눈은 구슬픈 듯 그늘을 담고 있었다. 생각대로 매우 아름다운 소녀였다.

주인집 딸과 머슴이나 다름없는 진태 사이가 과연 어느 정도인지는 궁금하고 흥미 있는 일이었지만, 병호는 거기에 대해서는 더 이상 묻지를 않았다. 대신 그는 묘련이의 모습을 다시 한번 머릿속에 그려 넣었다.

"자네, 심문받을 때, 묘련이와의 관계도 이야기했나?"

"안 했습니다. 그건 상우만 알고, 아무도 모릅니다. 상우 잘 아시죠? 어젯밤 상우 말을 듣고 나서 저는 경찰이란 것을 금방 알았습니다. 그리고 오늘 찾아오실 것이라고 생각했습니다."

"어젯밤은 늦어서 그냥 돌아갔지. 자네가 경찰에서 묘련이 이야기를 하지 않은 것은 아주 잘한 일이야. 그런 것까지 말해서 묘련이를 괴롭힐 필요는 없는 거니까. 상우하고는 아주 가까운 모양이군."

"예, 제일 친해요. 우린 의형제를 맺으려고 하는데…… 그 자식이 동생 되기는 싫다는 바람에 아직 못했어요. 그 애는 한번

두 개의 살인

65

약속한 일은 꼭 지켜요."

진태는 아까보다는 좀 생기 있게 말했다.

"그거 좋은 일이군. 누군가 그렇게 가까운 사람이 있다는 건 좋은 일이지. 양씨한테서는 평소 별다른 기미를 느끼지 못했나?"

진태는 한참 생각해 보다가 말했다.

"글쎄요. 딱 꼬집어서 말할 수는 없지만 웬일인지 항상 마음이 차분하지가 않고 불안한 것 같았어요. 또 언제나 혼자 있는 것을 좋아했는데, 낚시질을 자주 다닌 것도 그런 때문이었다고 생각해요. 그렇지만 낚시터에서도 자꾸 술만 마셔 댔지, 별로 고기 잡는 데는 마음이 없었던 것 같아요."

"그러니까 초조해 보였다. 이 말이군?"

"그렇지요. 그렇지만 가까이서 오래 겪지 않고서는 그런 것은 알기가 힘들지요. 한번은 낚시터에서 술을 마시다가 한숨을 푹 쉬면서 이런 말을 하는 걸 들었어요. 세상은 죄짓고는 못 사는 법이라고 말입니다."

"무슨 죄진 일이라도 있었나 보군?"

"글쎄, 그건 잘 모르겠습니다."

"누구와 원한 관계라도 있었던 게 아닌가?"

"모르겠습니다."

"평판이 별로 좋지가 않았다는데?"

"돈에 대해서는 지독하게 굴었지요."

진태는 말을 끊고 심하게 기침을 했다.

"너무 무리를 했군. 오늘은 고마웠네. 다음 또 볼일이 있으면,

자네 찾아도 되겠지?"

"예, 아무 때나 오십시오. 도움이 된다면 힘닿는 데까지 도와 드리겠습니다."

"고맙네. 그렇지 않아도 사건이 궁지에 몰려 도무지 풀리지가 않아."

병호는 진태에게 하숙집 약도를 그려 주고 한번 찾아오라고 말했다. 처음과는 사뭇 다르게 진태는 병호에게 공손히 인사하고 돌아갔다.

병호는 진태가 간 뒤에도 한참 동안 그 자리에 우두커니 앉아 있었다. 사건은 더욱 아리송해질 뿐이라는 생각이 문득 들었다. 구체적으로 하나의 실마리를 잡고 파고들면 베일은 한 꺼풀씩 벗겨져 나갈 것이지만, 사실 그로서는 아직은 그러한 것을 하나도 잡아낼 수가 없었다.

그런데, 그럴수록 그의 가슴속에서는 일말의 희망이 막연하나마 솟아나고 있었다. 그것은 자신에 대한 하나의 굳은 신뢰와도 같은 것이었다. 비록 안개 속을 헤매는 기분이었지만, 그는 자기가 길을 잃을 것이라고는 생각지 않았다.

진태가 한 말 중 지금 그의 머릿속에 남아 있는 가장 강렬한 말은 양씨가 말했다는 그것, 즉 세상은 죄짓고는 못 산다는, 바로 그 말이었다. 이 말 뒤에 숨어 있는 그 비밀은 무엇일까? 무슨 죄를 지었기에 그는 술을 마시면서 그런 말을 했을까? 오로지 돈만을 알아 온 그가 그런 자책의 마음도 가지고 있었다는 말인가? 그를 그토록 초조하게 쫓고 있었던 그 불안의 정체는 무엇인가? 이 사건은 과연 이 정도에서 원한 관계로 일어난 것이라고 단정할 수가 있는가? 양씨의 소실과 본처는 이 사건에 전혀 관계가 없는 사람일까? 그는 몸을 뒤틀고 하품을 하다가 이윽고 그 자리에 앉은 채 꾸벅꾸벅 졸았다.

그 졸음 속에서도 그는 사건의 방향을 잡아 보려고 애를 썼다. 그리고 눈을 떴을 때 그는 결국 보다 깊은 곳에 이 사건의 핵심이 있을 것이라는 결론에 이르렀다.

이튿날 그는 사건이 일어났던 용왕리로 나갔다.

지서에는 여전히 수사본부가 설치되어 수사가 진행되고 있었기 때문에 그는 수사관들을 만나기 싫어 거기에 들르지 않고 곧장 저수지 쪽으로 갔다.

도중에 그는 지서에서 같이 근무하던 직원을 한 사람 만났는데, 자전거를 타고 가던 그 경관은 자전거에서 내려 그에게 경례를 붙인 다음,

"주임님, 어디 편찮으신가요? 얼굴이 좋지 않으십니다."

하고 근심 어린 표정으로 물었다.

병호는 아직까지 자기를 주임이라고 불러 주는 그에게 부끄러움을 느끼면서 그의 손을 흔들어 주었다.

"수사는 잘돼 나가나요?"

"말도 마십시오. 요란스럽기만 하지 아직 단서도 못 잡고 있습니다. 도경에서 온 친구들이 어떻게 어수선하게 구는지 정신을 차릴 수가 없습니다."

지서 순경은 설레설레 머리를 흔들었다.

마을에 들어선 병호는 어디로 갈까 망설이다가 우선 동회로 가보기로 했다.

동회 안은 새끼를 꼬는 사람, 장기를 두는 사람, 또는 낮잠을 자는 사람들로 어수선했는데, 병호가 들어서자 모두가 일어서서 그를 반갑게 맞이했다. 지서 주임으로 있을 때, 그들에게 별로 해준 일도 없었던 병호는 그들의 인정미에 얼굴이 화끈 달아올랐다.

수인사를 한 후 그는 지난 6월 초, 사건이 일어나던 날을 전후해서 혹시 이 근방에서 낯선 사람을 본 적이 없느냐고 물었다. 지극히 무모한 질문이었지만, 그로서는 다른 방법이 생각나지 않았다.

예상했던 대로 아무도 대답하는 사람이 없었다.

"아, 낯선 사람이 한둘만 지나가나요. 요샌 서울에서 등산객들도 오는데……."

수염이 허옇게 난 노인이 담뱃대로 문턱을 때리며 말했다.

노인의 말이 옳았다. 웬일인지 요즈음은 산뿐만 아니라 낚시터 또는 강이나 절을 찾아 행락을 즐기는 사람들이 부쩍 늘어난 것 같았다. 때문에 낯선 사람을 하나 꼬집어 내기는 어려운 일이었다.

"타관에서 왔다고 해서 어디 딱 찍어서 이상하다고 말할 수 있나요. 이상하다면 모두가 이상하지요."

이것은 이 마을 이장의 말이었다.

"정말 그렇겠습니다."

이렇게 말하면서 병호는 문득 자신이 이렇게 여러 사람 앞에서 공개적으로 수사를 하는 것이 바람직하지 못하다는 생각이 들었다. 이것은 더할 나위 없는 실책일 수가 있었다. 만일 도경에서 온 형사들이 수사가 또 따로 진행되고 있는 것을 안다면 분명히 불평을 말할 것이고, 서장의 비협조를 상부에 보고할지도 모를 일이었다. 그는 새삼 조심해야 되겠다고 생각했다. 그러자 더이상 마을 사람들과 이야기를 나눌 수가 없어서 그는 자리를 털고 일어섰다. 마을 사람들은 금방 일어서는 그를 섭섭한 듯이 바라보았다.

"난 여그서 많은 지서 주임들을 겪어 봤지만, 이렇게 점잖고 인사성 바른 주임은 처음이야. 헌디 왜 오래 있지 않고 읍으로 내려갔소?"

한 노인이 병호의 소맷자락을 잡으며 말했다.

병호는 눈시울이 뜨거워지는 것을 느끼면서 동회를 나왔다. 자기를 이렇게도 생각해 주는 사람들이 있다는 사실에 한편으로 그는 기분이 뿌듯해지는 것도 느꼈다.

날씨는 어제처럼 맑았다. 바람 한 점 없었기 때문에 햇볕은 봄 날씨처럼 포근했다.

동구 밖을 나오자, 허리부터 정상까지 울긋불긋 단풍으로 물들어 있는 산의 모습이 눈에 확 들어왔다. 아, 하고 그는 속으로 탄성을 질렀다. 가을이 깊었다는 것을 새삼 느끼면서 그는 저수지로 올라가는 길을 천천히 걸어갔다.

구두 끝이 떨어져서 너덜거렸기 때문에 그는 어차피 빨리 걸을 수가 없었다. 그 구두는 몇 년 동안 신어 온 것이어서 이젠 해질 대로 해져 있었다. 그러나 그는 앞으로도 그것을 몇 번 더 꿰매 신을 생각이었다. 지금의 그로서는 먹고 입는 것에 대해 조금도 신경을 쓰고 싶지 않았고, 또 그럴 여유도 없었다.

용왕리 저수지는 언제나 봐도 주변의 분위기가 음침하고 적요했다. 깊은 골짜기 사이에 조그맣게 자리 잡은 이 저수지는 저수지라고 하기보다는 차라리 아주 옛날부터 자연히 거기에 있어 왔던 하나의 호수 같았다. 저수지의 한쪽에는 높은 벼랑이 병풍처럼 서 있었기 때문에 이렇게 햇빛이 밝게 비치는 맑은 날씨에도 그쪽은 어둠침침했다. 한여름에도 이 저수지의 물은 얼음처럼 차가웠고, 그래 그런지는 몰라도 이 지방 사람들은 별로 이곳을 찾는 일이 없었다.

병호는 저수지 가에 서 있는 키 큰 소나무 밑에 앉아서 저수지를 바라보았다. 수면은 맑고 투명했다. 그리고 조금도 움직임이 없었기 때문에 마치 죽음의 호수 같은 묘한 느낌이 들었다. 사람을 죽음으로 이끄는, 바로 그러한 유혹이 이 저수지에 있는 것 같았다.

사실 이 저수지의 벼랑은 죽음을 스스로 택하는 사람들이 더러 이용하는 곳이기도 했다. 더구나 1950년을 전후한 시기에 상당한 수의 사람들이 이곳에서 처형된 적도 있다는 것이었다.

순간적인 일이었지만, 병호 자신 역시 죽음의 환상 같은 것이 수면 위에 그려지는 것을 느꼈다. 물은 그를 향하여 손짓하는 것 같았다.

깃털이 아름다운 이름 모를 새 한 마리가 서글피 울면서 수면 위를 가로질러 날아갔다. 그 울음이 너무 또렷하게 귀를 울렸기 때문에 병호의 피로한 신경은 다시 곤두섰다. 현재의 그로서는 두 눈을 똑바로 뜨고 사건이 일어난 현장을 샅샅이 조사해 둘 필요가 있었다.

이미 사건이 일어난 지 상당한 시간이 지났기 때문에 현장에서 무슨 증거물을 찾는다는 것은 매우 어려운 일이었다. 그러나 그것이 쓸데없는 짓인 줄을 알면서도 그는 양달수가 앉아서 낚시질을 하고 있었다는 수문 옆 제방 부근을 찬찬히 관찰했다.

범인이 갑자기 덮치자 양달수는 피할 사이도 없이 당했을 것이다. 그런데 앞을 난도질한 것을 보면 범인은 뒤에서 덮친 것이 아닌 것 같았다. 그렇다면 범인은 양달수에게 말을 걸어 돌아보게 한 뒤에 그를 찌른 것일까?

비명을 지르자 틈을 두지 않고 거듭 찔렀을 것이다. 이처럼 잔인한 살인은 증오감이 없이는 불가능한 법이다. 범인은 전율할 증오감으로 칼을 휘둘렀을 것이다.

사건이 발생한 후 범인이 남긴 증거물은 하나도 없었다. 제방 위에는 잔디가 깔려 있었기 때문에 발자국도 없었다.

저수지 주위에는 소나무가 많이 자라고 있었다. 따라서 범인은 아무래도 소나무숲에 숨어서 기회를 노리고 있었을 가능성이 많았다.

저수지 둑 위에서 볼 때 길은 저수지를 중심으로 해서 세 갈

최후의 증인 上

래로 나 있었다. 하나는 용왕리 마을로 내려가는 길이었고, 또 하나는 곧장 산 위로 올라가는 길, 그리고 세 번째는 오른쪽 언덕을 넘어 다른 마을로 빠지는 길이었다.

우선 산으로 올라가는 길을 빼면, 범인은 남은 두 길을 이용할 수밖에 없었다. 그렇다면, 수사 경험을 들추지 않더라도 일단 범행을 끝낸 범인이 사람이 별로 다니지 않는 길로 도망칠 것은 뻔한 이치였다. 그렇다고 첩첩산중으로 도망쳤을 리는 없었다.

병호는 오른쪽 언덕을 넘어 다른 마을로 빠지는 길을 바라보았다. 수사관들의 눈이 거기까지 뻗쳤다가 그쳐 버렸을 가능성은 얼마든지 있었다. 왜냐하면 대부분의 수사관들은 도주로를 힘들게 추적하기보다는 사람들 사이에서 손쉽게 범인을 찾으려고 들기 때문이었다. 이것은 분명히 함정이었지만, 그들은 그것을 알면서도 그렇게 사고하고 행동하는 것이었다.

그러나 지금의 병호는 그런 수사관들과는 달리, 발로 직접 걸어서 범인을 추적해야 한다고 생각하고 있었다. 일단 방향이 잡히면 지구의 끝이라도 더듬어 갈 작정이었다. 적어도 일을 맡은 이상은 뿌리가 뽑힐 때까지 달라붙어야 그는 직성이 풀리곤 했다.

그는 얼굴을 찌푸린 채, 파란 하늘을 쳐다보다가 언덕 쪽으로 걸어갔다. 언덕을 넘어서서 들판을 가로질러 가면 한참 만에 죽산리가 나타난다. 죽산리를 사람들은 대부분 대밭골이라고 불렀다. 병호도 죽산리보다는 대밭골이라고 부르는 것이 좋다고 생각하고 있었다.

그곳은 대나무가 많은 마을이었다. 지서 주임으로 있을 때 관할구역인 이곳 면을 자주 순찰했기 때문에 그는 이곳 지리를 잘 알고 있는 편이었다. 그러나 이렇게 용왕리 저수지에서 대밭골로 넘어가는 길을 대하기는 처음이었다.

그는 언덕까지 올라가서, 들판을 가로지른 길을 바라보았다. 길은 들판을 뚫고 꾸불꾸불 나 있었다. 들판은 추수를 끝낸 뒤라 그런지 매우 쓸쓸하고 황량해 보였다. 그 때문인지 그는 들판 속으로 선뜻 뛰어들기가 망설여졌다.

대밭골까지는 한 마장쯤 될 것 같았다. 거리가 멀기 때문에 그런 기분이 들었는지는 몰라도, 아무튼 그는 갑자기 그곳에 가기가 싫어졌으므로 발길을 돌려 용왕리 마을로 내려와 버렸다.

용왕리와 읍까지는 버스가 왕래하고 있었지만 그는 그대로 읍까지 걸어갔다. 그리고 읍에 거의 닿았을 때는 웬일인지 욕지거리가 튀어나왔다. 처음 그것은 일정한 상대도 없이 막연히 튀어나온 것이었다. 그러나 나중에 그것은 그 자신에 대한 멸시로 바뀌었다.

이튿날 그는 외출하지 않고 내내 방 안에 틀어박혀 있었다. 저수지에 다녀온 직후부터 그는 그렇게 방바닥에 드러누워 지냈다.

다음 날은 비가 왔다. 많이 내리는 비는 아니었지만 비는 쉬지 않고 오래 내렸다.

점심때쯤 되어서 그는 겨우 세수를 하고 경찰서로 나갔다. 직원들은 힐끗거리면서 그를 쳐다볼 뿐 말을 건네지는 않았다. 그는 주위에 관심을 두지 않으려고 애쓰면서 한쪽 구석에 앉아 밀린 신문들을 대강 훑어보았다.

살인사건은 여전히 일어나고 있었고 그에 못지않게 큼직한 납치사건들도 발생하고 있었다. 부산에서는 큰 화재가 발생하여 28명이나 되는 사람들이 타 죽었고 북쪽 바다에서는 한국 어선 한 척이 침몰되어 어부들이 행방불명이었다.

문 여닫는 소리가 나고 발짝 소리가 요란스럽게 나더니 누군가가 옆에 다가와서,

"잘돼 갑니까?"

하고 물었다.

병호는 신문을 걷고 고개를 쳐들었다. 도경에서 온 형사 두 명이 빙글거리며 그를 내려다보고 있었다. 그들은 모두 뚱뚱했고 눈들이 가늘게 찢어져 있었고 거기다가 똑같이 머리에 기름을 바르고 있었기 때문에 흡사 쌍둥이처럼 보였다. 또한 그들의 얼굴은 마치 뜨거운 햇살에 익은 것처럼 벌겋게 달아올라 있었다.

한 직장에 오래 눌어붙은 덕분에 모든 일을 능숙하게 처리할 수 있게 된 사람들에게서 흔히 볼 수 있는 그 만족스러움이 그들의 몸에는 기름때처럼 배어 있었다.

병호는 그들의 돌연한 말에 대꾸를 하지 못한 채 그들을 멀거니 바라보기만 했다.

그들은 실눈을 더욱 가늘게 뜨면서 일이 잘돼 가느냐고 다시 물었다. 이미 수사가 따로 진행되고 있다는 것을 그들은 훤히 알

고 있는 눈치였다. 아마 그래서 그들은 수사본부에서 여기까지 달려왔는지도 모를 일이었다.

그들이 이렇게 한 수 떠서 부딪쳐 오는 이상, 병호는 물러설 필요가 없다고 생각했다.

수사는 두 갈래가 됐든지, 세 갈래가 됐든지, 아무튼 모든 수단 방법을 가리지 말고 진행되어야 한다. 제일 중요한 것은 사건을 하루빨리 해결하는 일이다. 그렇다면, 도대체 이들의 시비는 무슨 꿍꿍이속인가.

병호는 은근히 화가 치밀어 올랐다. 모른 체해야 할 일이라면 서로 모른 체해 주는 것이 도리가 아닌가.

"글쎄, 두고 봐야지요. 아마 잘돼 가겠지요."

병호는 일부러 느릿느릿 말했다. 그러자 그들은 기다렸다는 듯이 큰 소리로 웃음을 터뜨렸다. 그들의 대화를 지켜보던 다른 직원들까지도 따라 웃었다. 실내는 한참 동안 웃음으로 가득 찼다.

"대단하시군요, 대단해. 혼자서 대단한 일을 하시는군."

그들의 조롱 섞인 말투에 병호는 대꾸를 하지 않은 채, 잠자코 다시 신문을 펴 들었다.

"우리는 오늘부로 사건에서 손을 떼었으니까…… 오 형사께서 마음 턱 놓고 한번 잘해 보십시오. 살 잡으면 승진도 되고 할 테니까."

그들은 아까처럼 요란스럽게 떠들면서 밖으로 나가 버렸다. 조금 있자 사환 아이가 와서 서장이 부른다고 일러 주었기 때문에 병호는 서장실로 들어갔다.

"요새 며칠 안 보이더군. 어디 몸이 불편했나?"

서장은 웃으면서 물었다.

"아닙니다. 그저, 생각도 좀 할 겸 돌아다녔습니다."

가만 보니 서장은 즐거워서 웃는 것 같지는 않았다. 서장실은 담배 연기가 자욱했기 때문에 침침해 보였다.

"짜아식들, 비겁하단 말이야. 자기들 실력이 부족하면 부족하다고 솔직히 인정할 것이지……."

서장은 담배 연기를 푹푹 내뿜었다.

"무슨 일이 있었습니까?"

"도경에서 온 형사들 말인데…… 자네가 따로 수사를 하고 있다는 걸 벌써 알고 있더군. 어느새 그렇게 소문이 빨리 퍼졌는지…… 그런데, 그 자식들 말이, 이처럼 따로 수사를 할 바에야 자기들 힘이 뭐 필요하겠느냐고 하면서 즉시 돌아가겠다나……."

"뭐라고 그러셨습니까?"

"갈 테면 가라고 그랬지. 난 아쉬운 거 하나도 없으니까. 그 자식들 있어 봐야 괜히 소란스럽기만 하고, 차라리 없는 게 나아. 자기들 없으면, 우리 문창 경찰서에 수사할 사람 하나 없는 줄 아는 모양이지. 망할 자식들 같으니라고. 한 대씩 따귀를 올려붙이려다기 겨우 참았어."

"그 사람들 수사보고는 했습니까?"

"이걸 수사보고서라고 내놓았는데 참고할 만한 게 하나도 없어. 자네가 개입하지 않았더라두 그치들은 어차피 돌아갈 수밖에 없었어. 풀리지도 않는 것을 붙들고 있어 봤자 괜한 시간 낭비지. 언제까지고 여기서 죽치고 있을 수도 없는 거니까."

서장은 담배를 열심히 피우고 있었기 때문에 마치 담배 때문에 늙어 버린 사람 같았다.

병호는 의자 위에 놓인 수사보고서를 집어 들고 대강 훑어보았다. 서장의 말대로 그것은 전혀 참고할 것이 없는 그런 보고서였다. 단 하나 '손지혜(孫芝惠, 38세)'라는 이름이 눈에 띄었다. 아마 딸과 함께 서울로 갔다는 양씨 소실의 이름인 것 같았다. 그러나 경찰은 그녀가 서울 어디에 살고 있는지도 모르고 있었고, 그 외에 양씨의 본부인에 대한 것도 전혀 조사해 놓지 않고 있었다. 본부인이 있다는 것조차 모르고 있는지도 몰랐다.

서장은 이마에 깊은 주름을 잡으면서 무언가 깊이 생각하는 눈치였다. 병호는 서장이 그동안의 수사 진행을 물어 올 줄 알고 기다렸지만, 서장은 먼저 묻지는 않았다. 그래서 병호가 먼저 입을 열었다.

"좀 돌아다녀 봤지만, 아직은 아무 단서도 발견하지 못했습니다. 제 생각에는…… 상당히 어려울 것 같습니다."

서장은 속이 답답한지 다시 담배를 피워 물었다.

"자신이 없다는 건가?"

"아니, 그런 의미는 아닙니다. 사건이 단순할 것 같지 않다는 말입니다."

"무슨 사건이든, 처음 손을 댈 때는 다 그렇게 복잡해 보이지. 그러나 파고들어 가보면, 거의가 단순한 사건에 불과하지. 그러니까 결국은 밝혀지게 마련이야. 이번 사건 같은 것은 우연히 강도를 만난 것도 아닌 바에야 거기에는 필유곡절이 있을 거야. 요는 그 곡절을 밝혀내야 한단 말이야. 낚시질하고 있는 사람을 그렇게 잔인하게 죽인 데 대한 이유 말이야. 왜 죽였을까?"

서장의 목소리는 약간 높이 올라가 있었다.

"말씀하신 대로, 양씨는 생전에 평판이 그렇게 좋던 사람은 아니었던 것 같습니다."

"그렇다면, 원한 관계에서 수사를 시작해 보라구."

"네, 저도 일단 그렇게 생각해 보고 있지만, 너무 막연하기만 해서⋯⋯."

"도경에서 온 친구들도 그렇게 생각은 한 모양이야. 좌우간, 구체적으로 수사 대상을 잡지 않은 이상은 어려운 게 당연하지. 너무 초조해하지 말고 차근차근 조사해 보게."

"네, 알겠습니다."

병호가 일어서려고 하자 서장은 손짓을 했다.

"참⋯⋯ 오늘부터 용왕리 수사본부는 철수시킬 테니까 그렇게 알게. 상부에는 장기 수사 체제로 들어갔다고 보고하겠어. 좀 지나면 신문도 잠잠해질 테니까, 그때쯤 긴장이 풀어진 틈을 타서 솜씨를 보여 주게."

"네, 힘껏 해보겠습니다만 잘될는지 모르겠습니다."

"아니, 이 사람⋯⋯ 무슨 대답이 그렇게 희미해?"

서장은 일어서더니 병호의 어깨 위에 손을 얹었다. 그리고 어깨를 흔들었다.

"이봐, 내가 자네한테 걸고 있는 기대가 어느 정도인 줄 아는가?"

"잘 알고 있습니다만, 너무 기대는 걸지 마십시오."

병호는 얼른 서장실을 나오고 싶었다. 그러나 김 서장은 그의 어깨를 놓지 않았다.

"하아, 이 사람, 내가 지금 명령을 한다고 생각하나?"

"명령이라도 좋습니다. 그런 건 관계없습니다."

"명령이야 명령이지. 그러나 솔직히 말해서, 내 자네한테 끌리는 데가 있어서 이걸 부탁한 거야. 자네 이런 내 마음을 알아줘야 해. 수사과도 엄연히 있고 한데, 왜 내가 자네만을 이렇게 따로 떼어 내서 특공대 식으로 일을 부탁하겠나. 자네를 믿기 때문이야. 이건 내 육감이지만, 자네라면 이 일을 해낼 수 있어. 그러니 명령이라 생각지 말고 자네와 나 사이의 인간적인 신뢰 관계라고 생각해 줘."

병호는 멍하니 서 있다가 밖으로 나왔다.

대밭골 가는 길

서장의 말은 그를 기쁘게 하지도 않았고 그렇다고 불쾌하게 하지도 않았다. 다만 그는 서장의 말에서 부담스러움을 느꼈을 뿐이었다. 서장이 그런 말을 하지 않더라도 그는 한눈팔지 않고 열심히 이번 사건에 매달릴 생각이었다.

밖에는 여전히 부슬비가 내리고 있었다. 맞은편 산은 구름에 싸여 있어, 봉우리가 전혀 보이지 않았다.

병호는 버스를 타고 용왕리로 나갔다. 그저께 하려다가 그만둔 일이 마음에 걸렸기 때문에 오늘만큼은 게으름을 피우지 않고 가볼 수 있는 데까지 가볼 생각이었다.

용왕리에서 내려 저수지까지 가는 사이에 옷이 모두 젖어 버렸다. 마을 가게에서 비닐우산을 살 수가 있었지만, 그는 지체하기가 싫어서 내처 걸어갔다.

대밭골로 가는 길은 진흙탕이었기 때문에 발을 움직일 때마나 질퍽질퍽한 흙이 한 덩어리씩 떨어져 나가곤 했다. 더구나 구두창이 너덜거렸기 때문에 그의 두 발은 금방 진흙 속에 뒤범벅이 되어 버리고 말았다.

그는 문득 이게 무슨 고생인가 하는 생각이 들었다. 좀 더 쉽게 세상을 살아가는 방법은 없을까. 산다는 것이 언제나 이렇게 고생스럽게 느껴져서야, 원……. 그는 구두와 양말을 벗어 들고 바짓가랑이를 걷어 올렸다.

그의 생활은 진흙길처럼 이렇게 고생스럽기만 하고 뒤죽박죽이었다. 그런 생활 속에서는 먹고 연명한다는 것이 최대의 과제였고, 다른 생각은 아예 있을 수도 없었다. 있다고 해도 그것은 한낱 쓸데없는 짓에 불과했다. 그나마 아내가 살아 있었을 때는 누구를 사랑한다는 마음이 있었다. 그리고 적어도 외롭다는 마음은 없었다. 그러나 지금의 그는 사랑할 수 있는 상대도 없었고, 항상 외로움에 젖어 있기만 했다.

그는 큼직한 돌멩이 하나를 집어 들어 힘껏 던졌다. 그리고 갑자기 자신이 세상에 대해서 점점 비굴해지고 항상 별다른 일 없이 편리하게 사는 것만을 추구하고 있다는 사실을 발견하자 화가 났다.

가난하고 고생스럽게 산다는 것이 어찌하여 그렇게 중요한 대상이란 말인가. 이 세상에는 아무리 성실하게 살아도 항상 가난하고 고생스러울 수밖에 없는 사람들이 얼마나 많은가. 가난하고 고생스럽다는 것이 오직 그들만의 책임이란 말인가.

비가 오고 있기 때문인지 들에는 거의 사람이 보이지 않았다. 줄기만 남아 있는 뽕나무 밭에서 참새 몇 마리가 후다닥 날아올라 마을 쪽으로 날아갔다. 멀리서 비행기 소리가 들려왔지만, 구름 때문에 비행기는 보이지 않았다.

병호는 도중에 들판을 가로지르는 냇물을 만났는데, 가만히 살펴보니, 그곳은 대밭골까지 가는 길의 중간쯤 되는 위치였다.

냇물을 건너, 들 가운데 솟아 있는 조그만 야산을 오른쪽으로 돌아들자 거기에 창고같이 생긴 시멘트 블록 집이 한 채 나타났다. 이렇게 외진 곳에 집이 있으리라고는 생각지도 못한 일이었기 때문에 그는 조금은 놀라지 않을 수 없었다. 무엇하는 집일까? 그는 걸음을 멈추고 서서 그 집을 한참 동안 살펴보았다.

울타리도 없는 그 집은 오래 방치해 둔 탓인지 시멘트 거죽이 여기저기 뜯겨 나가 있었고, 그래서 얼핏 보기에는 폐가처럼 보였다. 그러나 굴뚝으로 가늘게 연기가 피어오르는 것으로 보아, 빈집 같지는 않았다.

판자로 된 문을 두드리자 한참 후에 문이 열리고, 더부룩한 중년 사내가 고개를 내밀었다. 사내는 이쪽을 날카롭게 쏘아보았는데, 두 눈이 잔뜩 충혈되어 있는 데다가 적의까지 품고 있는 것 같아 병호는 주춤했다. 그렇다고 그냥 물러서는 것도 멋쩍고 하여, 일단 신분을 밝히고 냇가에 가서 발을 씻은 다음 집 안으로 들어갔다.

그런데 들어서자마자 비린내가 확 풍겼다. 동시에 그의 눈에는 시멘트 바닥에 여기저기 피에 얼룩져 있는 도끼와 칼, 그리고 갈고리 같은 것이 보였다. 순간 병호는 가슴이 쿵 하고 내려앉았다. 일단 그렇게 내려앉은 가슴은 이내 쿵쿵쿵 하고 뛰기 시작했다.

그는 그대로 나가고 싶었다. 그러나 그의 심중을 꿰뚫어 보는 듯한 사내의 눈을 대하자 자신의 나약함에 대해서 갑자기 창피한 생각이 들었다.

그는 권총이 달려 있는 옆구리를 팔로 한번 스쳐 본 다음,

"요새도 일거리가 있습니까?"

하고 물었다.

그것은 이미 여기가 도살장이라는 것을 알고 있다는 투의 질문이었기 때문에 사내는 경계심을 어느 정도 누그러뜨린 것 같았다. 사내는 문턱에 걸터앉으며,

"일거리가 없어서 이렇게 놀고 있지 않습니까?"

하고 말했다. 그 말씨가 몹시 무뚝뚝하고 억양이 없었다.

솥에서는 무엇을 끓이는지 김이 무럭무럭 나고 있었다. 열린 문을 통하여 보니, 방 안에는 아무도 없었다. 거기에는 남자 혼자서 사는 방 특유의 쓸쓸함이 배어 있을 뿐이었다.

"혼자 사시는군요?"

병호는 좀 추웠으므로 젖은 옷도 말릴 겸 아궁이 앞으로 다가섰다. 사내는 아무 말 없이 아궁이로 내려앉더니, 숯불을 밖으로 끄집어내었다. 그러고는,

"저고리를 벗어서 여기다 말리시오. 불이 좋응께 금방 마를

거요."

하고 말했다. 그러나 병호는 권총 때문에 저고리를 벗을 수가 없
었다. 그래서 그는 빗자루를 괴고 앉은 다음 구두를 벗었다.

"밀도살 때문에 왔습니까?"

"아닙니다."

"그러면, 어디서 소를 잊어먹었나요?"

"아닙니다. 왜 그런 말씀을……?"

병호는 의아한 얼굴로 사내를 바라보았다.

"어디서 소도둑을 맞았다 하면, 으레 이리들 오니까 하는 말
입니다."

그 말을 듣자 병호는 사내의 마음을 알 수 있을 것 같았다.

"전혀…… 그런 의미에서 여기 온 건 아닙니다. 안심하십시
오."

그들은 한동안 입을 다문 채 아궁이의 불을 바라보았다.

이윽고 사내는 엉거주춤 일어나더니, 솥뚜껑을 열고 그 속에
서 고구마를 꺼냈다.

"좀 드십시오. 별로 달지는 않을 겁니다."

사내는 고구마 그릇을 병호 앞에다 놓았다.

"아니, 이거 식사하실 거 아닙니까?"

"많이 있습니다. 드세요."

사내는 먼저 고구마 하나를 집어 들더니 껍질째 그것을 입으
로 가져갔다. 병호도 고구마를 하나 집어서 후우 하고 입으로
불었다.

"어떻게 이런 데서…… 이렇게 혼자 사십니까?"

괜한 질문이었지만 병호는 궁금했다.

"어쩌다 보니까, 이렇게 됐습니다. 일거리가 있으면 여기서 소나 잡아 주고……."

사내의 손은 거칠고 커 보였다.

"이런 데 있으면 무섭지 않습니까?"

병호의 어린애 같은 질문에 사내는 피식 하고 웃다가 말았다.

"하는 수 있습니까. 집이 없으니 이런 데서라도 자야죠."

"그럼, 이 집은……."

"네, 장사꾼들이 소 잡을 때 쓸려고 공동으로 지어 둔 건데, 제가 임시로 살고 있는 거지요. 제가 하는 일이 또 그런 일이라……."

사내가 거북한 눈치를 보였기 때문에 병호는 개인 문제에 대해서 더 이상 캐묻지 않았다.

"예전 같지가 않아서, 요샌 잡을 소도 별로 없어요. 농사에 취미들을 잃고 있으니, 소를 기를 마음도 없어지나 보지요."

이 백정은 떠도는 신세인 것 같았다. 40대 중반쯤 되어 보이는 것으로 보아 처자식이 있을 법도 한데, 사실은 그렇지가 않은 것 같았다. 혼자 사는 사람의 그 자유스러우면서도 외로움에 찌든 분위기가 그에게도 있었다.

"언제부터 여기 계셨습니까?"

이제 본격적으로 물어 오는구나 싶었던지 사내는 자리를 고쳐 앉으며 긴장한 표정을 지었다.

"지난봄부터 여기 있었습니다."

"봄이라면 대개 몇 월쯤 됩니까?"

"4월쯤 됩니다."

고구마를 먹을 때마다 사내의 이마에서는 핏줄이 툭툭 불거지곤 했다. 병호는 사내의 눈치를 살피면서 계속 조심해서 물었다.

"기분 나쁘게 생각하지는 마십시오. 사실은 어떤 사건 때문에 길을 쫓다가 이렇게 들른 거니까."

"누가 이쪽으로 도망쳤는가요?"

"그랬을지도 모르지요. 아, 아닙니다. 그건 아니고…… 혹시 저기……."

병호는 입속에 든 것을 삼키면서 침착해지려고 애를 썼다.

"혹시 저기…… 저수지에서 일어났던 살인사건 기억하십니까?"

"양조장 주인이 죽은, 그거 말이군요. 듣긴 들었습니다."

불 때문에 벌겋게 달아 있던 사내의 얼굴이 금방 핼쑥해지는 것 같았다. 대부분의 사람들은 자신이 범인이 아니면서도 일단 조사를 받게 되면, 마치 자기가 죄를 짓기라도 한 것처럼 움츠러들곤 했다. 사내 역시 그런 모습이었다. 그래서 병호는 될수록 자연스럽게 말하려고 애를 썼다.

"의심이 가서 이러는 건 아니니까 안심하십시오. 사건이 일어난 건 6월 5일이었습니다. 그날은 날씨가 좋았지요. 기억하십니까?"

"별로 기억 안 나는데요. 저는 날짜 가는 것도 잘 모르니까요."

"그러실 테죠. 그렇지만 한번 생각해 보십시오. 이런 시골에서 살인사건이 나면 그냥 퍼지는 법이니까, 소문으로라도 들었을 게 아닙니까? 혹시 그동안 저 말고 경찰에서 누가 다녀간 적이 있습니까?"

"없습니다."

수사가 이 정도였으니, 사건이 해결될 리가 없는 것이다. 적어도 이런 곳쯤은 한번 와봤어야 하지 않겠는가. 하긴 도경에서 온 친구들, 자기들 소관도 아니니까 그렇게 열심히 일하고 싶지가 않았겠지. 그렇지만, 이건 아무래도 너무하지 않은가.

"사건 소식을 들은 건 언제였는지 그걸 한번 생각해 주십시오."

"제가 무슨 죄라도 지었는가요?"

사내는 눈을 크게 뜨며 물었다.

"아니 천만에…… 아까도 말씀드렸지만, 절대 그런 의미에서 묻는 건 아니니까 이상하게 생각지는 마십시오."

사내는 턱을 괸 채 곰곰이 생각하다가 한참 후에야 겨우 입을 떼었다.

"생각이 납니다. 그 이튿날 아침에야 들은 것 같습니다. 마을로 술 한 되 사러 갔다가…… 들었지요……."

"마을로 내려가지 않았더라면, 듣지 못했겠군요?"

"그렇지요. 여기 있으문 아무것도 몰라요. 해 뜨고 지는 것만 알지."

"술을 좋아하시는 것 같군요?"

"뭐, 조금씩은 합니다. 그날은 마침 이별주를 내가 한잔 사느라고……."

"이별주라니요? 누구와 헤어졌나요?"

"네, 젊은 청년이 한 사람, 여기서 한 달쯤 같이 있다가 그날 떠났지요."

병호는 잠깐 숨을 멈추었다. 이건 분명히 놀라운 일이 아닐 수 없었다. 그렇다고 그런 눈치를 노골적으로 보일 수도 없어서 그는 별로 관심이 없는 듯이 헛기침을 한 번 하고 나서 다시 물었다.

"오랜만에 만났던 모양이군요. 친척이었습니까?"

"아닙니다. 전혀 모르는 청년이었는데, 마침 오갈 데가 없는 모양이라 같이 있게 된 거지요."

"어디서 온 청년이었습니까?"

"그건 모릅니다."

"요새는 떠돌아다니는 사람이 많은 것 같아요."

"정말 그래요. 나만 하더라도 그런 사람이고…… 그런데 기술만 있으면 여기저기 돌아다니면서 사는 것도 괜찮아요. 속 편하고 홀가분하지요."

"그것도 젊을 때 이야기지요. 나이가 들면, 어디 그게 쉽습니까. 저도 직업이라고 경찰이 되었지만, 하도 전근이 잦아서 사실 떠돌이 생활이나 다름없어요."

"하긴, 모든 게 젊었을 때 이야기지요. 그런데 그 젊은 친구는

요."

"무슨 기술을 가졌길래?"

"목수 일이지요. 나이도 어린 사람이 어디서 배웠는지 아주 잘해요. 목수 일뿐만 아니라 구들장도 잘 놓고 백정 일도 곧잘 해요. 나, 그렇게 재주 좋은 젊은이는 처음 봤어요. 이 방도 그 애가 와서 이렇게 놔줬어요. 그전까지는 여기에 가마때기를 깔고 있었는데……. 마을로 내려가서 곧잘 일거리도 얻어 오곤 했지요. 그 사람이 내 신세 진 게 아니라 내가 그 사람 신세 진 폭이지요. 그러다가 불쑥 간다니까, 어찌나 서운하던지…… 꼭 아들 같은 기분이 들어서……."

병호는 가슴이 뛰는 것을 겨우 진정했다. 사건이 일어난 이튿날 사라진 청년. 이것을 어떻게 해석해야 될까?

그렇다고 너무 성급하게 단정할 필요는 없을 것 같았다. 이럴 수록 더욱 침착해져야 한다고 생각하면서 그는 담배를 피워 물었다.

"피우시겠습니까?"

담배를 권하자 사내는 사양하지 않고 받아 들었다. 그들은 함께 담배를 피웠다.

"이튿날 아침에야 그 소문을 들었다면 그 전날, 그러니까 사건이 발생했던 날도 기억할 수 있겠군요?"

사내는 침묵을 지켰다. 그는 머리를 약간 앞으로 숙이고 있었기 때문에, 빗지 않은 머리칼이 앞으로 떨어질 듯이 헝클어져 있었다. 머리는 깎을 때가 훨씬 지나 있었다.

"사건이 일어났던 날은 무엇을 하셨습니까?"

하고 병호는 다시 물었다. 사내가 불쾌하게 생각할지 모르지만, 말이 이쯤 나온 이상 그는 물러설 수가 없었다. 그러나 사내는 얼른 입을 열지 않았다.

"대답을 하기 싫으면 안 하셔도 좋습니다. 강제성을 띤 건 아니니까요."

병호가 웃으면서 말하자 사내는 그를 힐끗 쳐다보았다.

"그렇지만, 경찰이 묻는데 대답 안 할 수가 있습니까. 안 해도 좋다는 말이 사실은 더 무섭지요. 저를 잡아가실 생각입니까?"

"단단히 오해를 하시는 모양인데 묻는 말에만 대답해 주십시오. 하기 싫은 대답은 피하셔도 좋구요. 여러 사람들을 만나 보고 이야기를 들어야만 되기 때문에 그러는 거니까, 이해해 주십시오."

거북해진 자리를 돌이키기 위해 병호는 고구마를 먹었다.

"식사를 이것으로만 때우십니까?"

"하는 수 있어야지요. 벌이는 없고 하니…… 그건 그렇고, 사건이 일어나던 날 저는 어느 잔칫집에 돼지를 잡아 주러 갔었습니다."

"하루 종일 말입니까?"

"그렇지요. 하루 종일 거기에 있었습니다."

"미안하지만, 그 집은 어디에 있습니까?"

"김 생원 댁이라고, 저그 대밭골에 가서 물어보믄 다 알아요."

"젊은 친구는 그날 뭘 했습니까?"

"그야 모르지요."

"잘 좀 생각해 보십시오. 그날 혹시 청년이 뭘 하겠다고 말했는지도 모르지 않습니까."

사내는 고개를 끄덕거리고 나서 말했다.

"그러고 보니까 생각납니다. 읍에 뭘 하나 사러 간다고 그랬어요."

"뭘 사러 간다고 그랬습니까?"

"연장을 하나 사러 간다고 그랬던 것 같아요."

"그래, 사왔습니까?"

"잘 모르겠어요. 난 별로 마음을 쓰지 않았으니까요."

"누가 먼저 밖으로 나갔습니까?"

"내가 먼저 일 보러 나갔지요."

"그러니까, 그 젊은이가 읍에 가는 걸 보지는 못했군요."

"왜요, 봤지요. 읍으로 가는 길이라면서 김 생원 집에 와서 돼지고기도 한 점 먹고 갔으니까요. 이제 자세히 생각나는데, 그날 우식이는 끌을 하나 사러 간다고 그랬어요."

"그때가 몇 시쯤이었습니까?"

"그러니까, 그게…… 한 11시쯤 되었을까요. 점심때가 아직 안 되어서였지요."

병호는 혼동되는 머리를 정리하기 위해 잠시 침묵을 지켰다. 그는 가늘고 긴 손가락으로 머리칼을 빗어 넘기면서 다른 한 손으로는 부지깽이를 들어 장작불을 쑤셨다.

수사를 하다 보면 자신도 모르게 함정에 빠지는 경우가 많았다. 어딘가 어수룩해 보이고, 매듭이 쉽게 풀리는 경우엔 더욱 그랬다. 확실히 이건 너무 쉽게 돼가는 것 같았다. 잘못하다가는 엉뚱한 데에 시간과 정력을 낭비할지도 모른다. 아무튼 이건 너무 쉬웠다.

사건이 일어난 시각은 병호가 알기에 오후 2시 전후였다. 그러니까, 그날 청년은 알리바이를 만들기 위해 읍에 간다고 하면서 오전 11시쯤에 김 생원 집에 얼굴을 나타낸 다음, 저수지 부근에서 잠복해 있다가 양씨를 죽였을 것이다. 그리고 알리바이를 더욱 완전하게 만들기 위해 정말로 읍에 가서 끝을 사왔을지도 모른다. 그리고 이튿날 종적을 감추어 버린 것은 아닐까?

그러나 아무튼 이건 너무 쉬운 결론인 것 같다. 이렇게 쉽게 풀릴 수 있는 사건은 아닌 것이다.

"그날 젊은이는 읍에 갔다가 몇 시쯤 돌아왔습니까?"

"늦게 돌아왔어요. 난 술에 취해서 먼저 자고 있었는데, 나중에 문 두드리는 소리에 잠을 깼지요. 보니까 우식이가 돌아왔더군요."

"그 청년도 술에 취해 있었나요?"

"아니요. 그렇지 않았습니다."

"그 청년 이름이 우식이입니까?"

"네, 김우식(金禹植)이라고 합니다."

병호가 수첩을 꺼내 적자 사내는 갑자기 조심스러워졌다. 마치 자신이 쓸데없이 고자질이나 하는 것이 아닌가 하고 염려하는 눈치였다.

"선생님 존함은 어떻게 되십니까?"

"저는…… 채판술이라고 부릅니다."

"김우식은 몇 살쯤 되었습니까?"

"일하는 걸 봐서는 많이 먹은 것 같은데, 실제 나이는 스물한 둘 되었을까, 아마 그 정도일 겁니다."

"그 밖에 김군에 대해서 아는 것은 없습니까? 아는 대로 좀 말씀해 주십시오."

"별로 말이 없는 사람이라, 그 밖에는 통 몰라요. 물어봐도 대답할 것 같지가 않아서, 알려고도 하지 않았구요. 그런데 여느 청년들하고는 좀 다른 데가 있었어요."

채씨는 고개를 모로 돌리면서 나직이 중얼거렸다.

"다른 데가 있다니요? 구체적으로 말씀해 주십시오."

"뭐, 딱 꼬집어서 말할 수는 없구요. 웃는다거나 즐거워하는 것을 본 적이 없어요. 사람들과 어울리는 것도 싫어하는 것 같구…… 몹시 어른스러웠지요. 그리고 뭐라구 할까, 정신은 항상 딴 곳에 있는 것 같았고, 무슨 연유가 있어서 그렇게 돌아다니는 것 같았어요. 아는 것도 많고 아주 똑똑한 젊은이였는데…… 목수 일을 하기에는 정말 아까웠어요. 여기 있는 동안 혼인 말까지 나왔을 정도였으니까요."

"아주 똑똑한 친구였던 모양이군요. 그래 결혼은 어떻게 됐습니까?"

"외동딸만 있는 집에서 아주 잘 봐가지고 데릴사위로 오라고 하는 것을 거절했지요. 내 차암, 굴러온 떡을 차버리다니, 알다가도 모를 일이지요."

채씨는 수염투성이의 턱을 쓰다듬었다. 놀랍게도, 그는 천천히 입을 놀리는 것 같았는데도 어느새 한 소쿠리나 되는 고구마를 거의 다 먹어 치우고 있었다. 이렇게 먹성이 좋은 사내가 벌이가 없어서 끼니를 잇지 못하고 있으니, 정말 딱한 일이었다.

"젊은 사람 마음이란 다 그렇지요. 요새 젊은이들은 하도 제멋대로 굴기 때문에 저절로 굴러 들어온 떡 같은 건 차버리는 게 일쑤지요. 그런데 김군은 성격이 어땠습니까? 성질이 급하다거나 난폭한 데는 없었습니까?"

"천만에…… 그렇게 양처럼 순한 청년도 없어요. 법이 없어도 살아갈, 그런 청년이지요."

병호는 가죽 타는 냄새가 났기 때문에 얼른 구두를 들어냈다. 구두는 양쪽이 다 바짝 말라 있었다. 그는 그것을 다시 신었다.

"김군은 왜 여기를 떠났습니까?"

어쩌면 이것은 가장 중요한 질문인지도 몰랐다. 그래서 그는 잔뜩 긴장해서 귀를 기울였다.

"글쎄, 돌아다니는 사람들이야 어디 꼭 이유가 있어서 떠나는 것도 아니고……"

채씨는 말끝을 우물거렸다.

"아무 말도 하지 않고 갔습니까?"

"별말은 하지 않았어요. 내가 붙들 처지도 못 되고 그래서 그냥 놔뒀는데, 아마 전주라던가 어디에 친구를 찾아보겠다고 하면서 간 것 같아요."

"또 온다는 말은 안 했습니까?"

"기회가 있으믄 또 오겠다고 했지만, 어디 그게 맘대로 되겠습니까. 기약 없는 일이지요."

"바쁘게 떠났습니까?"

"그런 것 같지도 않았어요."

"떠나니까 섭섭하셨겠군요."

"네, 좀 섭섭합디다. 저야 언제나 그런 사람들만 사귀게 되지만, 우식이 같은 청년은 보기가 드물지요. 내가 나이라도 좀 젊었으믄 동생이라도 삼고 싶었으니까요."

채씨는 몹시 섭섭한 눈치였다. 어쩌다가 한 달 동안 같이 기거하게 된 젊은 사람에게 그는 몹시 마음이 끌렸던 모양이었다.

"요샌 세상이 복잡해지고 해서, 누구나 한자리에 오래 있기가 어렵지요. 그러다 보니까 사람도 오래 두고 사귈 수 없고, 결국은 잠깐 동안 얼굴만 익히고 지나게 되지요."

이것이 아마 현대의 유민이겠지. 병호는 쓸쓸한 생각이 들었다. 사실 여기저기 옮겨 다니다 보니, 어릴 때 친구들은 모두 소식이 끊겼고, 그 혼자만이 이 세상에 서 있는 기분이었다. 아무리 손꼽아 봐도 진정한 친구 한 사람 그의 주위에는 없는 것 같았다.

"김군이 떠날 때, 뭐 남기고 간 것은 없습니까? 아무거라도 말입니다."

"없었습니다."

채씨는 머리를 흔들었다. 이제 그는 더 이상 말하고 싶지 않다는 얼굴이었다.

병호는 자리에서 일어섰다. 젖었던 옷이 어느 정도 말라 있었다. 잠시 그는 우물쭈물하다가 호주머니 속에서 500원 권 한 장을 꺼내 그것을 채씨에게 주었다.

"기분 나쁘게 생각지는 마십시오. 사실은 술이라도 한잔 받아다가 마시면서 이야기했으면 했는데, 마을도 멀고 해서 그러지를 못했습니다. 이것으로 대신…… 미안합니다."

채씨는 사양하다가 감사한 얼굴로 돈을 받았다.

"마지막으로 한 가지만 더 묻겠습니다. 김우식 군은 어떻게 생겼습니까?"

"그 청년은 의심할 데가 없는 사람입니다."

"네, 그것은 알고 있습니다. 그렇지만 수사상 필요하니까, 아는 대로 말씀해 주십시오."

채씨는 머리를 숙이고 있다가 느릿느릿 말했다.

"그 애는 눈이 좋아요. 아주 착하게 생겼지요. 얼굴은 둥근 편이고, 머리는 짧게 깎았어요."

"키는 어느 정돕니까?"

"그저, 적당한 중키지요. 목수 일 같은 거 하는 애 같지가 않았어요. 옷만 잘 입혀 놓으면 아마 부잣집 막내아들이라고 할 겁니다."

"그 밖에 뭐, 특징 있는 데는 없습니까?"

"글쎄, 특징 있는 데라…… 참, 이가 하나 빠졌더군요."

"어느 이빨입니까?"

"위쪽 겁니다. 오른쪽 말입니다."

"가만있으면 모르겠군요."

"말할 때도 잘 보이지는 않아요. 웃을 때만 약간 보이죠."

병호는 돌아서 나오려다가 방 안을 얼른 훑어보았다. 그런데 문턱 곁에 내던져져 있는, 때가 까맣게 낀 세수수건이 얼른 눈에 들어왔다. 거기에 찍혀 있는 '서울'이라는 글자와 '社'라는 글자가 그의 눈을 확 끌었다.

"일자리를 구하려면 차라리 서울이 낫지 않겠습니까?"

병호는 얼른 고개를 돌리면서 무표정한 얼굴로 엉뚱한 질문을 했다.

"그렇지도 않아요. 그렇지 않아도 몇 년 전에 서울에 있어 본 적이 있는데, 우리 같은 사람에겐 그래도 시골이 좋더군요. 시골은 인심이라도 있지 않습니까."

병호는 수건을 집어 들었다. 그것은 보기와는 달리 그렇게 오래된 수건이 아니었다. 거기에는 '서울공예사 야유회 기념, 1972년 10월 3일'이라는 문구가 찍혀 있었던 것이다.

채씨의 얼굴이 붉어지는 것을 병호는 가만히 지켜보았다.

"깜박 잊었습니다."

채씨는 당황해서 말했다.

"미처 생각을 못하셨겠지요."

"우식이가 잊어먹고 두고 간 겁니다. 그거야 뭐, 아무것도 아니지 않습니까."

채씨는 웃으려고 했다.

"네, 아무것도 아니지요. 그렇지만…… 이거 제가 보관해도 되겠습니까?"

"그 더러운 것을……."

채씨는 민망한 표정을 지어 보였다.

"괜찮습니다. 상관없으니까요."

병호는 대단히 실례가 많았다고 인사한 다음 밖으로 나왔다. 한참을 가다가 뒤돌아보니, 채씨는 그때까지 문 앞에 서서 이쪽을 바라보고 있었다.

비는 그치지 않고 내리고 있었다. 그의 해진 구두는 다시 수렁 속으로 빠지기 시작했다. 비를 맞자 그는 금방 추위를 느꼈다.

대밭골은 이름 그대로 대밭이 많았다. 대밭은 동구 밖에서 시작되어 마을을 완전히 뒤덮고 있었다. 바람을 받은 대나무의 서걱거리는 소리가 소란스럽게 들려왔다. 개 짖는 소리, 닭들이 홰치는 소리, 아이들의 울음소리, 다듬이질 하는 소리 등등으로 온 마을은 활기를 띠고 있었다.

지나가는 아낙에게 김 생원 집을 물으니, 그녀는 금방 가르쳐 주었다.

그 집은 입구부터가 보기 드물게 커다란 대문을 가지고 있었다. 안으로 들어서자 기와집이 세 채나 되었고, 마당도 넓었다. 한눈에도 금방 이 마을에서의 김 생원의 위치를 알 수 있을 것 같았다.

머슴처럼 보이는 청년이 밖에서 지게에 짐을 지고 들어오다가 더듬거리는 목소리로 누구를 찾느냐고 물었다. 그리고 경찰이라고 하자, 지게를 처마 밑에 내려놓은 다음 병호에게 다가왔다. 얼굴은 약간 두려운 빛을 띠고 있었다.

병호는 다짜고짜 지난 6월의 잔칫날에 누가 돼지를 잡았느냐고 물었다.

"저그, 윗돌에 사는 채씨가 잡았는디…… 그런 건 그 사람이 잘 잡아유."

머슴은 그런 거야 얼마든지 알려 줄 수 있다는 듯이 손짓까지 해가며 말했다.

"우식이라고 아는가?"

"우식이요? 김우식이 말인가요?"

"그래, 김우식이 말이야."

"그럼요, 잘 알지라우. 저하고 친했구만요. 그란디 요새는 통 안 보이네요. 어디 갔다는디, 또 오겠지라우. 우식이가 무슨 나쁜 짓 했능가유?"

"아니야, 뭣 좀 알아볼 게 있어서 그래. 그러면 그때 잔칫날에 우식이도 놀러 왔는가?"

"네, 왔었지유. 잠깐 와서 놀다가 갔었지유."

"우식이는 술을 잘했나?"

"잘 못했어요. 그란디 목수 일은 참 잘했어유. 우리 문짝도 부서졌는데, 우식이가 공짜로 고쳐 줬지라우."

"우식이는 오래 놀다가 갔나?"

"아니유, 금방 갔다니까유."

"어디로 갔나?"

"잘 모르겠는디요."

"그다음에도 우식이를 본 적이 있나?"

"못 본 것 같아유."

"우식이는 여기에 얼마나 있었나?"

"글씨…… 한, 한 달쯤 있었을 꺼예유."

"우식이는 어디서 온 사람이야?"

"잘 모르겠는디요."

"잘 알겠네."

채씨가 한 말은 대개 맞는 것 같았다. 문득 병호는 채씨에게 다시 돌아가서 한마디 더 물어보고 싶은 것이 생각났다. 그러나 길이 먼 데다가 몹시 피곤하고 추웠으므로 더 이상 아무 데도 가고 싶지 않았다.

그는 비를 맞으면서 그대로 읍까지 걸어갔다. 대밭골에서 읍까지는 30리나 되는 거리였다. 집에 닿았을 때는 거의 저녁때가 되어 있었고, 그의 옷에서는 물이 흐르고 있었다. 몸은 자꾸만 후들후들 떨려 왔다. 그는 집으로 들어가 옷을 벗자, 자리에 그대로 쓰러졌다. 몸에 열이 있었기 때문에 밤중에 그는 냉수를 두 그릇이나 마셨다. 그러나 기어이 이 사건을 해결하고야 말겠나는 결심이 그로 하여금 사지를 뻗고 편안히 잠들게 해주었다.

이튿날 그는 아주 일찍 잠을 깼다.

거울을 보니, 눈이 조금 부어 있었고, 턱은 며칠 동안 면도를 하지 않았기 때문에 온통 수염투성이였다. 머릿속은 맑았지만, 조금 미열이 있는지 눈이 불그레했다.

긴 턱을 몇 번 쓰다듬다가 그는 면도를 하고 머리에 빗질을 했다. 그리고 간단히 여행 준비를 한 다음 식사를 하는 둥 마는 둥 하고는 곧장 밖으로 나왔다. 떠나기 전에 서장에게 보고를 하고 싶었지만 다른 직원들의 시선을 받기 싫어 그는 그냥 가기로 했다.

버스 정류소로 나가니 차 시간까지는 아직 30분 정도 여유가 있었다. 그래서 그는 일단 다방으로 가 커피를 한 잔 진하게 마신 다음 서장에게 전화를 걸었다. 그의 말을 듣고 난 서장은 동행을 붙이는 게 어떻겠느냐고 말했다.

"괜찮습니다. 오히려 혼자 하는 게 좋습니다."

그리고 그는 며칠 걸릴지도 모르겠다고 덧붙였다.

"좋아, 좋아. 무슨 일이 있으면 즉시 연락하라구. 필요하면 나라도 직접 뛰어나갈 테니까."

암야행

　서장은 까다롭게 이것저것 묻지는 않았다. 그것이 병호의 마음을 편안하게 해주었다. 아마 단단히 믿어 버린 모양이지, 하고 그는 생각했다.

　만일 수사보고서를 매일 제출할 것을 요구하고, 또 이것저것 꼬치꼬치 캐물었다면, 병호는 벌써 이 사건에서 흥미를 잃고 손을 뗄 준비를 하고 있었을지도 몰랐다.

　문창에서 풍산까지는 약 300리. 제대로 버스가 달린다면 네 시간 정도 걸리지만, 도중에 차가 펑크가 나 바퀴를 갈아 끼우느라고 시간을 잡아먹고, 또 길이 질퍽질퍽했기 때문에 다섯 시간 이상이나 걸리게 되었다. 더구나 승객이 많아 그는 나중에야 겨우 자리를 잡을 수 있었으므로 처음부터 지쳐 버렸다.

풍산이 문창보다 벽촌이라는 것은 가는 길에서 금방 느낄 수가 있었다. 버스는 좁은 산길을 몇 번이나 꼬불꼬불 기어 올라갔다 내려갔다 하면서 산속으로만 들어갔다. 벼랑을 끼고 갈 때면 마치 곡예를 하는 것 같아 가슴이 옥죄어 들곤 했다.

비는 그쳐 있었지만, 구름이 잔뜩 끼어 있는 것이 금방이라도 다시 내릴 것만 같았다.

2시가 넘어서야 겨우 풍산에 도착한 그는 한참 동안 거리를 휘둘러보다가 먼저 식당으로 들어갔다. 그리고 갑자기 식욕이 동했기 때문에 늦은 점심을 시켜 밥을 두 그릇이나 먹어 치웠다. 그러한 그가 다른 사람들 눈에는 마치 한가한 여행자처럼 보였다. 그러나 식사를 하는 동안에도 그의 머릿속은 이번 사건의 실마리를 찾으려는 생각으로 가득 차 있었다. 어렴풋이나마 그는 자신이 이번 사건에서 홀로 장거리 주자가 될 것이고, 따라서 그 외로움을 감수해야 할 거라고 생각했다.

식사를 마친 그는 어슬렁어슬렁 경찰서를 찾아갔다.

이곳 풍산 경찰서는 국회의원 보궐선거를 앞둔 탓인지 여간 소란스럽지가 않았다. 많은 사람들이 경찰서를 들락거리고 있고, 실내는 가을 날씨답지 않게 이상한 활기에 휩싸여 있었다.

병호의 이야기를 건성으로 듣고 난 수사과 직원은 머리를 한 번 쳐들었다가 다시 숙이더니 쓰는 것을 계속했다.

"그 사건…… 기억은 하겠는데, 그 사람에 대해서는 아는 것이 없어요."

"수고스럽겠지만, 누구 이 지방 사정에 대해서 잘 아는 사람

　　　　　　　　　　　　　　　　최후의 증인 上

한 분 소개해 주십시오."

"물어보나마나 그 사람에 대해서 아는 사람이 없어요. 경찰이 모르고 있는데, 누가 알겠어요. 그 양달수란 사람이 여기 출신이란 거 확실합니까?"

수사과 직원은 펜대를 던지면서 신경질적으로 물었다. 병호는 주춤했다.

"확실합니다. 양씨 본부인이 여기 살고 있다는데……"

"본부인 이름이 뭡니까?"

"그걸 모릅니다."

"그런 것도 모르고 어떻게 수사를 한다고……"

수사과 직원은 새삼스럽게 병호의 아래위를 훑어보고 나서 말을 이었다.

"이렇게 하면 되겠군. 이 풍산에서 양씨라고 하면 주로 옥천면에 집단으로 모여 살고 있어요. 거기 가서 우선 알아보시오."

더 이상 말하기 싫다는 듯이 직원은 책상 위로 다시 허리를 굽혔다.

밖으로 나온 병호는 옥천면으로 가는 길을 찾았다.

옥천면은 풍산읍에서 20리쯤 떨어져 있었고, 하루에 두 번 내지 세 번씩 다니는 버스가 있는 모양이었다. 그러나 떠나려면 아직 누 시간이나 기다려야 했기 때문에 그는 걸어가기로 했다.

그는 초조해지는 마음을 달래기라도 하려는 듯이 아주 느릿느릿 걸어갔다. 그러나 옥천면에 닿았을 때는 그래도 힘이 들었던지 몸에서 땀이 났다.

통나무를 얽어서 만든 다리를 건너가자 면사무소와 지서가 나타났다. 지서는 옛날 공비 출몰 시에 대비해서 쌓아 올린 것으로 생각되는 돌담에 둘러싸여 있었기 때문에 밖에서 볼 때는 함석지붕만 보였다.

안으로 들어가자 매우 늙어 보이는 순경 한 사람이 의자에 앉아 졸고 있다가, 눈을 슬그머니 뜨고 곁눈질로 그를 바라보았다. 순경은 무슨 일로 왔느냐고 묻지도 않고 이쪽에서 물어 오기를 기다리고 있었다.

하루하루를 무사히 보내고 싶어 하는 사람들이 흔히 보여 주는, 그 무관심하고 귀찮아하는 표정이 그 순경에게는 있었다. 괜히 들어왔구나 하고 생각했지만, 그렇다고 말없이 돌아설 수도 없고 해서 그는 우선 자기의 신분을 밝히고 협조를 구했다.

"양달수? 글쎄, 잘 모르겠는데요. 면에 가서 물어보는 게 훨씬 빠를 거요."

늙은 순경은 담배를 피워 물면서 이맛살을 잔뜩 찌푸렸다. 눈에는 초점이 없었고 목소리에도 힘이 없었다.

병호는 잘됐다 싶어 얼른 지서를 빠져나와 면사무소를 찾아갔다.

중년쯤 되어 보이는 호적계 직원은 병호의 말을 듣더니 금방 아는 체를 했다.

"지난번에 죽은 사람 말이군요? 알지요. 옛날에 여기 살았었지요."

"그 유가족들이 여기 어느 마을에 살고 있다는 말을 들었는데······."

"네, 있어요. 큰길을 따라 쭈욱 올라가다 보면 효당리 마을이 있어요. 거기 가서 물어보시면 금방 찾을 수 있을 겁니다."

"지서에서는 통 모르더군요."

"그 양반들이야 전근이 잦고, 또 이 지방 출신들이 아니라 놔서 내막을 잘 모르겠지요. 우리 같은 사람이야 어려서부터 여기서 자랐응께 잘 알지요."

"그렇겠군요. 양씨는 호적이 여기로 돼 있었나요?"

"그렇지요."

"좀 볼 수 없겠습니까?"

"기다리십시오."

호적계 직원은 옆방으로 건너가더니 조금 후에 호적부 묶음을 하나 들고 왔다.

"이겁니다. 여기에 가족 관계가 자세히 나와 있으니까 한번 보십시오."

직원은 호적부의 중간을 펴 보였다.

병호는 그것을 들여다보면서 수첩에다가 양달수의 가족 관계를 상세히 적어 넣었다. 양달수는 1915년생으로 58세, 유족으로는 본처 이복순(李福順) 외에 종태(宗泰), 종식(宗植), 종호(宗浩)로 물리는 아들 삼형제를 두고 있었다. 이 아들들은 모두 서른 살이 넘어 있었다. 이 밖에 특별한 것은 양달수가 소실과의 사이에서 낳은 딸 묘련이를 입적시킨 사실이었다.

"양씨 유족들은 모두 함께 살고 있나요?"

병호는 호적부를 돌려주면서 물었다. 호적계 직원은 곁에 있는 다른 직원에게 귓속말로 무엇인가 물어보고 나서 대답했다.

"본처는 지금 큰아들하고 살고 있답니다. 다른 두 아들은 직장 관계로 다른 곳에서 살고 있는 모양입니다."

"실례 많았습니다. 감사합니다."

"원, 별말씀을……."

직원은 몸을 일으키더니, 병호에게 효당리로 가는 길을 다시 한 번 가르쳐 주었다.

면사무소를 나온 병호는 큰길을 따라 올라갔다. 길을 걸어가면서 그는 한동안 양달수의 본처 이복순에 대해서 생각했는데, 그는 웬일인지 그녀에 대한 선입관이 좋게 이어지지가 않았다.

남편한테 버림받은 채 혼자 고스란히 늙어 온 여자라면, 아무래도 정상적인 감정 상태를 유지하기는 힘들 것이다. 아마 모르면 몰라도 저주스러운 마음이 뼛속 깊이 스며들어 있을 것이다. 갈아 먹어도 시원치 않았겠지. 남편이 죽자마자 문창의 소실에게 달려와 행패를 부리고 재산까지 모두 쓸어 간 것만 보아도 알 수 있는 일이 아닌가.

가게 앞에서 물어보니, 양종태의 집은 금방 찾을 수가 있었다. 그 집은 큰 기와집으로, 첫눈에도 유복하게 사는 집이라는 것을 알 수가 있었다.

누런색의 큰 개가 짖자 젊은 아낙이 나와 누구냐고 물어 왔다. 경찰에서 왔다고 하자 여자는 들어가고, 대신 바지저고리를 입은 사내가 나왔다.

"양종태 씨 되십니까?"

"네, 그렇습니다만……."

사내는 눈꼬리가 치켜 올라간 눈을 굴리면서 병호를 아래위로 훑어보았다.

"모친 되시는 이복순 씨도 여기 계시죠?"

병호는 사내의 시선을 밀어내면서 물었다.

"네, 지금 몸이 편찮아서 자리에 누워 계시는데, 무슨 일이신지?"

"좌우간 안으로 좀 들어갑시다."

병호가 턱으로 안방을 가리키면서 거세게 나오자, 사내는 멈칫거리면서 그를 방 안으로 안내했다.

몸이 몹시 마르고 눈이 움푹 꺼져 들어간 여인이 아랫목에 누워 있다가, 별로 놀라는 기색도 없이 몸을 일으켜 병호를 맞았다.

병호는 윗목에 자리를 잡고 앉고, 양종태는 그의 어머니 곁에 앉았다.

"불의의 변을 당해서 충격이 컸겠습니다."

"전생에 내가 무슨 죄를 지었기에……."

양달수의 본처는 기침을 세게 했다. 그리고 눈을 번득거리면서 병호를 흘깃흘깃 바라보았다.

병호는 아직까지 사건을 해결해 주지 못한 데 대해 경찰로서 매우 미안하다고 말했다.

"워낙 사건이 미궁에 빠져서 말입니다."

"경찰도 믿을 게 못 돼요."

사내가 불만스럽게 말했다. 그 순간 병호는 얼른 말머리를 돌렸다.

"그래서 말입니다. 경찰에서는 우선 근본적으로 양달수 씨의 과거와 가족 관계에서부터 다시 재조사를 해보려고 하는 겁니다."

두 모자는 병호의 말에 얼른 대꾸를 하지 않았다. 달갑지도 않은 방문객에 대해서 그들은 호의를 보이고 싶지 않다는 눈치였다. 한참 만에 사내가,

"물어보세요. 뭘 알려고 그럽니까?"

하고 말했다. 매우 사무적인 언사였다.

"부친은 본래 고향이 여기였던가요?"

"네, 그렇습니다. 여기서 나고 자라셨으니까요."

병호가 담배를 권하자 사내는 그것을 거절했다.

"여기서는 뭘 하셨는가요?"

"농사를 지었습니다."

"생활은 풍족했는가요?"

"먹고는 살았지요."

대답은 주로 양종태가 하고 있었고, 여인은 입을 꼭 다물고 있었다.

"부친께서는 언제 여기를 떠나 문창으로 가셨는가요?"

"그게 그렇게…… 한 20년 남짓 되었지요. 내가 스무 살도 못 되었을 때니까."

"실례되는 말이지만, 양달수 씨⋯⋯ 그러니까 부친께서는 왜 떠나셨나요? 가족들까지 두고 말입니다."

이 질문에 양종태는 거북한 표정을 지어 보였다. 그러나 병호는 조금의 여유도 주지 않고 사내를 바라보았다. 그는 그 이유를 반드시 알아야 한다고 생각하고 있었다. 이때 이복순이 참지 못하겠다는 듯이 입을 열었다.

"아, 계집한테 미쳐 가지고 갔지요. 자기 딸 같은 계집한테 미쳐 가지고⋯⋯. 그런 양반이 제명대로 살겠소?"

부인의 말이 몹시 앙칼졌기 때문에 병호는 좀 주춤하지 않을 수 없었다.

"어머이는 좀 가만 계시오. 내가 말할 텡께."

"왜 내가 말을 안 해? 이날 이때까지 느그들 키우느라고 혼자 고생고생 해왔는디, 왜 내가 말을 안 해? 생각만 해도 분하고 절통한디. 난 불쌍하지 않고, 칼 맞아 죽은 느그 애비가 더 불쌍하냐? 아이구, 이 원통한 거⋯⋯."

이복순은 여윈 손으로 자기 가슴을 쿵쿵 쥐어박았다. 병호는 차라리 잘되었다고 생각했다. 이렇게 이복순의 감정이 격해 있으면 의외로 숨겨진 말이 튀어나올지도 모르겠기 때문이었다.

"어머이는 좀 가만 계시라구요. 내가 말한다 하지 않소."

양종태는 화가 난 듯 얼굴을 붉히면서 자기 어머니를 흘겨보았다. 그 기세에 여인은 슬그머니 입을 다물었다.

"이제 말이 나왔응께 말인데⋯⋯ 내가 열일곱 살인가 되었을 때라고 생각하는데, 그때 아버지는 따로 작은 살림을 차려 나가신 거지요."

"애비라고 부르지도 마."

하고 부인이 쏘아붙였다.

양종태와 병호는 그녀를 묵살한 채 말을 계속했다.

"부친께서 여기를 떠나신 뒤로는 어떻게 됐습니까? 서로 무슨 연락이나 그런 것은 없었습니까?"

"가끔씩 돈은 보내 주었지만, 여기에 오시지는 않았습니다. 거의 한 번도 나타나시지 않았지요. 그러다가 돌아가신 거지요."

"세상에 그렇게 독살스러운 사람이 어디 있겠소. 자기 자식들이 셋이나 되는데, 그렇게 20년 동안이나 한 번도 보러 오지 않다니, 그게 어디 사람이유?"

이복순은 마침내 눈물을 흘리기 시작했다. 그것을 본 아들은 혀를 끌끌 찼다. 그는 자기 어머니를 몹시 못마땅해하는 것 같았다.

병호는 계속해서 질문했다.

"단순히 여자 하나 때문에 그렇게 20년 동안이나 여기를 떠나 있었을까요? 혹시 다른 무슨, 피치 못할 사정이 있었던 게 아닙니까?"

양종태는 무겁게 머리를 흔들었다.

"글쎄, 내가 알기로는 그렇습니다. 그때 갑자기 생활도 피고 해서 여유도 생겼지요."

"갑자기 생활이 피었다는 건 무슨 말씀인가요? 그때라면, 전쟁 때문에 모두가 살기 어려웠을 텐데…… 무슨 좋은 일이라도 있었습니까?"

"확실한 건 잘 모릅니다."

상대는 당황한 눈치였다.

병호는 여인 쪽을 바라보았지만, 그녀 역시 거기에 대해서는 모른다는 듯이 외면을 해버렸다. 무엇인가 그들이 말을 삼가고 있는 것이 분명했다.

"어머니께서 고생이 많으셨겠군요?"

"그야, 말할 거 없지요. 저희들 키우시느라고 고생이 막심하셨지요."

아들은 자기 어머니를 곁눈질로 바라보았다. 부인은 수건에다가 코를 힝 하고 푼 다음 손등으로 눈물을 닦았다. 처음과는 사뭇 다르게 그녀는 풀이 죽어 있었다.

"부친께서 과거에 여기에 계셨을 때, 누구와 특별히 원한 관계를 가졌다던가 하는 일은 없었습니까? 아무거라도 좋습니다."

"솔직히 말해서 그런 건 잘 모릅니다."

"음, 그러시겠죠."

더 이상 앉아 있어 봐야 좋은 정보를 캐기는 어려울 것 같았다. 유족 측 또한 그에게는 불쾌한 인상만을 심어 주고 있었다. 그러나 그대로 일어서 버리기에는 뭔가 켕기는 점이 다소 있었다.

"이번 사건을 해결하는 데 도움이 될 만한 것은 없겠습니까?"

쓸데없는 질문이라고 생각하면서도 병호는 이렇게 물었다. 양종태는 생각했던 대로 머리를 내저었다.

"잘 생각이 안 나는군요."

"부친께서 남기신 유품을 좀 보여 주십시오."

"유품이라야 내버린 것도 있고 해서 별거 없지요."

"아무거라도 좋으니, 좀 봅시다."

"보실려면 보십시오."

양종태는 병호를 빨리 보내기 위해서는 하는 수 없다는 듯이, 얼른 몸을 일으켜 벽장 속에서 커다란 보따리를 하나 꺼내 놓았다.

그것을 풀자 긴 담뱃대를 비롯해서 안경, 칼, 만년필, 시계, 수첩, 앨범 등이 나왔다.

"왜 함께 묻어 주지 않고 놔뒀나요?"

"미처 경황이 없어서요."

병호는 유품들을 하나하나 유심히 관찰해 보았다.

수첩을 들었을 때는 한 장 한 장 그것을 넘겨 가며 보았다. 수첩에는 대부분 출납 관계를 적은 숫자가 깨알같이 적혀 있었다. 그 외에 외상 관계가 있는 사람들, 그리고 친구들로 생각되는 사람들의 이름들이 적혀 있는데, 마지막 장에 따로 떼어 적어 놓은 것이 유난히 그의 시선을 자극했다. 거기에는 볼펜으로 '김 변호사-30) 2236'이라고 적혀 있었다. 김 변호사가 누구인지는 이름이 적혀 있지 않아 알 수 없는 노릇이었다. 그러나 전화번호로 보아 김 변호사라는 사람은 서울 사람인 것 같았다.

"혹시 부친께서 무슨 소송 관계라도 있었는가요?"

"그런 걸 우리가 여기 앉아서 어떻게 알겠습니까?"

사내는 그따위 질문은 하지도 말라는 듯이 말했다.

"이 수첩 제가 좀 보관해도 되겠습니까?"

그의 말에 두 사람은 반대도 승낙도 하지 않은 채 병호를 지켜보기만 했다. 병호는 호주머니 속에 재빨리 수첩을 집어넣은 다음, 이번에는 앨범을 펴 들었다.

앨범에는 양달수의 독사진, 그리고 다른 사람들과 함께 찍은 사진들이 전부였고 그 외에 가족들과 함께 찍은 것은 하나도 없었다. 아마 소실과 함께 찍은 것은 본처가 모두 떼어 버린 모양이었다.

병호는 양달수가 최근에 찍은 듯한, 그 살이 찌고 눈꼬리가 치켜 올라간 모습을 담은 사진을 한참 동안 눈여겨 바라보았다. 그 가늘면서도 날카로운 눈매는 무엇인가를 끊임없이 갈구하는 빛을 띠고 있어서 마치 욕망의 덩어리를 보는 것만 같았다.

그는 가슴에 와닿는 살기 같은 전율을 밀어내면서 다음 사진을 바라보았다. 그것은 누렇게 퇴색된 것으로서, 양달수가 비교적 젊었을 때 찍은 사진이었는데, 지금의 그의 큰아들과 아주 비슷하게 생긴 모습이었다.

양달수는 좌우에 많은 청년들을 거느리고 있었다. 그는 그중에서도 주목이 되는 인물이었는지, 가운데 자리에서 혼자 의자를 독차지하고 앉아 있었다. 살이 찐 데다가 패기만만한 기운이 얼굴에 넘쳐흐르고 있어서, 사람들 중에서 유난히 두드러져 보였다. 그 주위에 서 있는 청년들은 대창이나 목총 등을 들고 있었다.

"이건 어느 때 사진입니까?"

"그건 사변 때 아버님께서 이곳 청년단장으로 계실 때 찍은 겁니다."

병호는 천천히 몸을 일으켰다.

"부친께서는 여기에 계실 때부터 양조업을 하셨는가요?"

"아닙니다. 문창으로 가신 다음부터 하신 모양입니다."

"잘 알겠습니다. 아마 다시 또 올 일이 있을지도 모르겠습니다."

그 집을 나온 병호는 머리에 통증을 느꼈다.

하품을 자꾸만 하면서 그는 마을 앞 개울가로 나가 얼굴을 씻었다. 지나는 마을 사람들이 그러한 그를 이상하다는 듯이 바라보곤 했다.

그는 일이 점점 넓고 깊게 퍼져 가는 것만 같은 기분을 느꼈다. 동시에, 이런 식으로 더듬어 나가는 것이 과연 제대로 맞아떨어져 가는 것인지, 지극히 의심이 들기도 했다. 그러나 그렇다고는 하지만, 달리 방법이 없지 않은가. 이왕 단서를 잡지 못한 채 벌이는 수사라면, 이 길밖에 달리 별수가 없지 않은가.

그러면서도 그는 자신도 모르게 하나의 크고 깊은 수렁 속으로 빠져들어 가고 있는 기분을 떨쳐 버릴 수가 없었다. 그것은 자석 같은 힘으로 그를 끌어당기고 있었다. 그 보이지 않는 힘이 무엇인지 잘 알 수가 없었지만, 지금 당장 그것을 밝히기에는 그는 너무 멀리 떨어져 있었다.

"가는 데까지 가보는 수밖에 없지. 나중에 나가떨어지더라도……."

이렇게 중얼거리며 그는 물에 비친 자신의 모습을 멍하니 들여다보았다.

얼굴은 요즘 들어 더욱 말라 있었고, 그래서인지 말상처럼 길게 보였다. 눈초리는 피로한 듯 풀려 있었고, 코는 언제나처럼 날카롭게 곤두서 있었다.

그는 눈가에까지 내리덮인 머리를 손으로 끌어올린 다음 몸을 일으켰다. 그리고 주위를 휘둘러보았다. 어디를 보나 가난에 찌든 시골 풍경이었다. 마을 사람들의 옷차림은 남루하기만 했고 초가들은 금방이라도 주저앉을 듯이 위태롭게 보였다.

병호는 여기까지 온 이상 양달수에 관한 것을 좀 더 알아보고 싶었다. 그러려면 아무래도 가족이 아닌, 다른 사람들에게도 물어볼 필요가 있었다. 양달수의 친구라든가, 아니면 그의 과거를 객관적으로 살펴볼 수 있는 사람이라면 더 큰 도움이 될 것 같았다.

그는 어슬렁어슬렁 동회 쪽으로 걸어갔다.

마침 동회에는 마을 이장이 나와 있었다. 그는 이장에게 물어볼까 하다가 그가 아직 오십도 못 돼 보였기 때문에 그만두기로 했다. 그 대신 그에게 마을 노인들이 잘 모이는 곳이 어디냐고 물었다.

이장은 의아한 시선으로 병호를 바라보다가, 이쪽에서 신분을 밝히자 그제야 고개를 숙이면서 사람까지 하나 붙여, 노인들이 많이 모이는 장소를 가르쳐 주었다.

병호는 먼저 가게에 들러 술 두 병과 안줏거리를 샀다.

그가 찾아간 집은 시골이면 어느 마을에나 하나쯤 있음 직한 큰 기와집이었다. 유복한 그 집 노인은 동료들을 위해 자기 집 사랑방을 개방해 놓고 있었다.

방 안에는 노인 몇이 장기판을 둘러싸고 앉아 있었는데, 그가 들어가자 그들은 별 경계심도 없이 어서 들어오라고 고개를 끄덕거렸다.

그가 자리에 앉자 풍채 좋은 노인이 장기알을 딱딱 마주 때리면서,

"어디서 오셨소?"

하고 물었다.

병호는 사람을 만날 때마다 경찰에서 나왔다고 밝히는 것이 여간 꺼림칙하지가 않았다. 그래서 그는,

"네, 문창에서 왔습니다."

라고 얼버무렸다.

"어짠 일로? 누구를 만날라고?"

이번에는 돋보기안경을 낀 노인이 물었다.

"아닙니다. 할아버님들 찾아뵙고, 옛날 얘기를 좀 들으려고 왔습니다."

노인들은 이윽고, 술까지 사들고 이야기를 듣고자 찾아왔다는 그에게서 심상치 않은 것을 느꼈던지, 장기판을 걷어치웠다.

"죄송합니다. 장기 두시는데, 이렇게 방해를 놓아서."

"아, 뭐 괜찮아요. 선생 함자는 어떻게 되시오?"

풍채 좋은 노인이 허연 수염을 쓰다듬으면서 물었다.

"인사가 늦었습니다. 전 오병호라고 합니다."

병호는 당황해서 말했다.

"으흠, 오씨구먼…… 난 박가요. 어디, 무슨 이야기를 듣고 싶어서 예까지 찾아왔소?"

말하는 품으로 보아 박 노인은 이 집 주인인 것 같았다. 아닌 게 아니라 병호가 술병을 앞으로 내밀자, 그는 감사해하면서 밖에다 대고 소리를 질렀다. 곧 며느리쯤으로 보이는 여자가 나타나자 노인은 병호가 사온 것을 내주면서 술상 좀 봐오라고 일렀다.

병호는 잘 도배된 벽지와 장판, 그리고 방 안의 온기에서 인간의 따뜻한 정리를 새삼 느끼는 듯했다. 그와 함께 친구들과의 우정을 위해서 정성을 들이고 있는 이 풍채 좋은 노인에게서 아늑한 고향의 품 같은 것도 느꼈다.

"옛날 이야기라니, 뭐요?"

안경을 낀 노인이 안경을 벗었다가 끼면서 재촉하듯 물었다.

"다름이 아니라, 양달수 씨에 대해서 자세히 좀 알려고 왔습니다."

"양달수라니? 죽은 사람 말이오?"

"네, 바로……."

"그이하고 뭐가 돼요?"

안경을 낀 노인이 다그쳐 묻자 박 노인이 담배에 불을 붙이면서,

"경찰에서 왔나 보구만."

하고 중얼거렸다.

"네, 문창 경찰서에서 왔습니다."

"그러면 그렇지."

노인들은 웅성거리기 시작했다. 그때 누군가가 큰 소리로 이렇게 물었다.

"아직 죽인 놈을 못 잡았소?"

그러자 박 노인이 대신,

"못 잡았응께 왔겠지."

라고 말했다. 그는 다른 사람들보다 한 걸음 앞서서 생각하고 있는 것 같았다.

"아직까지 그놈을 못 잡다니, 경찰은 도대체 뭣들 하는 거요?"

"아, 그렇께 이렇게 뛰어다니는 게 아닌가베. 경찰도 못할 노릇이지. 날 잡아가시오 하문 몰라도 그 단단히 숨은 놈을 찾아내기가 그렇게 쉽당가."

그들이 말을 주고받는 동안 병호는 방 한쪽 구석에 놓여 있는 병풍을 바라보았다. 대나무가 그려져 있는 그 병풍의 한쪽에는 다음과 같은 글자가 밑으로 길게 적혀 있었다.

俯天地無愧於心

병호는 곧 그것이 '위로 하늘을 보고 아래로 땅을 굽어보아도 마음속에 부끄러움이 없다'는 뜻임을 알 수가 있었다. 일제 때 어느 저항 시인의 시구(詩句)에도 이런 말이 있었다고 그는 생각했다.

"그 양달수로 말할 것 같으문…… 본래 여기서 살았는디, 여그를 떠난 지 오래요."

병호는 정신을 차리고 노인들 쪽을 바라보았다.

"왜 여기를 떠났습니까?"

"그건, 그 사람이 원래 사람은 똑똑한디 여자에 약해요. 예부터 큰 사람이 될라문 주색을 삼가라는 말이 있지 않소. 비록 달수가 죽었지만, 나보다 그 사람이 나이가 몇 살 아래라. 나는 이렇게 말할 수 있는 거요. 그 사람이 여자에 약해서 젊은 첩을 얻은 것이 가장 큰 이유요. 그래서 여그를 떠난 건디……."

안경 낀 노인이 말을 채 끝내기도 전에 박 노인이 얼른 끼어들었다.

"여자도 여자지만, 내가 알기로는 그때 한밑천 잡고 해서…… 그래서 여그를 떠난 것 같던디……."

"물론 그런 것도 있지만, 근본적인 것은 여자 때문이라. 여그서는 두 살림 차리기가 뭣하고 해서…… 더구나 큰아들하고 첩하고 나이가 비슷했응께 여그서 살 수가 있겠어?"

"그렇지만, 양씨는 왜 여기에 한 번도 나타나지 않았습니까?"

"그야, 볼 면목이 없었응께 안 나타났겠지."

"그때 양씨가 한밑천 잡았다고 하셨는데, 어떻게 해서 그렇게 됐습니까?"

병호는 박 노인을 바라보며 물었다.

"그런 건 그 집 아들이 잘 알고 있을 텐디…… 아니면 본처도 잘 알 끼라."

"그렇지 않아도 그 사람들을 만나 보았습니다만, 거기에 대해서는 잘 모르더군요."

"그러겠지…… 벌써 옛날 일 아닌가……."

"이야기를 하문 길지."

노인들은 과연 그런 이야기를 해야 옳을지 안 해야 옳을지를 생각하는 듯 오랫동안 침묵을 지켰다.

"그런디, 난 확실한 이야기는 모른단 말이여. 그저 풍설로 그렇게 들은 거제."

안경 낀 노인이 이렇게 말하자 박 노인도 한마디 했다.

"누군 잘 안당가. 그저 그런갑다 하고 들은 거제. 아마 자세히 알라문 여러 사람을 만나 봐야 할 꺼여."

"아시는 대로, 대강이라도 말씀해 주십시오."

병호가 초조한 기색으로 간청하자, 이윽고 노인들 사이에서 양달수에 대한 이야기가 본격적으로 이리저리 구르기 시작했다. 그러자 마침 술상이 들어왔다.

술상에는 병호가 사간 안주 외에도, 따로 고기 안주가 곁들여 놓여 있었다.

노인들은 웅성거리며 상 주위로 모여들었다. 거의가 초라한 차림을 한 그들은 사실 마음 놓고 술 한 잔 마시기 어려울 정도로 가난한 사람들이었다. 따라서 그러한 어려운 생활을 생각할 때 그들의 이러한 모습은 충분히 이해가 가고도 남음이 있었다.

병호는 한 잔만 받아 마시고는 굳이 사양했다. 자리가 무르익어 가자 노인들의 대화는 활발해졌다.

"사실, 양달수 그 사람이 그 뒤로 고향에 한 번도 돌아오지 않고, 그렇게 객지에서 세상을 버린 데 대해서는 뭔가 까닭이 있어. 20년 동안, 왜 처자식 내버려 두고 고향에 그림자도 비치지 않았단 말인가. 아무리 볼 면목이 없었다고 하지만 그럴 수가……."

"그려, 그 점이 이상해. 뭔가 켕기는 데가 있으니까 그랬을 거란 말이여."

"그렇게 내 말은 왜 그랬느냐 그 말이여. 이, 경찰에서 온 이 양반도 바로 그것을 알고 싶어 하는 게 아닌가."

"그거야, 글쎄, 우리 같은 늙은것들 짐작으로 어떻게 알 수 있단 말인가."

"어려운 문제구만."

"사람이 살다 보문 별 해괴한 일도 다 있어."

"아무튼 결과적으루 놓구 보문, 양달수 그 사람은 불행했다고 볼 수밖에 없다구."

박 노인이 이렇게 결론적으로 이야기를 하자 모두가 고개를 끄덕거렸다.

"사람이 제명에 죽어두 억울하다고 야단인디. 객지에서 그것도 남의 손으루 죽다니, 원, 쯧쯧……."

노인들은 혀를 차면서 한동안 숙연한 빛을 보였다.

"이야기를 하자문…… 내가 아는 바로는……."

박 노인은 별로 술도 들지 않은 채 말꼬리를 이으려고 천천히 몸을 도사렸다.

"죽은 사람 이야기해서는 안됐지만, 내가 아는 바로는 그때 사변 때, 그렁께 양달수가 청년단장을 하고 있을 땐다…… 그때 한밑천 잡은 거 같아. 그래서 여자와 함께 따로 나가 살림을 차린 것이라."

"어떻게 한밑천을 잡았습니까?"

병호는 조심스럽게 물었다.

"그때 청년단장이라문 세도가 아주 당당했지. 세도가 당당하문, 돈도 저절루 굴러들어 오는 법 아니유."

"네, 대강은 알겠습니다만, 좀 더 구체적으로 말씀해 주십시오."

박 노인은 헛기침을 몇 번 했다. 모두가 그의 입을 주시하고 있었다. 이제야 이야기는 박 노인 혼자서 도맡아 하게 된 것 같았다.

"참 이거, 내가 함부로 입을 놀리는 건 아닌지 모르겠네. 아무턴, 나온 김에 이야기를 하제. 사변 때, 다 알겠지만 이 지리산은 공비들이 우글거리지 않았소. 그때 양달수가 공비 열세 명을 잡은 거라."

"아니제, 열하나지. 황바우하고 한동주(韓東周)는 공비가 아니었제."

안경 낀 노인이 이렇게 고쳐 말하자 박 노인은,

"아, 그렇던가."

하고 고개를 끄덕거리고는 다시 말을 이었다.

"그 당시 공비를 하나 사로잡던가 죽이문 포상금이 많았제.

그런디 그 사람이 공비를 열한 명이나 잡았으니, 그 포상금이 얼마겠소."

"그래서 한밑천 잡은 겁니까?"

"그렇제. 내가 알기로는 그래요. 다른 사람들도 대개 그렇게들 알고 있지요. 그런디 나중에 들으니까, 실상 포상금은 얼마 안 되었다는 말도 있고. 그런저런 여러 말이 들렸제. 그렇지만, 시국도 시국이고, 상대가 청년단장이라 누가 나서서 물어볼 수도 없었제."

"아무튼, 그 뒤에 양씨는 여기를 떠났군요?"

"그렇다고 볼 수 있지요."

"양달수 씨 둘째부인은 여기 사람입니까? 나이 차이가 많다고 하던데……."

"그 여자로 말할 거 같으믄…… 사실은 아주 기구한 여자지요. 아무리 기구하다 해도 세상천지에 그런 여자는 어디에도 없을 거요. 많지도 않은 나이에 원…… 이젠 달수마저 죽었으니……."

박 노인의 이야기가 점점 깊이 들어가자, 좌중은 숨을 죽이면서 귀를 기울였다.

"원래 그 여자는 양달수가 잡은 공비 중에 끼어 있었소."

"네?"

병호는 무슨 말인지 얼른 받아들여지지가 않았다.

"공비였단 말이오. 그런디, 그때 나도 구경을 했는디, 공비라고 잡아 놓은 걸 보니, 열여덟인가 아홉 살 먹은 애숭이 계집애라.

아무리 공비라 하지만 그걸 보니, 코가 찡하더만. 그런디……"

노인은 담뱃대에 담뱃가루를 채우고 거기에 불을 붙인 다음, 뻑뻑 소리가 나게 그것을 빨았다. 노인이 긴장하고 있다는 것을 병호는 알 수 있었다.

"그 여자는 처음엔 석방되고 나서 황바우란 사람하고 살았었 제. 그런디 얼마 후에 황바우가 징역을 살게 되는 바람에 양달수가 대신 그 뒷바라지를 해주다가, 어떻게 해서 서로 정이 들었던 모양이라. 아마 모르문 몰라도 그렇게 돼서 그 여자와 양달수가 함께 살게 된 것 같아."

병호는 머리가 어지러워 오는 것을 느꼈다. 이야기를 감당하기가 힘들었다. 그만큼 이야기에 한없이 빨려들어 가고 있었던 것이다.

그는 정신을 가다듬은 다음 물었다.

"황바우란 사람은 그 뒤 어떻게 되었습니까? 석방되었습니까?"

"석방이 뭐요. 재판에서 무기징역을 받았응께, 나라에서 석방시키문 몰라도, 그렇지 않으문 아마 죽어서야 감옥에서 나올 거요. 그런 사람 기다릴 수도 없고, 그래서 아마 그 여자가 양달수와 살게 된 것이 아닌가 하고 모두들 그렇게 생각하고 있지요."

"도대체 무슨 죄를 지었기에?"

"사람을 죽였대요. 우리는 직접 보지 않아서 잘은 모르지만, 아무턴 조사해 본 결과 그렇게 된 모양이라."

박 노인은 한숨과 함께 담배 연기를 길게 내뿜었다.

이 대목에 이르러 박 노인은 어떤 확신을 가지고 이야기하는 것 같지가 않았다. 아니, 오히려 이야기하기를 꺼려하는 것 같았다.

"아까 제가 듣기에, 황바우도 공비들과 함께 붙들렸다는 것 같은데, 그건 무슨 말씀입니까? 원래 그 사람이 좌익이었던가요?"

"아니제. 그 사람은 공산당이 뭔지도 모르는 무식한 농군이라. 그런디, 그때 공비들이 여기 들어와서는 힘센 장정 몇 사람을 끌고 갔지요. 약탈한 짐이 많응께 짐을 지워 가자고 말이오. 그렁께 그중에 끼여 황바우도 끌려간 거제. 그런디 워낙 이 사람이 느리고 미련한 사람이라 그 소굴에서 빠져나오지를 못하고 끌려다니다가 나중에야 공비들하고 함께 붙들렸제. 그렇께 우리 추측에, 그 공비 여자와는 산속에 있을 때 서로 가까워진 모양이라. 그때까지 황바우는 나이가 사십이 넘었는데도, 결혼도 하지 않은 노총각이었제. 그 바보 같고 순한 사람이, 아무리 공비라고 하지만 딸 같은 어린 여자를 마누라로 삼았다니 도대체 신기했제. 알다가도 모를 일이었제. 더구나 그 여자로 말할 거 같으문…… 허엄, 천하절색이었어."

"처음 잡혔을 때는 오그라붙은 김치쪼가리 같았는디 차차 때를 벗고 보니까, 본 얼굴이 나타나더구만."

안경 낀 노인이 말참견을 하자,

"아따, 저 사람, 똑똑히도 봤네."

하고 옆에 앉은 노인이 핀잔을 주었다.

"그런디, 황바우 그 사람이 젊은 여자하고 제대로 부부생활을 했당가?"

누군가 이렇게 묻자 안경 낀 노인이 또 말참견을 했다.

"저런 양반 봤나. 그 여자는 씨도 받지 않고 아들을 낳았나? 원 저렇게도 머리가 안 돌아가서야 어디……."

"허어, 모르는 소리. 그 여자는 처음 붙잡혔을 때부터 임신을 하고 있었다네."

"저런!"

모두가 놀란 시선으로 박 노인을 쳐다보았다. 이것만은 거의가 몰랐던 사실인 것 같았다.

"허지만 산에 같이 있을 때, 황바우의 씨를 받았는지도 모르지 않는가."

안경 낀 노인이 지지 않겠다는 듯이 우겼다.

"아니야, 천만의 말씀이제. 아, 공비들한테 붙잡혀서 등짐 지고 끌려다니던 사람이 어떻게 그 여자와 관계를 했겠어? 상식적으루 생각해두 어림없는 일이제."

"그럼 그것이 누구 자식이란 말인가?"

"알 수 있나. 황바우의 자식이 아닌 것만은 확실해."

병호는 얼른 머리를 스치는 것이 있었다. 양달수의 딸 묘련이가 생각났던 것이다.

"그 아들은 어디에 있습니까?"

"모르지요. 황바우가 감옥에 들어간 뒤 그 여자는 아기를 데리고 양달수를 따라갔으니까."

"그 아기는 그때 몇 살이었습니까?"

"몇 살이고 뭐고, 낳은 지 얼마 안 된 핏덩이였지요."

"분명히 아들이었습니까?"

"아들이었지요. 그런디 나중에, 어쩌다가 문창에 갔다 온 사람 말을 들으니까, 양달수 집에는 아들은 보이지 않고 웬 딸만 하나 있더라고 그럽디다. 그렇께 그 딸은 아마 양달수하고 그 여자 사이에서 낳은 자식인가 보제."

이야기는 점점 이상하게 되어 가고 있었다. 그 아들은 어디로 갔단 말인가. 죽었을까? 모를 일이다.

그때 박 노인이 낮은 목소리로 중얼거렸다.

"아무리 생각해도, 황바우 그 사람은 불쌍하기 짝이 없어. 그 선하고 바보 같은 사람이 어쩌다가 그런 죄를 지어 가지고……."

"그분은 가족도 없는가요?"

"일가붙이도 없는 외로운 사람이오. 상원인가 어디에 누님이 살고 있다는 말을 들었는디, 아직도 살아 있는지는 모르겠소. 황바우…… 그 사람, 지금은 환갑은 지났겠구만. 그 사람 본래 이름은 황암(黃岩)인디, 그냥 부르기 좋게 바우라고 그랬지요."

모두가 입을 다물고 한동안 깊은 생각에 잠겼다. 그들은 각자가 내밀한 이야기들을 품고 있는 것 같았지만, 더 이상 중요한 이야기를 늘을 수는 없었다.

병호는 이것만으로는 뭐가 뭔지 상황을 종잡을 수가 없었다. 다만 의외의 인물들이 많이 등장한 것만은 알 수가 있었다.

그러나 과연 그 인물들이 양달수의 죽음에 어떻게 관련이 되어 있는지, 아니 도대체 관련이 있는지 없는지조차 그는 알 수가 없었다.

그는 또다시 혼란을 느꼈다. 이 혼란에서 벗어나기 위해서는 여기서 아예 오늘 들었던 이야기들을 묵살해 버리든지, 아니면 보다 더 깊이 들어갈 필요가 있었다.

여기까지 생각이 이르자 그는, 비록 엉뚱한 일을 들추게 되더라도 얼른 바닥을 보고 싶었다. 그리고 그러기 위해서는 더 정확한 사람을 만나야 된다고 생각했다. 그 당시 경찰이었거나 청년단원이었던 사람, 아니 그보다는 공비였던 사람이라면 더없이 좋을 것 같았다.

"그 당시 양씨가 잡은 공비들은 모두 어떻게 되었습니까?"
하고 그는 박 노인에게 물었다. 박 노인은 담뱃대를 재떨이에 딱딱 때렸다.

"거의가 죽었어요. 황바우하고 한동주는 민간인이니까 빼놓고, 그 밖에 공비들은 아까 말한 그 여자하고 또 한 사람만 살고는 모두 죽었어요."

"그러면, 아홉 명이 모두 죽었습니까?"

"그렇제."

"사형당했는가요?"

"아니제. 그 바보들이 자수를 하라니까 자수를 하지 않고 반항을 하다가 모두 몰살을 당한 거제. 그땐 자수를 하문 살려 줬거든. 여자하고 또 한 사람은 살지 않았소."

"여자 말고 또 한 사람은 어디에 살고 있는가요?"

"글쎄, 그 뒤로는 소식을 모르제. 지금 어디서 사는지 알 수가 있어야제."

"그 사람 이름이 뭡니까?"

"난 잘 모르겠는디…… 워낙 오래돼 놔서……"

박 노인이 좌중을 둘러보자 고수머리 노인이,

"강만호(姜晩浩)라고 하제."

하고 말했다.

"그 사람과 친했던 분이거나, 혹은 일가친척 되는 사람은 없을까요?"

병호는 두 손을 비비면서 물었다.

술상은 이미 비어 있었고, 노인들은 이제는 별로 흥미가 없는 눈치들이었다.

"가만있자, 한 사람 생각이 나는군. 양달수가 공비들을 잡을 때 다리를 놓아 준 사람인디. 그 사람이면 혹시 강만호 소식을 알지도 모르제. 그 사람하고 강만호하고는 서로 친구였다니까……"

"그 사람이 누굽니까?"

병호는 앞으로 상체를 기울였다.

"저그, 이름은 조익현(曺益鉉)이라고…… 저그 읍내 중학교에서 선생 노릇을 하고 있지요. 아마 교장이라제."

"아, 조익현이라문 알겠구만그랴."

안경 낀 노인이 맞장구를 쳤다.

"읍내 어느 중학교 말입니까?"

"읍에는 중학교가 하나뿐이니까, 사람들한티 물어보문 그냥 찾을 수 있어요."

병호는 자리에서 일어섰다. 너무 오래 앉아 있었기 때문에 허리가 뻐근했다. 노인들은 모두가 만족한 표정으로 병호의 인사에 답례했다. 굳이 말리는데도 불구하고 박 노인은 그를 대문 밖까지 배웅했다.

"아무 때고 좋으니, 한번 저녁때쯤 해서 찾아오시오. 도움이 될는지는 모르겠지만, 할 이야기가 있을 것 같소."

박 노인은 낮은 소리로 병호에게 이렇게 말했다. 병호는 꼭 한번 들르겠다고 약속했다. 박 노인이 이렇게 비밀히 이야기를 하는 데에는 필히 무슨 곡절이 있을 것 같았다.

이미 날은 저물어 있었다. 흐렸던 날씨는 맑게 개, 하늘에는 별들이 빛나고 있었다.

차가 없으므로 그는 읍까지 밤길을 걸어갔다. 두 시간 남짓 걸어서 읍에 도착하자 이마와 등에서는 땀이 흘러내렸다.

그는 간단히 저녁 식사를 한 후, 그날의 수사 결과를 수첩에 상세히 기록했다. 그리고 나서 여관에 들어가 곧장 잠에 떨어졌다. 몹시 피곤했던지 그는 코까지 골았다.

이튿날 아침 늦게까지 잠을 잔 그는 점심때쯤 해서 다시 일에 착수했다.

중학교는 읍에서 좀 떨어진 곳에 외따로 세워져 있었다. 교사(校舍)는 모두가 붉은 벽돌 건물로, 시골에서는 보기 드물 만큼

최후의 증인 上

홀륭했다. 넓은 운동장 주위로 높이 자라 있는 포플러가 퍽 인상적이었다.

운동장은 텅 비어 있어서 공허하기까지 했다. 학생들의 소리 하나 들려오지 않았다. 그제야 병호는 오늘이 일요일임을 알았다. 발길을 돌릴까 하다가, 그는 문득 조용히 들려오는 풍금 소리를 들었다. 그래서 그는 학교 본관 쪽으로 천천히 걸어갔다.

풍금 소리는 교무실에서 나오고 있었다. 그는 귀찮았으므로 노크도 하지 않고 문을 열었다.

고개를 숙인 채 한창 풍금에 열중하고 있던 여교사가 얼굴을 붉히면서 급히 일어섰다. 입술을 유난히 붉게 칠한 여교사는 침착을 찾으려는 듯 이쪽을 쏘아보다가,

"무슨 일로 오셨어요?"

하고 물었다. 그 음성이 낭랑해서 듣기에 퍽 좋았다.

"조익현 선생님을 좀…… 만나러 왔습니다만……."

병호는 여교사를 놀라게 한 데 대해 미안하게 생각하면서 더 듬거리듯 말했다. 그는 언제나 여자 앞에서 더듬거리는 버릇이 있었다.

대학을 졸업하고 여교사가 된 지 얼마 안 돼 보이는 그녀는 병호의 이 어수룩한 태도에 대해서 즉시 노련한 여교사만이 할 수 있는 솜씨를 보이려 들었다.

"오늘 일요일이잖아요."

"알고 있습니다."

"무슨 일로 그러시는가요? 학부형이신가요?"

"네, 학부형입니다. 제 아들놈 때문에 좀 만나 뵐 일이 있어서……."

그러자 여교사는 다시 그를 훑어보았다. 그래서 병호도 그녀를 훑어보았다. 그녀는 이런 시골에서는 어울리지 않는 짧은 치마를 입고 있었는데, 그 밑으로 드러난 희고 미끈한 다리가 병호를 자극했다.

"몇 학년 몇 반 학생인가요? 이름이 어떻게 되죠?"

"그런 거 꼭 알아야 됩니까?"

여교사는 가슴을 받치고 있던 팔을 풀었다. 흰 셔츠 위로 두 개의 유방이 흔들리다가 멎었다.

"제가 당직이기 때문에, 일지에 그런 걸 다 적어야 합니다. 방문객 이름은 물론 방문 목적……."

"그럼, 가겠소. 교장 선생님도 안 계신 모양인데……."

그가 가려고 하자 여교사가 얼른 말했다.

"꼭 만나셔야 할 일이라면, 교장 선생님을 만나시게 해드릴 수 있어요."

"난 바쁜 사람이오. 빨리 좀 말해 주시오. 교장 선생이 여기 안 계시다면 집이라도 좀 알려 주시오."

그러자 여교사는 피식 하고 웃었다. 병호는 어리둥절했다.

"학부형 아니시죠?"

그가 가만히 있자 그녀가 계속 말했다.

"일요일에 학부형이 무슨 일로 학교에 찾아오시겠어요. 더구나 담임 선생님을 찾는 것도 아니고 교장 선생님을 찾으시니……."

여교사의 눈이 반짝거리는 것을 보자 병호는 은근히 화가 치밀었다.

"알았으니 됐소. 난 경찰인데, 교장 선생을 빨리 좀 만날 일이 있어서 온 거요."

그는 담배를 피워 문 다음 거칠게 연기를 내뿜었다. 여교사는 그제야 정색을 하고 연필과 종이를 가져왔다.

그녀가 약도를 그리면서 설명을 하는 동안 병호는 그녀의 예쁘게 생긴 손을 물끄러미 바라보았다.

"찾기는 쉬워요. 바로 약방 옆집이니까요."

그녀는 약도를 그에게 건네주었다.

"감사합니다."

그가 나오려고 하는데, 그녀가 커피 한잔 안 하겠느냐고 물었다. 그는 멋쩍은 노릇이었지만, 도로 몸을 돌려 의자에 앉았다.

마침 끓여 놓은 물이 있었던지 그녀는 곧 커피를 타 주면서 이렇게 말했다.

"혼자 커피를 마시면 맛이 없어서 부른 거예요. 오해는 하지 마세요."

"천만에. 아무튼 잘 마시겠소"

"집에서 가져온 거예요. 여기 선생들은 모두 맹물만 마셔요. 선생님은 커피를 아주 맛있게 드시는데요."

병호는 이마에 강한 시선을 느끼고 그녀를 바라보았다.

"커피가 정말 맛있는데요…… 커피가 이렇게 맛있기는 처음입니다."

그녀는 얼굴에 웃음을 담았다.

"참, 우리 교장 선생님, 뭐 잘못한 거라도 있나요?"

"아니요."

"그럼 뭣 때문에 만나시려고?"

"뭐 물어볼 게 있어서요."

"중요한 건가요?"

"중요한 겁니다."

"오늘 가셔도 못 만나실 거예요."

"왜요?"

"광주에 볼일이 있어서 가셨어요. 내일이나 모레쯤 오실 거예요."

그녀는 그를 바라보면서 천연덕스럽게 말했다. 병호는 눈을 휘둥그렇게 떴다.

"그래요? 그거 정말입니까?"

"정말이에요."

"이런, 야단났군."

제기랄. 오는 날이 장날이라고. 병호는 은근히 짜증이 났다. 그녀에게 놀림을 당한 기분이기도 했다. 천릿길이라도 찾아 나서면 나섰지, 앉아서 기다린다는 것은 현재의 그로서는 고역이나 다름없었다.

그는 급했고, 그래서 점점 당황해지는 자신을 발견했다. 여교사는 그 낭랑한 음성으로 그에게 잘 가라고 말했지만 그는 그것을 듣는 둥 마는 둥 얼른 밖으로 나왔다.

"요새 계집애들은 건방지단 말이야."

운동장을 가로질러 가면서 그는 이렇게 혼자 중얼거렸다. 그리고 돌멩이를 하나 힘껏 걷어찼다. 뒤에서 아련하게 다시 풍금 소리가 들려오고 있었다.

"풍금도 못 치는 것이."

그는 투덜대면서 빨리빨리 걸어갔다.

읍 거리에서 늦은 점심을 먹으면서 그는 교장을 만날 때까지의 공백 기간을 효과적으로 이용할 수 있는 방법을 생각해 보았다. 마침 박 노인이 생각났다. 그러나 밤에 찾아 달라는 말이 생각났고, 더구나 다시 또 먼 길을 걸어갈 생각을 하니 금방 가고 싶은 마음이 없어져 버렸다.

그래서 그는 여관으로 들어가, 자리에 누워 버렸다. 피곤이 아직 풀리지 않았기 때문에 그는 금방 잠이 들었다.

밤중에 눈을 뜬 그는 다시 잠이 오지 않아, 드러누운 채 엎치락뒤치락거렸다.

그러자 엉뚱하게도 여교사의 얼굴이 떠올랐다. 이제 생각하니, 그녀는 앞모습보다는 옆모습이 더 아름다워 보였던 것 같았다. 잔에 커피를 탈 때 고개를 앞으로 숙여 보이던 모습도 인상적이었다. 그때 그녀는 아주 점잖아 보였었다. 그러다가 일단 시선만 마주치면 까만 두 눈이 장난기로 가득 차면서 환하게 웃곤 했었다.

병호는 손을 휘젓고 돌아누웠다.

"입술은 빨갛게 칠했지만 아직도 어려 보였어. 여교사라고 뽐낼지 모르지만, 내 눈에는 암, 아직 어리고말고. 그리고…… 건방져."

그는 중얼거리면서 다시 잠이 들었다.

이튿날 오후에야 그는 자리를 털고 일어섰다.

먼저 학교로 전화를 걸어, 교장이 없는 것을 확인한 다음 그는 집을 찾아갔다.

조 교장의 집은 여교사의 말대로 약방 옆이었고, 쉽게 찾을 수가 있었다. 열린 대문 안으로 고개를 디밀고 사람을 찾자,

"누구세요?"

하는 여자의 낭랑한 음성과 함께 방문이 열렸다. 안에서 나온 사람은 어제 학교에서 본 그 여교사였다.

그녀는 밝게 웃으면서 문 쪽으로 다가왔다. 병호는 멍청하게 그녀를 바라보기만 했다.

"또 뵙겠어요."

"바닥이 좁으니까. 그런데 어떻게 된 겁니까?"

"여기가 바로 제 집이에요."

"교장 선생님은?"

"바로, 제 작은아버님이시고요."

병호는 어금니를 깨물었다. 그녀는 계속 그를 놀라게 하고 있었다.

"오셨소?"

그는 가까스로 가슴을 진정하면서 물었다. 여교사는 고개를 흔들었다. 그 바람에 머리채가 보기 좋게 출렁거렸다. 머리 냄새가 향기롭게 코끝을 스치고 지나갔다.

"놀라게 해서 죄송해요. 그 대신 제가 요 앞에 나가 커피 한잔 사드릴게요."

"글쎄……."

병호는 우물쭈물했다.

"이런 시골에서 처녀가 남자에게 커피를 산다는 건 굉장한 용기예요."

그녀는 그의 대답도 기다리지 않고 앞장서서 걸어갔다. 바지를 입고 있기 때문인지 그녀의 몸매는 매우 유연하고 매혹적으로 보였다. 그 뒷모습을 바라보다가 병호는 잠자코 그녀를 따라갔다.

다방에는 별로 손님이 없었다. 아주 오래된 유행가가 낡은 전축 속에서 목쉰 소리로 울려 나오고 있었다.

"오늘은 학교 안 나가셨나요?"

병호는 자리에 앉으면서 물었다.

"오전 수업만 했어요."

그녀는 얼른 대답하고 나서 다방 안을 휘둘러보았다. 그리고 갑자기 지껄이기 시작했다.

"전, 이런 유행가가 좋아요. 고향을 떠난 하루살이 여인의 하소연 같은……. 그리고 이런 시골 다방도 좋아요. 사람도 별로 없고, 의자에서는 곰팡이 냄새가 나고, 건들거리는 룸펜들이 항상 몇 사람 앉아 있고, 화장을 진하게 하고 있는 마담……."

"서울 생활에 지친 사람들이 뱃속 편하게 가끔씩 그런 말들을 하지요."

병호는 성냥불을 드윽 하고 그었다.

"어머, 무슨 말씀을 그렇게…… 제가 서울서 온 줄은 어떻게 아세요?"

"냄새가 나요."

"제가 무슨 서울 냄새를 풍겼나요? 셰퍼드처럼 후각이 발달해서 그러시는 거죠? 선생님께서도 서울 물 좀 마셨나 본데요?"

"후각이 발달된 건 마찬가지구만. 그렇지만 난 원래 고향이 전라도 바닥이오."

"제 아버님도 고향은 여기예요."

그들은 커피를 후후 불어 가면서 느릿느릿 마셨다.

"처음 볼 때는 놀랐어요."

"왜요?"

"괴상한 모습이라서 혹시 강도나 아닌가 하고요."

"학교에 뭐가 있어서 강도가 들겠소."

"왜요. 저라도 훔쳐 가면……."

여교사는 얼른 말을 끊고 얼굴을 붉혔다. 생각지도 않은 말이 튀어나온 모양이었다.

병호는 소리 내어 웃었다. 아직 이름도 알지 못하는 여교사와 이렇게 허물없이 농담을 나눌 수 있다는 것이 무척 그를 기분 좋게 만들어 주고 있었다. 이런 일은 실로 오랜만에 있을 수 있는 일이었다. 1년 내내 우울하고 기분 나쁜 일에만 매달리고 있는 그로서는 사실 이러한 기분전환이 절실히 필요할 때가 많았다. 그것은 타오르는 여름날에 갈증을 적셔 주는 냉수와도 같이 시원한 맛이 있었다.

이 여자는 주위 사람을 즐겁게 해주는 천부적인 소질을 가지고 있는지도 모른다고 그는 생각했다.

"언제부터 여긴……."

"봄부터 있었어요. 학교 졸업하고 바로 왔어요."

"왜 서울서 교편을 잡지, 이런 시골로 왔어요?"

"갑자기 서울이 싫어져서요. 마침 또 작은아버님께서 이 학교에 교장 선생님으로 계시고 해서, 그냥 쉽게 내려오게 됐어요."

"여기선 뭘 가르쳐요?"

"원래는 미술인데, 음악 선생이 없어서 음악도 가르치고 있어요."

"바쁘시겠군요."

"바빠요. 음악은 제가 워낙 음치라, 죽어라고 연습을 해야만, 겨우 웃음거리를 면할 수가 있어요."

"그렇겠군, 거짓말로 가르칠 수는 없을 테니까."

그들은 이번에는 함께 소리 내어 웃었다. 여교사의 하얀 치열과 빨간 입술이 무척 청결하게 느껴졌다.

웃음을 그친 그들은 문득 생각난 듯 서로 통성명을 했다. 여자의 이름은 조해옥(曺海玉)이었다.

"오 선생님은 무슨 중요한 사건에 걸려 있으신 모양이죠?"

"아직은 몰라요. 그저 막연히 쫓고만 있으니까요."

병호는 자기가 문창 경찰서에 있다는 것, 그리고 어떤 살인사건을 쫓아 여기까지 왔다는 것 등을 간단히 이야기했다. 그와 함께 또 자기는 이런 계통에 있기 때문에 못된 짓만 배워 왔다는 것도 덧붙여 말해 주었다.

그러나 그녀는 엉뚱하게도,

"아주 재미있겠어요. 저도 그런 스릴을 한번 맛봤으면 좋겠어요."

하고 말했다.

"스릴은 무슨 스릴…… 지독한 고생이지요."

"무슨 살인사건이에요? 아주 대단한 미스터리인가요?"

"그런 것 같기도 하고, 안 그런 것 같기도 하고……."

"그런 대답이 어딨어요."

여교사는 눈을 흘겼다.

"그렇지만 아직 모르는 걸 어떻게 합니까? 그래서 교장 선생님을 만나려는 거 아닙니까."

"어머, 무서워요. 우리 교장 선생님이 살인사건에 관련이 되어 있나요?"

여교사는 눈을 크게 떴다. 단순해 보이던 눈빛이 깊은 공포를 담고 있었다.

"전혀 그렇지는 않아요. 사건 때문에 누굴 찾아야겠는데, 교장 선생님께서 어쩌면 그분의 주소를 알 것 같아서 만나 보려는 겁니다."

"그렇다면 안심이에요."

그녀는 안심한 듯 한 손으로 턱을 괴더니 갑자기 어린애 같은 말을 했다.

"저, 심심해서 그러는데 이야기 좀 해주실 수 없으세요? 지금 수사하고 계신 사건 말예요."

여교사의 이 당돌한 요구에 그는 당황했다.

"그런 건 수사 기밀에 속하는 일이라 아무한테나 말하기가 곤란하죠."

"아이, 그렇지만 무슨 국가 기밀도 아니고 단순한 사건인데요, 뭐. 더구나 제가 무슨 관련이라도 있다면 또 몰라도…… 아 그래요?"

"그렇긴 그래요. 하지만……."

"아이, 얘기해 줘요. 저 혼자만 알고 있을게요. 네?"

여교사는 상대가 생각해 볼 틈을 주지 않고 마구 졸라 댔다. 병호는 자신의 방벽이 여교사의 이 천진스러움 앞에서 와르르 무너지는 것을 느꼈다. 이상할 정도로 재빨리 가까워질 수 있는 여자구나 하고 그는 생각했다.

"거참, 곤란한데……."

"꼭 듣고 싶어요. 말씀해 주세요."

"서참……."

그는 몇 번 입맛을 다시다가 결국 슬슬 입을 열기 시작했다.

그가 이야기하는 동안 여교사는 하나도 빼놓지 않겠다는 듯이 몸을 앞으로 바싹 기울이고 있었고, 계속 감탄을 연발했다.

듣는 쪽이 이렇게 열성이자 병호도 나중에는 열을 내어 이야기했다.

"어쩌면 그럴 수가 있어요."

병호 자신도 아직 채 모르는 이야기를 해주었지만 그녀는 상당히 감동을 느낀 모양이었다.

"그런데 이야기가 갈라지는 것 같네요? 그렇게 안 느끼세요?"

해옥의 이 질문은 꽤 날카로운 것이었다. 병호는 홀린 기분으로 대꾸했다.

"사실은 그래요. 그것이 두 갈래로 갈라지다가 나중에 하나로 합쳐져야 사건이 해결되는 건데, 그게 과연 가능할지는 더 두고 봐야지요."

병호는 괜히 그녀에게 이야기해 주었다는 생각은 없었고 오히려 그녀가 흥분해 있는 것을 보고는 갑자기 기분이 유쾌해졌다.

"이건 정말, 종잡을 수 없겠네요. 갈수록 더 그럴 것 같지요?"

"그래요. 내 생각에도 그래요."

"나중에 결과를 듣고 싶어요."

"이런 걸 들어서 뭘 하려구요?"

"아니에요. 그런 것도 알아 둘 필요가 있어요. 전 이 세상에서 일어나는 모든 걸 다 알고 싶어요. 하나도 피하고 싶지 않아요."

병호는 알겠다는 듯이 고개를 끄덕거렸다.

"범인에 대해서 짐작이라도 가지 않으세요?"

"전혀."

"이 세상이 얼마나 복잡한가 하는 것은 오 선생님 말씀을 들고서야 알았어요."

"수사를 하다 보면, 아무리 간단하게 생각되는 것이라도 복잡하게 느껴지지요."

여교사는 탁자 위를 가만히 응시하다가 갑자기 생각난 듯이 물었다.

"선생님은 무슨 공부를 하셨어요?"

"공부한 거 없어요."

"거짓말…… 학교에서 공부하신 거 말이에요."

"수학과에 다녔지만, 뭐 배운 거 없어요."

"수학을 공부하셨는데 왜 경찰이 되셨어요?"

그녀의 눈은 호기심으로 가득 차 있었다.

"처음엔 한 1년 동안 학교 선생을 했는데, 답답해서 그만뒀어요."

"네에. 그랬군요. 그러면 그 뒤 경찰 되신 지는 몇 년이나 되셨어요?"

"한 10년 됐지요."

"그런데도 경찰 같지가 않아요."

"그럼 뭐처럼 보입니까?"

"뭐라고 할까. 처음엔 무정부주의자처럼 보였어요. 제 오빠가 자칭 아나키스트예요. 아버지하고는 정반대지요."

그녀의 표정은 어느새 진지해져 있었다.

병호는 웃음이 나오는 것을 참으면서 계속 그녀의 재담에 귀를 기울였다.

"그래서 그런지, 전 오빠를 유난히 좋아했어요. 지금은 좀 곤란하게 됐지만……."

"왜 곤란하게 됐습니까?"

"정신병원에 입원해 있어요."

그녀가 너무 가볍게 말을 했기 때문에 오히려 병호 쪽이 어리둥절했다.

"걱정이 많겠군요."

"이젠 뭐, 오래된 일이라 괜찮아요."

그녀는 잠시 침묵하다가 다시 입을 열었다.

"이런 말을 다 하구…… 제가 이상하지요?"

"아니요."

병호는 정말 조금도 이상한 생각이 들지 않았다.

"그러면 다행이네요. 역시 제가 사람을 잘 봤는지도 모르지요. 사실은 이런 말, 누구한테 해주고 싶었는데 해줄 사람이 없었어요."

그녀는 시선을 내려뜨리면서 얼른 찻잔의 물을 마셨다. 병호는 그녀가 어색하지 않도록 딴 곳으로 시선을 돌렸다.

"오빠하고 아버지는 사이가 매우 안 좋았어요. 오빠가 아버지를 굉장히 싫어했거든요."

"그건, 왜 그랬습니까?"

"아버지는 법을 집행하는 분이거든요. 그러니 오빠 같은 무정부주의자가 좋아할 리 있겠어요? 나중엔 아버지도 오빠를 싫어했지요. 공공연히 법을 자꾸 위반하고 다니니, 어느 아버지가 그런 자식을 좋아하겠어요. 더구나 아버지는 직장 관계도 있고 해서, 오빠가 말썽을 부릴 때마다 여간 곤란하지가 않았지요."

"그렇겠군요. 아버님께서 법을 집행하신다면…… 법원에 계십니까?"

"네, 판사예요."

"어느 법원에 계신가요?"

"대법원이래요."

"대법원……."

병호는 작은 소리로 중얼거렸다.

"집안 자랑하려고 그런 말씀 드린 건 아니에요."

병호는 그대로 침묵을 지켰다. 이 사회에서 대법원 판사라면 권력자 중의 권력자라고 할 수 있었다. 거기에 비할 때 자기 같은 경찰은 한낱 파리 목숨이나 다름없었다.

그러나 지금까지 그는 그런 것을 별로 개의치 않고 살아왔었다. 왜냐하면 모두가 다 자기 나름대로의 생활방식과 생각이 있기 때문에, 어떤 사회적 지위를 두고 자기를 비하시킬 필요가 없었던 것이다.

그런데 지금 막상 이렇게 여자 앞에서 거대한 권력의 실체와 부딪히자 그것이 얼마나 보잘것없는 지위였는가를 그는 새삼 깨달았던 것이다.

그는 자신의 초라한 몰골을 머릿속에 얼른 그려 보았다. 낡은 바바리코트, 깎지 않은 머리, 더부룩한 수염, 깡마른 얼굴, 언제나 겁먹은 듯이 떠 있는 두 눈…… 어떤 의미에서 이러한 모습은 모든 것을 부정하는 제스처로 보일지도 모르는 일이고, 그래서 그는 결국 그녀의 말마따나 무력한 아나키스트로 보였던 것이 아닐까.

그래서 그는 은근히 기분이 우울해졌다. 그것은 약자가 강자에 대하여 느끼는 일종의 반발심 같은 것이었다.

그는 여교사가 자기의 이러한 심중을 혹시 눈치채지나 않았을까 해서 그녀를 힐끗 바라보았다. 그리고,

"훌륭한 아버지를 두셔서 좋겠습니다."

하고 말했다.

그녀는 부끄러운지 얼굴을 붉히면서 병호의 시선을 외면했다. 그러다가 얼른 말머리를 돌렸다.

"선생님 부인 되시는 분, 한번 보고 싶어요."

그가 대꾸하지 않고 있자 그녀가 다시 물었다.

"사모님 이쁘세요?"

"해옥 씨만큼 이쁘지요."

"거짓말 잘하시네요. 저보고 이쁘다는 사람 첨 봤어요."

"나는 정말로 말한 겁니다."

그는 마지막 남은 담배에 불을 붙였다.

"아이는 몇이세요?"

"아들 하나 있었는데, 귀찮아서 고아원에 처넣었어요."

그 말이 끝나자 그녀는 요란스럽게 손뼉까지 치면서 웃어 젖혔다.

"잔인하고 지독하시네요. 역시 제가 잘 봤어요."

병호는 시계를 보고, 그들이 거의 두 시간 동안이나 시간 가는 줄 모르고 앉아 있었다는 것을 알았다. 생각 같아서는 한없이 앉아서 그녀와 이야기를 나누고 싶었지만, 사정이 그럴 수가 없어서 그는 자리를 털고 일어섰다. 이러한 그를 보고 해옥은 좀 섭섭한 눈치였다.

그녀는 헤어질 때 다시 한 번 수사가 진행되는 대로 이야기를 해달라고 졸라 댔다.

"기회만 있으면 그렇게 합시다. 교장 선생님 돌아오시면 나가시지 못하게 꽉 붙들어 두세요. 내일 저녁때 찾아가겠습니다. 학교는 몇 시에 파하죠?"

"다섯 시예요."

병호는 그길로 효당리의 박 노인을 찾아갔다. 시간이 맞지 않아 버스를 탈 수 없었고, 그렇다고 비싼 택시는 타기 싫었기 때문에 그는 그곳까지 걸어갔다. 날씨는 청명했지만, 가을이 깊어가고 있었기 때문에, 몸에 와닿는 바람기가 으스스했다.

박 노인 집에 닿았을 때는 거의 어스름한 저녁 무렵이었다. 사랑방에서는 여전히 몇몇 노인들이 모여 앉아 장기를 두고 있었다. 박 노인은 기다리고 있었다는 듯이 밖으로 혼자 나오더니 병호를 자기 방으로 안내했다.

아랫목에 보료가 펴져 있었고, 조그만 소반 위에는 낡은 한문책이 펼쳐진 채로 놓여 있었다. 노인은 술상을 들여오게 한 다음, 병호의 술잔에 술을 따르면서 무거운 음성으로 입을 열었다.

"내가 한번 들러 달라고 한 건 양달수의 소실, 그 손 부인의 전남편인 황바우에 대해서 할 이야기가 있어서 그런 게요. 이번 양달수의 죽음과는 관련이 없을지 모르지만, 내 양심에 걸리는 데가 있어서 내가 아는 대로 털어놓으려고 하는 게요. 아무래도 언젠가는 누구한테 이야기를 해야겠다고 생각하고 있었는데, 마침 이번 기회가 좋을 것 같아서 이렇게 청한 거니 그리 아시오. 그래, 조 교장은 만났소?"

"아직 못 만났습니다. 광주에 가시고 안 계시더군요."

"으음, 아직 못 만나셨구만……. 자, 술 듭시다."

그들은 함께 술잔을 비웠다.

박 노인은 병호에게 술 한 잔을 다시 권하고서야 이야기를 시작했다.

"황바우란 사람은 어떤 사람인고 하니…… 어릴 때부터 머슴살이만 해 온 그야말로 순박하기 짝이 없는 사람이지요. 사람이 좀 어리석은 데가 있어서 그렇지, 그렇게 착하고 순한 사람은 이 세상천지에는 없소. 한마디로 법이 없어도 살 수 있는 그런 사람이지요. 그런 사람이 어찌해서 사람을 죽여 가지고 무기징역을 살게 되었는지, 나는 도무지 납득이 안 가요. 나뿐만 아니라 그의 사람됨을 알고 있는 사람들은 모두가 그렇게 생각해요. 그렇지만 워낙 옛날 일이고, 또 사건이 사건인 만큼 누구나 그것을 모른 체하고 있단 말이오. 지난번에도 말했지만, 그 사람은 공산당이 뭔지도 모르고, 민주주의가 뭔지도 모르는 사람이라. 그런디 그런 사람이 살인죄에다가 빨갱이로 몰려 무기징역을 살고 있으니 어찌 그럴 수가 있단 말이오."

노인은 말을 그치고 나서 성난 표정을 지어 보였다. 병호의 눈에는 노인의 허연 수염이 갑자기 크게 부풀어 오르는 것만 같았다.

"황바우는 옛날에 우리집에서도 머슴살이를 한 적이 있기 때문에 내가 잘 알아요. 그 사람은 절대 그런 죄를 지을 사람이 아니야."

"그렇지만 제가 알기로는 전혀 죄를 지을 것 같지 않은 사람이 죄를 짓는 경우도 더러 있더군요."

"그야 그렇제."

노인은 수염을 쓸어내리면서 입맛을 쩍 다셨다.

"일부러 죄를 지으려고 그런 게 아니라, 어쩌다 보니까 피하다 못해 죄를 짓는 경우 말입니다. 살다 보면 그럴 수도 있는 거 아닙니까?"

"그렇제. 그럴 수도 있제. 누가 죄를 짓고 싶어서 짓는가. 그렇지만, 이건 좀 이상해요. 처음 어떻게 됐는고 하니, 황바우가 공비들한테 붙들려 갔을 때, 한동주란 사람도 같이 끌려갔었제. 한동주는 저 윗마을, 냉골에 사는 사람이었제. 그런디 한동주 그 사람은 결국 죽고, 바우만 나중에 공비들하고 같이 붙들렸단 말이오. 그런디…… 한동주를 누가 죽였는고 하니, 바우가 했다는 것이라. 내막은 잘 모르겠지만, 바우가 공비들의 말을 아주 잘 들었는디 나중에 그것이 탄로 날까 봐 두려워서 붙잡히기 전에 칼로 한동주를 찔렀다는 것이라. 이건 처음에 붙잡혀 가지고 밝혀진 게 아니라, 나중에 누가 고자질해 가지고 알려진 모양이라. 마을이 발칵 뒤집혔제. 바우가 그럴 줄 몰랐다는 거제. 그렇지만 아는 사람은 다 바우가 억울하다고 생각했제."

"분명히 황바우란 사람이 한씨를 죽였다는 게 밝혀졌습니까?"

"우리야 직접 보지 않았으니 알 수가 있어야제. 좌우간 무서운 일이었제. 바우네 가족이라야 열여덟 살 먹은 부인 하나뿐이라, 뭐 어디다가 손을 쓸 줄 알았소. 더구나 그 여자는 공비 출신이라 떳떳이 나올 수도 없는 처지였고……"

"누구…… 변호해 준 사람도 없었습니까?"

"아무도 없었제. 그 사람은 혈혈단신 머슴살이만 해온 사람이라, 누구 한 사람 발 벗고 나서서 변호해 줄 사람도 없었제. 사람을 죽인 데다가 더구나 공비들을 도와준 빨갱이로 낙인찍혔으니, 어느 누가 그 사람을 변호하겠소. 아, 나만 해도 마음은 있었지만, 어디 겁이 나서 할 수가 있어야제. 그때 세상이 어떤 세상이라고……"

"그러면 그때 황씨가 사람을 죽였다는 건, 순전히 일방적으로만 결정된 것이군요?"

"여부 있나. 딴 사람은 끼어들 수도 없게 일방적으루만 결정된 거제. 아무튼 그렇게 해서 바우는 재판을 받고, 처음은 사형이 되었다가 나중에 겨우 목숨만은 구해서 지금 무기징역을 살고 있는 거요."

박 노인은 방 안이 어두워진 것을 알고는 전등불을 켜고 나서, 결연히 말했다.

"그런디 놀라운 일이 있어요. 바우가 죽였다는 그 한동주란 사람이 살아 있는 것을 봤대요. 귀신을 본 것이 아닌가 하고 물었지만, 분명히 먼발치서 봤다는구만."

병호는 머리를 한 대 얻어맞은 것 같았다. 마시려던 술잔을 놓고 노인을 바라보았다.

"그게 정말이라면 놀라운 일이군요."

"놀랍다마다. 천인공노할 노릇이지. 그게 사실이라문, 바우는 지금까지 억울한 옥살이를 하고 있는 것이 아니겠소? 이런 일이 세상에 어디 있겠소?"

"이건…… 혼자만 알고 계십니까?"

"아마 그럴 거요. 그렇지만 난들 직접 본 것도 아니고 또 한동주를 다시 찾을 수도 없는 일이라 지금까지 덮어 두어 왔제. 그것이 사실이라 해도, 난들 이 나이에 그걸 어쩌겠소? 내한테 관계된 일도 아니고, 더구나 20여 년 전에 일어난 일을 가지고 말이오."

노인은 우울한 시선으로 천장을 쳐다보았다.

병호는 조심스럽게 물었다.

"죽은 사람을 봤다는 사람은 누굽니까?"

"바로 내 조카애지요. 지금이라도 당장 이리 오라고 하면 올 거요."

노인은 밖에다 대고 소리를 질렀다.

노인의 말대로 그 조카라는 사람은 바로 이웃에 사는지 금방

왔다.

사십이 넘어 보이는 그 사내는 첫눈에도 장돌뱅이처럼 보이는 그런 사람이었다. 이름이 박용재(朴容載)라고 하는 그는 박 노인의 조카라고 하기에는 영 어울리지 않게 자주 눈을 흘깃거렸다.

"이분은 문창 경찰서에서 오신 오 형사님이야. 너, 그 죽었다던 한동주를 광주에서 봤다고 그랬제? 그 이야기를 이분한테 자세히 해봐."

노인의 말에 박용재는 머뭇거렸다.

"글쎄, 그때는 얼핏 봤기 때문에…… 그리고 너무 오래돼 놔서……."

"쟈가 무슨 말을 저렇게 한당가? 너 그때 나한텐 분명히 한동주를 봤다고 그러지 않았냐? 지금 와서 그렇게 두말을 하문 어떻게 되는 거여? 남자가 한번 말을 뱉으문, 끝까지 책임을 져야제."

"봤기는 봤는디, 지금 가만히 생각헝께 헛것을 본 거 같고…… 잘은 모르겠구만요."

"저런, 쯧쯧……."

박 노인은 한심하다는 듯이 혀끝을 찼다.

"사람이 봤다 안 봤다…… 그거 뭐가 그려? 이거 원, 답답해서……."

병호는 박용재의 초조해하는 모습을 말없이 지켜보다가 한마디 물었다.

"그 사람도 이쪽을 봤습니까?"

"네, 봤지요. 눈이 마주쳤는디, 죽었던 사람 얼굴이라 무척 놀랐구만요. 그래서 겁이 나서 얼른 딴 데를 봤지요. 그러고 나서 다시 봉께, 금방 없어졌드구만요. 그땐 워낙 역전에 사람이 많아 놔서⋯⋯."

"그때가 언제였습니까?"

"그때가⋯⋯ 재작년 여름이었지라우."

병호는 입을 다물어 버렸다. 20여 년 전에 죽었다던 사람이 살아 있다면, 이것은 분명히 놀라운 일이다. 이 이야기가 정말이라면, 황바우라는 사람은 현재 억울하게 감옥살이를 하고 있는 것이다.

그런데 박용재가 헛것을 본 것인지도 모른다고 발뺌을 하는 것은 무슨 까닭인가. 어쩌면 그의 말대로 헛것을 본 것인지도 모른다. 그렇다 하더라도, 왜 하필 그 북새통에서 그런 얼굴이 비쳐 들었을까? 생각할수록 괴이한 일이 아닐 수 없었다.

"세상을 살다 봉께 별 요상한 일도 다 보겠구만."

노인은 조카를 못마땅하게 바라보면서 다시 혀를 찼다.

사내는 계속 눈을 흘깃거리면서 두 사람 눈치를 살피다가 슬그머니 밖으로 나가 버렸다.

"자석이 워낙 입이 헤퍼 놔서⋯⋯ 뭔가 켕기는 게 있는 것 같기도 하고⋯⋯."

노인은 병호의 술잔에 다시 술을 따라 주었다. 술이 독해서 금방 취기가 올랐지만 병호는 주는 대로 사양하지 않고 마셨다. 술 마시는 동안만이라도 그는 편안한 마음을 유지하고 싶었다.

그러나 머리가 무겁고 지근거리는 것이 마치 독한 감기라도 걸린 기분이었다.

생각 같아서는 당장 뛰쳐나가 박용재를 붙잡고 늘어지고 싶었다. 그러나 참고 기다려야 한다는 생각이 그를 가만히 눌러 주고 있었다. 무엇보다도 그는 자신이 우선 당황하고 있었다.

밤이 꽤 깊어서야 그는 박 노인 집을 나섰다. 노인이 밖에까지 따라 나오며 자기 집에서 자고 가라고 일렀지만 그는 한사코 사양했다.

휘청거리는 몸을 가누면서 그는 별빛을 따라 밤길을 걸어갔다. 길에는 지나치는 행인 하나 없었고, 멀리서 개 짖는 소리만이 들려오고 있었다.

그는 어둠 속을 향하여 자꾸만 돌팔매질을 하면서 걸어갔다. 왠지 기분이 울적한 것이 무엇이나 마구 때려 부수고 싶었다.

그날 밤 어떻게 돌아와 잠이 들었는지 그는 기억에 없었다. 아침에 일어나 보니 온통 흙투성이가 된 옷을 그대로 입고 있었다.

그는 식사를 하는 둥 마는 둥 하고 다시 쓰러져 잠들었다가, 초저녁에야 일어나 조 교장의 집을 찾아갔다. 교장은 돌아와 있었다.

교장은 병호를 기다리고 있었던지, 그가 들어가자 이야기를 들었다고 하면서 자리에 앉기를 권했다. 반백의 머리가 인상적이었고, 목소리나 움직임이 매우 조용했다.

병호가 들어간 방은 서재였는데, 벽에는 뺑 둘러서 천장까지

최후의 증인 上

책들이 꽉 차 있었다. 얼른 살펴보니, 역사 관계의 책들이 많이 눈에 띄었다. 조 교장이 숨은 학자라는 것을 그는 금방 알 수가 있었다.

그들은 양달수의 죽음에 대해서 의례적으로 몇 마디 이야기를 나눈 다음, 본론으로 들어갔다. 병호는 들여온 차를 마시면서 말문을 열었다.

"다름이 아니라, 강만호 씨를 좀 만나려고 합니다. 그 당시 공비들 중 그 사람만이 현재 살아 있다고 해서, 그때 상황을 좀 듣고 싶어서 그럽니다."

병호의 말에 조 교장은 얼른 대꾸를 하지 않은 채 묵묵히 벽을 응시하고 있었다. 그래서 병호는 다시 말했다.

"그때 양달수 씨가 공비를 잡는 데 교장 선생님께서 큰 도움을 주셨다고 들었습니다."

조 교장은 이윽고 벽에서 눈을 떼어 병호를 망연히 바라보았다.

"강만호는…… 몇 년째 소식이 끊겼습니다. 그전에는 그래도 해마다 소식이 있었는데, 요 몇 년간은 통 소식이 없습니다. 아마 세상을 떠나지 않았나 하는 예감이 들기도 합니다만……."

"가족도 없습니까?"

"있지요. 그 사람 고향이 황산 어디라고 하던데……."

교장은 수첩을 꺼내 뒤적거리더니, 주소를 하나 적어 주었다.

"아마 어딘가로 이사를 갔을 겁니다. 만일 이 주소를 찾아서 없으면, 그곳 우체국에 가서 강찬세(姜贊世)라는 사람을 찾아보십시오. 바로 그 아들 되는 청년인데 몇 년 전만 해도 거기에 근무하고 있었으니까."

"고맙습니다. 그런데…… 그 당시 선생님께서 공비를 잡는 데 어떤 도움을 주셨는지, 자초지종을 좀 말씀해 주십시오. 특히 강만호 씨와는 친구지간이시라는데……."

조 교장은 그때의 일을 회상하는 것이 상당히 괴로운 듯 담배 연기를 깊이 들이마셨다가 길게 내뿜곤 했다.

한참 후에야 그는 입을 열었다.

"그 이야기가 이번의 양달수 죽음에 무슨 관계라도 있습니까?"

"그건 확실히 모릅니다. 양씨의 과거를 캐다가 여기까지 온 거니까, 우선 말씀을 듣고 싶은 겁니다."

병호의 말을 심각히 듣고 난 교장은 담배를 비벼 끄고 나서 새 담배에 다시 불을 댕겼다.

이윽고 조 교장은 천천히 입을 열었다.

"그때 나는 몸이 아파서, 효당리에 있는 빈집을 지키면서 소일하고 있었는데…… 어느 여름밤에 강만호가 찾아왔지요. 그때가 아마 1952년 여름이었을 거요. 강만호는 고향이 황산이지만, 나와는 일본 와세다 대학 동창으로 옛날부터 친구였지요. 나는 사학을 공부했고 그 친구는 경제학을 공부했어요. 그런데 그 친구는 학교 다닐 때부터 사회주의에 심취해서, 해방이 되자 대단히 극렬하게 좌익운동을 했지요. 남로당 전남지부 핵심 간부로도 일했고, 여순반란사건 때는 막후에서 크게 암약했어요. 육이오 사변 때는 말할 나위도 없구요. 그러다가 월북을 하지 못하고 다른 사람들과 함께 지리산으로 들어가 빨치산 생활을 하게 된 모양이에요. 난…… 그 친구가 월북한 줄로만 알았지, 지리산으로 들어갔으리라고는 생각지도 못했지요."

"실례되는 말씀이지만, 사상적인 면에서 선생님과 강만호 씨와는 어떠했습니까?"

병호는 부드럽게 물었지만, 그의 신경은 이미 잔뜩 긴장해 있었다.

"우리는 친했지만 사상적인 면에서는 입장을 서로 달리했습니다. 그 점 때문에 서로 말다툼도 있곤 했지만, 워낙 서로가 입장이 분명했기 때문에 어쩌는 수가 없었지요. 내 체질에는 도대체 공산주의라는 게 맞지가 않았습니다. 그것은 처음부터 너무 살벌하게만 느껴졌으니까요. 아무리 무산계급의 해방이니 혁명이니 하지만, 아무튼 내가 볼 때는 그것이 하나의 치열한 생존방식으로 느껴졌고, 그 치열함이 나는 도대체 싫었으니까요. 만호는 이러한 나에 대해서 기회 있을 때마다 설득을 하려고 들었지만, 결국 쓸데없는 것이었지요. 나는 원래가 남에게 간섭을 하기를 싫어하기 때문에, 만호에 대해서는 처음부터 방관만 했습니다. 그러다가 전쟁으로 많은 사람들이 죽어 가고 전국이 폐허화되는 걸 보고서야, 비로소 나는 강만호에 대한 감정이 폭발했습니다. 그때까지는 그래도 친구라는 생각을 품고 있었는데 그 후로는 매우 증오감이 일더군요. 우리는 서로 만날 수가 없었지만, 나는 마음속으로나마 그를 머릿속에서 지워 버리려고 노력했지요. 그러니까 나 혼자서 그와 절연을 해버린 거지요. 그를 파괴 자로밖에 볼 수가 없었으니까요."

처음에는 매우 느릿느릿 나오던 조 교장의 말씨는 조금씩 이야기가 구체화되기 시작하자 거침없이 튀어나왔다. 안경 저쪽에서 두 눈은 날카롭게 빛나고 있었다.

"그러던 차, 그 여름밤에 느닷없이 강만호가 나타난 겁니다. 비 오는 밤이었지요. 만호는 몹시 마르고 초라했습니다. 그 당시 지리산에 있던 공비들은 쫓길 대로 쫓겨서, 거의 전멸 상태에 있었지요. 이미 기억에서 지워 버린 사람이었지만, 그 모습을 보니까 불쌍한 생각이 듭디다. 강만호는 어떻게 방법이 없겠느냐고 묻더군요. 그러니까, 그 사람은 자수할 생각이었지요. 여자까지 낀 공비 열한 명과 민간인 두 명, 도합 열세 명이 옥천 국민학교 교실 밑에 숨어 있는데, 자수를 하고 싶어도 죽일 것 같아서 못 하겠다는 거였습니다. 그래서 나는 일단 그 당시 청년단장이던 양달수를 만나, 의중을 타진했지요. 그때 청년단장이면, 생사여탈을 쥐고 있을 만큼 권세가 대단할 때입니다."

조 교장은 이야기를 계속했다.

"양달수는 어릴 때 국민학교도 같이 다닌, 나와는 오랜 친구였지요. 그렇다고 허물없는 사이라는 건 아니고…… 좌우간 내 말을 듣고 양달수는 책임지고 목숨을 보장할 테니 자수를 하라고 했습니다. 그래서 나는 일단 강만호와 양달수를 서로 대면시켰지요. 거기서 합의가 이루어져 결국 공비들은 모두 일망타진 되었지요."

"듣기에 공비 아홉 명은 모두 죽었다고 하던데, 왜 그랬습니까?"

"자세한 건 잘 모르겠습니다만, 아마 끝에 가서 그들이 저항을 한 모양이에요. 자기들 대장인 강만호의 말도 듣지 않았으니까요."

"강만호 씨는 사전에 부하들에게 자수 계획을 말하지 않았습니까?"

"아마 그랬던 것 같아요. 아무리 대장이지만, 부하들에게 자수하자는 말은 할 수 없었겠지요. 공비들 사이에 그런 말이 통할 수 있었겠습니까. 강만호는 일단 포위만 되면 부하들이 사수할 줄 알았겠지요. 그런데 그 바보 같은 자식들이 끝까지 저항을 하는 바람에…… 그 때문에 강만호는 나중에 고민을 많이 했지요."

"그러니까 그때 살아남은 사람은 강만호 씨와 여자 공비, 그리고 민간인 두 명, 이렇게 네 사람이었군요?"

"그렇지요. 그런데 민간인 중에 한 사람은 나중에 죽었다고 그럽디다. 자수하기 직전에 황바우라는 사람한테 칼을 맞았는데 그 상처가 도져서 나중에 죽었다더군요. 거기에 대해서는 그 이상 잘 모르겠어요."

"그 일로 양달수 씨는 포상금을 많이 받았다던데요?"

"많다고는 할 수 없고, 좀 받긴 받았던 모양이에요."

"선생님께서도 받으셨겠군요?"

"난 거절했습니다. 피해 버렸지요. 그런 비극 속에서 상을 받을 마음은 없었으니까요."

"양달수라는 사람은 어땠습니까?"

"무슨…… 인격 말입니까?"

"네, 그런 면에서 말입니다."

"어렸을 때는 잘 몰랐는데, 나중에 커서 보니까, 그 친구는 지극히 현실적이고 생활력이 강한 사람으로 변해 있더군요. 이미 세상을 떠난 사람에 대해서 왈가왈부하는 건 예의에 어긋나는 일인 줄 알지만, 하여간 내가 보았던 그때의 인상은 그랬습니다."

"생활력이 강하다는 건…… 이기적이라는 뜻도 됩니까?"

"그렇다고 볼 수도 있지요."

밖으로 나오면서 병호는 조 교장의 인상이 퍽 맑다는 것을 느꼈다.

그가 골목을 빠져나올 때, 누가 뒤에서 그의 어깨를 툭 쳤다. 돌아보니 여교사 조해옥이었다. 불빛에 드러난 그녀는 매우 아름다워 보였다.

"어떻게 됐어요?"

그녀는 큰길로 따라 나오면서 물었다.

병호는 잘된 것 같다고 대답했다. 그러자 그녀는 또 이야기해 달라고 졸랐다. 그래서 그는 다방 쪽으로 걸어갔는데 그런 그를 여교사가 뒤에서 잡아끌었다.

"다방 말고, 강 쪽으로 가요. 강변에 가보셨어요? 은어가 뛰는 것 같아요. 달빛 때문에……."

"그럼, 그쪽으로 갑시다."

그들은 강변으로 통하는 길로 걸어갔다. 바람기가 있어 쌀쌀했지만, 두 사람의 기분은 그런 것에 조금도 구애받지 않고 있었다.

해옥은 병호의 걸음에 맞춰 잘 걸었다. 그녀는 부담 없이 함께 걸을 수 있는, 그런 여자였다. 나란히 서보니, 그녀의 키는 병호보다 한 뼘쯤 작았다.

"키가 크시네요."

라고 그녀가 말했다.

"요샌 점점 작아지는 것 같아요."

"키도 기분에 맞춰 늘어나고 줄어들고 하는가 보죠?"

"그런가 봐요."

주택가를 벗어나자 바로 들판이 나왔다. 그녀는 병호 곁으로 바짝 다가섰다.

"오늘 며칠이죠? 달이 퍽 밝네요."

"어제가 보름이었을 겁니다."

키 큰 소나무밭을 지나자 모래가 나타났고, 경사진 곳을 조금 내려가자 바로 강변이었다.

발에 와닿는 모래의 감촉은 퍽 부드러웠다.

그들은 잠시 그 자리에 서서 유유히 흐르는 섬진강의 흐름을 바라보았다. 달빛이 강 위에 금가루를 뿌리고 있었다. 수면은 달빛에 부딪쳐, 그녀의 말처럼 마치 수천 수백 마리의 은어가 한꺼번에 뛰는 것 같았다. 물살이 흐르는 소리가 가는 바람 소리와 어울려 조용히 정적을 깨뜨리고 있었다.

강 건너 한쪽은 역시 들판이었고, 다른 한쪽엔 높은 산이 솟아 있었다. 산이 솟아 있는 쪽의 수면은 달빛이 가려져 어두웠다.

그들은 상류 쪽으로 천천히 걸어갔다. 병호는 구두 사이로 들어간 모래가 발밑에서 서걱거리는 것을 기분 좋게 느끼면서 그녀에게 조 교장과의 이야기를 들려주었다.

그가 이야기를 마치자 그녀는,

"세상이 싫어졌어요."

라고 말했다. 병호도 고개를 끄덕거렸다.

"지금 나는 내가 맡고 있는 사건과는 다른, 전혀 엉뚱한 길로 나가고 있는 것 같은 기분입니다. 양달수가 칼에 찔려 죽었다는 것과는 본질적으로 다른 엄청난 세계 같은 거 말이오. 마치 우리가 표면상으로 알고 있는 이 세상의 구성 요건과는 다른 거 말입니다. 우리가 볼 수 없는 또 다른 역사, 바로 그것에 의해 이 세상의 끈이 이어져 있지 않나 하는 생각이 들어요."

병호는 구두를 벗어 모래를 털었다.

"난 요즘 현기증을 느끼고 있어요. 잠을 자도 종잡을 수 없는 수렁 속으로 빠져들어 가고 있는 기분이고요."

그녀는 병호의 말에 가만히 귀를 기울이고 있었다.

"과연 어떻게 해야 할지 막연해요. 외면해 버리기에는 이미 너무 깊이 들어와 있는 기분이고, 그렇다고 붙잡고 있을 수도 없고…… 강만호라는 사람을 만나 보면, 어느 쪽이든 결정이 날 것도 같은데……."

"그럼 곧 떠나셔야겠네요?"

"내일 가야겠습니다."

"틀림없이 일이 잘되리라고 믿어요."

그녀는 추운지 어깨를 추슬러 올렸다. 병호는 코트를 벗어 그녀의 어깨를 덮어 주었다.

"사모님 말씀 좀 해주세요."

그녀는 어깨를 맡긴 채 말했다. 그러자 그는 느닷없이,

"여자와 데이트해 보기도 오랜만이군."

하고 중얼거렸다.

해옥은 멈춰 서서 그를 바라보다가 다시 걸었다.

상류로 올라갈수록 수심이 얕아지는지 물 흐르는 소리가 요란스러웠다.

"난…… 아내가 작년에…… 자동차 사고로 죽었소. 이제 알겠소?"

그녀는 대답 대신 한 걸음 물러서더니 갑자기 앞으로 뛰어갔다.

그가 다가갔을 때 그녀는 거칠게 숨을 몰아쉬고 있었다. 그들은 더 이상 말하지 않았다.

산 때문에 그늘이 진 부분은 어두웠다. 그래서 그들은 돌아서서 오던 방향으로 되돌아갔다.

병호는 강기를 벗어나기 전에, 달빛 속에 푸르스름하게 솟아 있는 지리산을 한동안 바라보았다. 그것은 보면 볼수록 신비한 모습이었다.

읍 쪽에는 거의 불빛이 사라져, 죽음 같은 정적을 느끼게 했

다. 병호는 그녀를 집 앞에까지 바래다주었다. 그녀는 그에게 손을 흔들면서 골목으로 들어가다가 문득 다시 그에게 돌아 나와 말했다.

"선생님, 저 오늘 학교에 사표 냈어요. 집에서 빨리 서울로 올라와 시집가라고 해서, 하는 수 없이…… 작은아버지께서 강제로 제 사표를 수리하셨어요. 그렇지만 전 서울에 가기 싫어요."

그리고 그녀는 그의 대답도 기다리지 않고 골목 안으로 뛰어갔다.

"조심해요!"

그가 뒤에서 소리쳤다. 울다가도 금방 웃을 수 있는 여자. 얼마나 시원한 성격인가. 이윽고 그는 그녀의 모습을 잊으려는 듯 머리를 흔들었다. 그는 지금 여자에게 마음을 쓸 여유도 없을 뿐 아니라, 그러고 싶지도 않았다.

그날 밤 그는 서너 시간밖에 잠을 이루지 못했다. 그런데도 이튿날은 일찍 잠이 깨었다.

장날인지 이른 아침부터 사방에서 사람들이 몰려들고 있었다.

그는 장터에서 해장국을 한 그릇 시켜 먹었다. 그런 다음 역으로 나가 황산으로 가는 열차를 탔다.

황산은 이름 그대로 산과 들이 온통 붉은 황톳빛이었다.

오병호는 우선 다방으로 들어가 커피를 한 잔 마셨다. 타관에 새로 도착하여 우선 찻집에서 차를 마시는 기분은 유난히 특별한 것이라고 할 수 있었다. 그것은 그의 유일한 취미나 다름없었다.

한참 후 다방을 나선 그는 행인에게 물어 가면서 우체국을 찾아갔다. 우체국에는 아침나절이라 그런지 별로 사람이 없었다.

창구에 앉아 있는 여자에게 강찬세라는 사람을 찾자, 그녀는 안쪽에서 스탬프를 찍고 있는 청년을 불러 주었다.

병호는 그에게 자기는 경찰이라는 것, 그리고 잠깐 만나 볼 일이 있다는 것을 낮은 소리로 말했다. 얼굴이 하얀 그 청년은 잔뜩 긴장한 얼굴로 주위를 둘러본 다음, 창구 쪽으로 돌아 나왔다.

병호는 다방으로 갈까 하다가 그에게 너무 지장을 줄 것 같아, 구석 자리에 놓여 있는 긴 나무 의자로 그를 데리고 갔다. 다행히 그들을 주시하는 사람은 없는 것 같았다.

병호는 그가 곁에 앉기를 기다려, 먼저 미안하다고 말했다.

"아, 아니요. 괜찮습니다."

강찬세는 너무 경찰을 두려워한 탓인지 무슨 일 때문이냐고 묻지도 않았다. 경찰을 이렇게 두려워하는 사람을 대할 때는 병호는 민망한 생각이 들곤 했다.

"강만호 씨가 아버님 되시는가요?"

"네 네, 그렇습니다."

"아버님을 만나 뵙고 이야기를 좀 들을 일이 있어서 그러는데, 만나 뵐 수 있을는지요?"

병호는 가능한 대로 부드럽게 물었다. 그러자 아직 삼십이 채 못 되어 보이는 그 청년은 아주 기어들어 가는 목소리로 말했다.

"아, 아버님을 뵈실려구요? 아버님은 계십니다만⋯⋯ 몇 년째 중풍으로 누워 계시기 때문에⋯⋯"

"아, 그래요? 많이 편찮으십니까?"

"거동을 못하십니다. 말씀이나 기억력은 아직 괜찮으시지만……."

"그렇다면 됐습니다. 제가 직접 찾아가죠. 아버님과는 함께 계십니까?"

"네, 아들이라곤 저 혼자기 때문에……."

"아, 그렇군요. 뭐, 별다른 이야기는 아니니까 안심하십시오."

청년에게서 상세히 약도를 그려 받은 뒤 병호는 우체국을 나왔다.

"잘 좀 부탁합니다."

청년은 무엇을 부탁하는지 분명한 말도 없이 연방 부탁한다고만 말했다.

강만호를 제대로 찾게 된 건 매우 다행스러운 일이었다. 만일 그를 만나지 못하게 되었더라면, 모든 것은 안개 속에 묻혀 버렸을지도 몰랐다.

강만호의 집은 변두리에 위치한 조그만 함석집이었다.

병호는 집을 찾아내자, 우선 인근 가게로 가서 먹을 것을 산 다음, 다시 돌아와 문을 두드렸다.

한참 후에 문이 열리고 젊은 부인이 나타났는데, 병호는 첫눈에도 그녀가 강찬세의 부인이라는 것을 알 수가 있었다. 결혼한 지 얼마 안 되었는지 그녀에게서는 싱싱한 풋내음 같은 것이 풍겨 왔다.

그녀는 병호의 말을 듣자 별로 동요하는 빛도 없이 그를 건넌

방으로 안내했다.

　문이 열리자 어두운 방에서 야릇한 냄새와 함께 '아이고' 하는 신음 소리가 들려왔다. 가만히 살펴보니, 아랫목에 누가 죽은 듯이 누워 있었다. 병호는 들어가기가 몹시 딱했지만, 눈을 딱 감고 안으로 몸을 들이밀었다.

　젊은 아낙이 먼저 누워 있는 사람의 귀에다 대고,

　"아버님, 손님 오셨구만요."

하고 말하자 강만호는 가까스로 눈을 떴다. 그러고는 입술을 우물거렸다.

　"일으켜 드릴까요?"

　며느리가 묻자 만호는 고개를 끄덕였다. 병호도 그를 부축하여 벽에 기대앉게 했다.

　만호는 앉자마자 심하게 기침을 하면서 한동안 몸을 떨었다. 그의 얼굴은 가죽만 남아 거의 해골처럼 보였고, 두 눈은 유난히 움푹 패어 있었다. 한 번씩 이쪽을 쳐다볼 때마다 소름이 끼칠 정도였다.

　병호가 찾아온 이유를 대강 이야기하자 만호는 눈짓으로 며느리를 나가 있게 했다. 그러고는 고개를 끄덕이면서 담배를 청해 피웠다.

　"아들놈이 기침을 한다고 담배를 못 피우게 하는 바람에……."

　"삼가시는 게 좋을 겁니다."

　"곧 죽을 몸인데, 그거 몇 대 참아서 뭐하겠소."

　그는 병호가 권하는 과일을 사양하지 않고 먹었다.

"양달수가 결국 죽었구만. 난 아파 누워 있는 바람에 아무것도 몰랐지. 결국 그렇게 죽었구만……."

만호는 무엇인가를 깊이 생각했다. 그리고 한참 후에 다시 말했다.

"그렇지 않아도, 내가 죽기 전에 누구한테라도 이야기를 하려고 했었는데…… 아무튼 잘됐소. 혼자 간직하고 있기에는 워낙 부담이 돼놔서……."

몸이 바짝 마르고 얼굴이 신경질적으로 보이는 데 비추어, 그의 목소리는 침착하게 가라앉아 있었고, 흡사 돌을 가는 것처럼 몹시 쉬어 있었다.

병호는 몸이 몹시 불편해 보이니 내일쯤 다시 오는 게 어떻겠느냐고 물었다. 그러자 강만호는 그를 만류했다.

"몸은 이렇지만 정신은 아주 맑아요. 묻는 말에 얼마든지 대답할 수 있으니까, 앉아 계시오. 이렇게 먼 길을 오실 정도라면 몹시 급하신 모양인데…… 오 형사께서는 그 당시 내가 어떻게 해서 자수를 하게 되었는가 하는 동기도 물론 중요하겠지만, 요는 나와 양달수와의 관계를 자세히 아실려고 그러는 게 아닙니까?"

"네, 바로 그겁니다. 비단 강 선생님과의 관계뿐만 아니라 양달수라는 사람의 과거를 보다 자세히 알고 싶어서 그러는 겁니다. 수사를 하다 보니까 무엇보다도 피해자 자신을 알지 않고는 사건 해결이 안 될 것 같기에 그의 과거를 조사하게 된 겁니다. 그런데 갈수록 태산이라고 양씨의 과거는 궁금증만 더해 주고 있습니다."

만호는 눈을 감았다가 뜨면서 병호를 바라보았다.

"그럴 겁니다. 양달수는 여느 사람과는 좀 다른 데가 있었으니까요."

그는 괴로운지 이맛살을 찌푸렸다.

"다른 점이란 건 무슨 말씀입니까?"

"그건…… 뭐라고 할까…… 사는 방법이 좀 유다른 데가 있었다는 거겠지요. 제가 보기에 그는 수단 방법을 가리지 않았으니까요."

강만호는 엄청난 일을 앞에 두고 심호흡을 하는 사람처럼 벽에 몸을 기댄 채 한동안 거칠게 숨을 내쉬었다.

한때 시리산 공비로서 사선을 헤맨 이 사나이를 병호는 형사다운 직업의식을 가지고 날카롭게 관찰해 보았다. 그러나 아무래도 죽음을 앞에 둔 보잘것없는 사나이로밖에는 보이지 않았다. 조 교장과 같은 연배라면 아직 채 육십이 못 되었을 것 같은데도, 강만호는 육십이 훨씬 넘은 사람처럼 늙어 보였다. 아마 젊었을 때 너무 고생을 해서 그런 모양이었다.

"잘 아시다시피 나는 이미 죽었어야 할 몸인데, 20년이 지난 지금까지도 살고 있소. 이건 여분으로 사는 거요. 그렇다면…… 뭔가 보람 있는 일을 해야 하는 건데 그렇지도 못했으니, 자꾸만 창피스러운 생각이 드는구만."

"원 별말씀을…… 별 탈 없이 살면 그게 다 보람 있는 일이 아닙니까."

"아니, 나는 그렇지가 않아요. 나는……"

강만호는 손을 내저으면서 심하게 기침을 했다. 한동안 고개를 꺾고 어깨를 떨면서 기침을 하는 것이 보기가 몹시 민망했다.

"누우시죠."

병호가 부축하려고 하자 그는 고개를 흔들었다.

"아니, 괜찮아요. 가끔 이러니까……."

그는 구석에 놓인 활명수 병을 집어 들더니, 마개를 열고 꿀꺽 꿀꺽 마셨다.

"후우, 사는 게 이렇게 힘이 들어서야 어디…… 잘 아시다시피 나는 공비였단 말이오. 나 때문에 죽은 사람이 몇이나 되는 줄 아시오? 나도 잘 모를 정도요. 그러니 내가 심사가 편할 수가 있겠소. 뭔가 보상을 해야 하는 건데…… 그건 그렇고, 그때 그 이야기를 합시다. 내가 이렇게 누워 있지만, 한시도 잊을 수 없는 그 이야기를 합시다. 지금까지 나는 그것을 아무한테도 이야기하지 않았소. 그렇지만 죽기 전에 누구한테 꼭 해줄 생각이었는데, 이렇게 오셨으니 나로서는 퍽 다행이오. 암, 다행이고말고……."

강만호는 마치 소가 새김질을 하듯이 느릿느릿 입을 열기 시작했다.

그 내용은 대강 다음과 같은 것이었다.

첫 번째 진술

1952년에 접어들자 지리산에 본거지를 둔 공비들에 대한 토벌 작전은 본격화하기 시작했다.

그렇지 않아도 하루하루 급격히 몰리기 시작하고 있던 공비들은 토벌 작전이 본격화함에 따라 그때까지 지탱해 오던 연대 체제를 잃은 채, 다만 몇 명씩 짝을 지어 뿔뿔이 흩어지지 않을 수 없게 되었다. 이를테면 파상적으로 토벌 작전에 대처해야만 되었던 것이다.

그러나 국군 전투사단 규모가 정식으로 토벌 작전에 투입되면서부터는 이러한 공비들의 파상 작전도 아무런 도움이 될 수가 없었다. 그들은 다만 목숨을 부지하기 위해, 지리산을 중심으로 한 포위망 속에서 다람쥐 쳇바퀴 돌 듯 밤낮을 가리지 않고 도망을 다녀야 했고, 그러자니 그들이 흔히 말하는 투쟁 의욕은 물거품처럼 스러지고, 자수하는 공비들이 속출하게 되었다.

그런데 공비들의 자수는 극비리에 개인적으로 목숨을 내걸고 단행해야만 성공할 수가 있었다. 우선 자수를 하더라도 총살당한다는 인식이 머릿속에 박혀 있었던 만큼, 몇 명이 한꺼번에 자신들의 목숨에 대해 단체가 의견 통일을 해가지고 국군에게 자수를 한다는 것은 거의 불가능했고, 더구나 서로 간에 자수의 눈치만 보여도 당장 반동으로 몰아 즉결처분을 해버렸기 때문에 결국 자수는 그만큼 어려워질 수밖에 없었다.

그러나 그렇게 어려운 판국에서도 자수하는 공비들은 날로 늘어만 갔다. 그와 함께 철저한 토벌 작전에 따라 사살되는 공비들의 수도 급격히 불어났다.

봄이 지나고 여름이 되자, 공비들의 수는 손으로 헤아릴 수 있을 정도로 줄어들었다. 따라서 토벌군은 거의 저항을 받지 않고 마음 놓고 작전을 전개할 수가 있었다.

강만호가 지휘하는 이른바 지리산 제15지구 인민유격대는 지난봄의 전투에서 거의 전멸당하여, 이제는 그를 포함한 소수의 인원만이 살아 있을 뿐이었다.

그는 열 명의 부하 공비들과 민간인 두 명을 데리고 효당리 가까운 공동묘지까지 내려와 묘지 속에 토굴을 파고 며칠을 견디어 보기로 했다. 토벌군이 산악 깊숙한 곳까지 침투하여 샅샅이 뒤지고 있었으므로, 이제는 더 이상 산속에 숨어 있을 수가 없었던 것이다.

최후의 증인 上

여름이 시작되고 있었기 때문에 토굴 속은 더웠고, 더구나 열세 사람의 체취는 참을 수 없을 만큼 역겨운 냄새를 풍기고 있었다. 거기다가 그들은 무더운 낮에는 일체 토굴 속에 숨어 있어야 했기 때문에 더없이 고통스러웠다. 그들이 겨우 토굴 밖으로 나올 수 있는 시간은 깊은 한밤중뿐이었다. 그러나 곳곳에 마을 청년단원들이 죽창을 들고 잠복을 하고 있었기 때문에 그나마도 조심하지 않을 수가 없었다.

공비들은 무엇보다도 허기가 져 있었기 때문에 주로 마을과는 멀리 떨어져 있는 한적한 골짜기의 밭에서 고구마나 감자, 혹은 콩 같은 것을 거둬 오곤 했다. 잔뜩 굶주린 입이 열셋이나 되었기 때문에 그들이 한 번씩 거쳐 간 밭은 쑥대밭이 되곤 했다.

비가 와서 땅이 축축해지고, 그래서 발자국 때문에 보급투쟁(그들은 식량을 구하는 일을 이렇게 불렀다)을 할 수 없을 때나, 또는 국군이 작전을 전개하는 바람에 너무 위험해서 며칠씩 밖에 나갈 수 없을 때, 그리고 그들의 위치가 발각되어 한없이 쫓길 때를 대비해서, 그들은 비상식량을 비축해 두는 것도 잊지 않았다.

보급투쟁을 나갈 때, 그들은 무기를 들고 있기 때문이기도 하지만, 되도록이면 힘의 소모를 억제하기 위하여 짐을 거의 민간인 두 명에게 떠맡기곤 했다.

지난봄에 효당리와 냉골을 습격했다가, 뚝심이 세어 보여 짐꾼으로 붙들어 온 이들 두 명의 민간인은 힘든 일들을 도맡아 하고 있었다. 그중 냉골 출신의 한동주라고 하는 30대의 사내는 본래 집안이 좌익이었기 때문에 처음부터 공비들 속에 가담

하게 된 것을 영광으로 생각했다. 그래서 공비들 이상으로 자진
해서 일을 처리해 나갔고, 잔혹한 일은 혼자 도맡아 하다시피 했
다. 따라서 공비들은 한동주를 같은 동지로 대접, 나중에는 중
요한 문제까지 그와 상의하게 되었다. 그러니까 그는 짐꾼으로
산에 끌려왔다가 자진해서 공비가 되어 버린 그런 사내였다.

그런데 그에 비해 황바우라고 하는 40대의 사내는 문제가 좀
달랐다. 효당리 출신의 이 사내는 사람이 무식한 데다가 더없이
어리석어서, 언제 무슨 일을 저지를지 알 수가 없었다. 그래서 공
비들 사이에서는 처음 이 사내에 대해, 입을 줄이고 불안을 덜
기 위해 그를 죽여 버리자는 의견이 강력히 대두되었었다. 그러
나 그가 워낙 힘이 세어 짐 나르는 데는 더없이 쓸모가 많고, 또
이 지방 지리에 밝다는 점을 생각, 결국 그를 그대로 데리고 있
기로 결정을 보았다.

그렇다고 내부 문제가 모두 끝난 것은 아니었다. 그들은 그동
안 은연중에 품어 왔던 또 하나의 문제에 부닥쳐 있었던 것이다.
그것은 그들 사이에 유일하게 끼어 있는 어린 여자 대원에 대한
문제였다. 그녀는 공비들과 함께 다니다 보니까 공비가 되어 버
린 것이지, 사실은 공비라고는 볼 수 없는 그런 여자였다.

손지혜의 나이는 18세, 아직 소녀티가 가시지 않은 여자였다.
그러나 아무리 나이가 어리다고 하지만, 그동안 공산주의를 배
우고 투쟁심을 길렀다면, 이렇게 쓸모없는 존재가 되지는 않았
을 거라는 것이 모든 공비들의 일치된 의견이었다.

투쟁이 한창이었을 때는 여자 공비들도 상당수 있었고, 그들

대부분은 남자 이상으로 투쟁 의욕이 악착스럽고 잔인했다. 그러니 그와 같은 여자 공비들만 보아 온 그들의 눈에는 손지혜 같은 연약한 여자야말로 더없이 쓸모없는 귀찮은 존재로 보일 수밖에 없었다.

거기다가 씨를 알 수 없는 아기를 밴 그녀는 하루 종일 말을 잃은 채 죽은 듯이 쓰러져 있었고, 몸은 언제나 열에 떠 있었다. 따라서 그녀는 보급투쟁이나, 그 밖의 대원들이 할 수 있는 일을 단 한 가지도 못하고 있었다.

무엇보다도 모두가 굶주리고 있는 이때, 아무 쓸모없는 그녀 때문에 조금이라도 귀중한 식량이 줄어든다는 사실이야말로 그늘에게는 견딜 수 없는 일이었다.

결국 공비들은 이 단계에서 그녀를 밖으로 쫓아내면 이쪽의 위치가 알려질 위험이 있으므로 그녀를 아예 죽여 버리는 게 상책이라고 결론을 내렸다. 많은 사람들을 죽여 본 그들이기 때문에 여자 하나를 죽이는 것쯤은 그렇게 어려운 일이 아니었다. 여자의 목을 눌러 질식시킨 다음 땅속에 묻어 버리면 그만이었다.

그러나 지혜를 죽이는 데 있어서 반대자를 생각하지 않을 수 없었다. 말을 하지 않고 있지만, 지혜가 무척 따르고 있는 황바우가 분명히 반발을 할 것이 틀림없었다. 무식하고 어리석은 놈이 힌빈 싱을 내면 걷잡을 수 없는 사태가 일어날지도 모르는 일이었다. 황바우는 자기 목숨을 내놓고 지혜를 지키려고 할지도 몰랐다.

그러나 뭐니 뭐니 해도 가장 큰 반대자는 그들을 지휘하고 있는 강만호였다. 부하들과는 달리, 일본에서 대학까지 나온 그는 피를 보는 것을 아주 싫어했다. 이에 대해 부하들은 혁명을 수행하고 있는 자가 피를 싫어하고 피한다는 것은 반동의 피가 흐르고 있기 때문이라고 생각했다. 그리하여 그들은 만호가 보이지 않는 곳에서 수군거렸고, 그들 내부에 조만간 곧 변화가 와야 할 것이라고 생각하고 있었다.

부하들의 이러한 움직임을 만호는 물론 눈치채고 있었다. 모두가 일치단결해서 투쟁해도 죽느냐 사느냐 하는 판인데, 이젠 내부 분열까지 일어나 손지혜와 함께 자기 목숨까지 노리고 있으니, 사태는 앞을 예측할 수 없을 만큼 위태로워져 있는 것이 분명했다.

그는 무슨 수가 없을까 하고 생각해 보았지만, 좀처럼 묘안이 떠오르지 않았다. 만일 그가 자진해서 지혜를 죽여 버린다면, 골칫거리도 없어지고 자기에 대한 대원들의 불만도 사라질 것이었다.

그러나 그녀를 죽일 수는 없었다. 아무리 자신과 전 대원의 목숨이 위험하다 하더라도 어린 여자를 잔인하게 죽일 수는 없었다. 아무리 상황이 절박하다 해도 죄 없는 인간을 죽인다는 것 자체를 그는 용납할 수가 없었던 것이다. 더구나 지혜에 대해서 그는 보호자의 입장에 있었기 때문에 더욱 그랬다.

지혜의 아버지 손석진(孫石鎭)은 만호와는 동향 사람이었고 나이가 세 살 위인 선배 격이었다. 일본 유학 시절 그는 만호와는 달리 동경제대 철학과를 다녔지만, 그와 만호는 남달리 절친한 사이였고 만호가 공산주의 사상에 물들기 시작한 것도 순전히 석진의 영향을 받고부터였다.

석진은 머리가 대단히 명석한 수재인 데다가 얼굴이 잘생겼고, 또 말을 유창하게 잘했기 때문에 한국 유학생들뿐만 아니라, 일인 학생들 사이에서도 인기가 있었다. 나중에 그는 '조선사상연구회'라는 것을 조직, 표면적으로는 학문 연구를 내세우면서 그 이면에 숨어, 무라카미(村上貞雄)라고 하는 일인 교수를 지도교수로 하여 본격적인 공산주의 연구에 들어갔다. 그를 추종하는 만호는 물론 많은 조선 학생들과, 일인 중에서도 반정부직인 학생들이 이 연구회에 가입했다.

그러나 후에 이 연구회의 성격이 탄로되어 회원들 모두가 체포되었고, 무라카미 교수와 석진은 가장 무거운 2년 형(刑)을, 만호를 포함한 다른 회원들은 6개월 내외의 형을 받고 후쿠오카 형무소에서 징역을 살았다. 그동안에 석진의 아내는 고향에서 예쁜 딸아이 하나를 남겨 둔 채 죽고 말았다.

6개월 복역 후 형무소를 나온 만호는 고등계 형사의 감시도 감시려니와, 모든 것에 대한 흥미를 잃어, 학교를 그만두고 고국으로 돌아와 버렸다.

손석진이 복역을 치르고 만호 앞에 나타난 것은 그 2년 후였다. 몸이 쇠약해지고 초라해 보였지만, 석진의 눈빛은 전보다 더 날카롭게 빛나고 있었다. 웃음이 사라진 얼굴은 증오심으로 굳어져 있어서, 만호는 서늘한 감마저 느낄 정도였다.

아내의 묘에 성묘하고 돌아오던 날, 석진은 만호를 찾아와서 중국으로 가지 않겠느냐고 물었다. 만호는 그것을 거절했다. 그로서는 석진의 제의에 대해 처음으로 반대하고 나선 것이다. 그러자 석진은,

"왜놈들 밑에서 개처럼 살 텐가?"

하고 만호를 비웃으며 헤어졌다.

그길로 석진은 딸애를 노모에게 맡긴 채 중국 대륙으로 떠나 버렸다.

한편 만호는 지극히 평범한 생활로 들어갔다. 그러나 석진에 대한 생각이 날 때마다 모든 것을 집어치우고, 그를 따라 중국 대륙으로 달려가고 싶은 충동에 사로잡히곤 했다. 자기 의지대로 행동하는 석진이 그는 더없이 부럽기도 했다. 더욱이 들려오는 풍문에 의하면, 석진은 중국 공산당에 들어가 팔로군(八路軍)에서 게릴라 훈련까지 받고 있으며, 권토중래의 날을 손꼽아 기다리고 있다는 것이었다. 이러한 소식을 들을 때마다 만호는 자신에 대한 열등감으로 몸을 떨곤 했다.

그러나 한편으로, 단란하고 행복한 가정생활은 그로 하여금 모든 것을 잊게 해주었고, 그래서 그는 인생이란 평범하게 사는 것이 가장 좋은 것이라는 생각이 들기도 했다.

이러는 사이 해방이 되었고, 손석진이 마침내 만호 앞에 다시 나타났다. 그는 중국의 황진 속에서 싸운 탓인지 옛날과는 아주 딴판으로 거칠어져 있었고, 몸도 아주 건강했다. 만호의 손을 굳게 잡으면서 함께 투쟁하자고 말한 그는, 그 후 몇 달 동안 매우

바쁜 듯이 남북을 오르내렸다. 그러한 그를 지켜보면서, 만호는 자신의 생활이 불가피하게 변화를 받아들일 수밖에 없음을 깨달았다.

그리하여 결국 만호는 석진의 지시에 따라 남조선 노동당을 결성하는 데 참여하게 되었다. 어느새 그는 학교 시절의 공산주의자로 돌아가 있었다.

그러나 그 후 남로당이 불법 단체로 규정되고 좌익에 대한 검거선풍이 불자 그는 당황했다. 하는 수 없이 그는 석진과 함께 지하로 잠복했다.

석진은 중국에 있을 당시 이미 게릴라 활동이 혁혁했기 때문에, 그 방면에서 중요한 직위를 떠맡고 있었다. 따라서 남파된 무장공비 및 남한에서 조직된 공비들은 거의가 그의 지휘하에서 파괴 활동을 벌였다. 제주도 폭동사건과 여순반란사건 등 굵직굵직한 사건이 일어날 때마다 그 배후에는 으레 손석진의 이름이 등장하게 마련이었다. 따라서 공산당 지하세계에서 손석진의 명성은 날이 갈수록 높아지기만 했다.

그리고 육이오 사변이 일어나, 남한 전역이 적화되자 그의 이름은 마침내 지하로부터 부상해서 일반에게까지 널리 알려지게 되었다.

그러나 전세가 바뀌어 공산군이 후퇴하게 되자, 그는 다시 지하로 잠복했다. 그는 월북하지 않고 그대로 남한에 남아 게릴라 활동을 지휘했다. 만호 역시 석진을 따라 입산한 것은 물론이었다.

손석진이 그의 유일한 혈육인 딸을 빨치산 본부로 데리고 온 것은 이즈음이었다. 부정(父情)이 유난히도 강한 그는 노모가 죽자 더 이상 딸을 맡길 만한 데가 없었고, 또 그러기도 싫었기 때문에 비록 고생이 되더라도 잠시 딸을 데리고 다니기로 결심한 것이다.

 그 당시 그의 딸 지혜는 여학교에 재학 중인 매우 아름다운 소녀였다. 그런데 철저한 공산주의자인 손석진이 그때까지 자기 딸에게 자본주의 교육을 시켜 왔다는 것은 얼핏 볼 때 납득이 안 가는 처사였다. 그러나 좀 더 생각하면 별로 이상할 것이 없는 일이었다.

 그동안 그는 노모와 살고 있는 딸에 대해서 하나하나 손을 쓸 틈도 없었을 뿐만 아니라 잘못 딸에게 접근하다가는 그 자신이 체포될 위험이 많았기 때문에 딸의 교육 문제를 방치해 두고 있었던 것이다.

 그 외에 또 하나 생각해 볼 수 있는 문제는, 그가 딸만은 적어도 이데올로기 투쟁 지대에서 벗어나게 하려 했을 것이라는 점이다. 그러나 점점 나이가 들어 감에 따라, 그리고 자신이 언제 죽을지 모르는 위험 속에 처해 있게 되자 그는 마치 옛 고향을 찾듯이 자기의 귀여운 딸을 곁에 두고 싶었을 것이 분명했다. 또한 자기 딸이 빨갱이 자식이라는 이유로 멸시받는 것을 몹시 싫어했을 것이다. 더구나 곧 적화통일이 되어 빨치산 생활이 그렇게 오래가지 않을 것이라고 확신하고 있었기 때문에 그의 딸을 첩첩산중으로 데리고 갈 수 있었던 것 같았다.

이러한 그에게 결정적인 불운이 닥친 것은 지난 1월 어느 날이었다.

지난겨울은 유난히 눈이 많이 내려 지리산 공비들은 거의 한 발짝도 움직일 수가 없었다. 따라서 그들은 토굴 속에서 눈이 녹을 때까지 기다리기로 작정을 하고 거의 활동을 중지한 채 하루 한 끼로 목숨을 겨우 연명하고 있었다.

바로 이때 평양에서 명령이 내려왔다. 지리산을 둘러싸고 있는 네 개의 군(郡)을 한날한시에 총공격하여 적화하라는 내용이었다. 무기와 식량이 달리는 데다가 눈이 허리를 넘게 쌓여 있는 상황에서 작전을 전개한다는 것은 지 실하는 짓이나 다름없었다. 급기야 석진은 화를 터뜨렸다.

"평양에는 우리들 죽는 꼴을 기다리는 반동 개새끼들만 득실거리나? 보급도 끊어 놓고 어떻게 하라는 거야?"

석진은 결국 명령을 묵살한 채 그대로 산속에 주저앉아 버렸다. 그러자 이러한 그의 불평과 명령 불복종이 그대로 평양에 보고되었다. 그렇지 않아도 석진의 명성에 불안을 느끼고 있던 군수뇌부는 이 기회를 놓치지 않고 그를 숙청할 것에 합의했다.

눈이 쏟아지던 날 새벽, 지리산 빨치산 본부에 설치되어 있는 세 개의 무전기가 삑삑 하고 날카롭게 울었다. 세 명의 공비는 담요 속에서 기어 나와 무전기를 들고 재빨리 전문을 적었다.

세 개의 전문은 모두 같은 것이었다.

손석진을 사령관 직에서 해임하고 부사령관 허식(許植)을 사령

관으로 임명함. 전문을 받은 즉시 허식 사령관은 손석진을 총
살하라.

그렇지 않아도 손석진의 자리를 노리고 있던 허식은 즉시 손
석진을 체포했다. 부하들이 알 경우 동요할 것을 예상해서 그는
모두가 잠들어 있는 사이에 그의 심복들을 동원해서 손석진을
눈밭으로 끌고 나왔다. 그러고는 변명의 여유도 주지 않고 몽둥
이로 때려죽였다. 총을 사용하지 않은 이유는 총알을 아끼기 위
해서, 그리고 총소리 때문이었다.

하얀 눈 위에 검붉은 피를 흘리며 쓰러진 손석진을 공비들은
숨이 멎을 때까지 몽둥이로 난타했다. 공산주의에 심취해서 청
춘을 불사른 손석진의 말로는 결국 같은 동료에 의해서 이렇게
비참하게 끝나고 말았다.

강만호는 그날 새벽에 그들 몰래 나무 뒤에 숨어서 이 모든
참극을 하나도 놓치지 않고 눈여겨보았다. 그는 뛰쳐나가려는
자신의 충동을 가까스로 참으면서 전신을 후들후들 떨 수밖에
없었다.

손석진은 그가 죽기 전에 이미 불길한 예감이 들었던지, 한밤
중에 만호를 밖으로 불러냈다. 그러고는 하늘의 별을 한참 동안
응시하다가 이렇게 말했다.

"난 말일세. 오래 살 것 같지가 않아. 이런 말 하면 웃을지 모
르지만, 아까 잠을 자다가 이상한 꿈을 꾸었어. 오랜만에 죽은
아내가 나타나서 나보고 빨리 피하라는 거야. 아내는 피투성이

가 되어 나한테 소리를 질렀어. 놀라서 깼는데…… 꼭 정말 같은 기분이 들더군. 만일을 생각해서…… 내 딸을 잘 부탁하네. 자네밖엔 부탁할 사람이 없어. 그리고 자네도 잘 알다시피 우리 선친이 나에게 물려준 재산이 막대했단 말이야. 난 내 생활이 한곳에 정착할 수 없었기 때문에 수년 전에 아무도 모르게 사람을 시켜 우리집 재산을 모두 처분했더랬어. 그리고 그 돈으로 모두 보석을 사서 비밀리에 땅속에다 묻어 두었지. 이건 바로 그 장소를 그려 둔 거니, 나중에 세상이 좋아지거든 내 딸에게 전해 주게. 아무것도 모르는 애니까 잘 좀 보살펴 주게. 그리고…… 자넨 가족들도 있고 하니까 어떻게든 살아남도록 하세. 여기서 이러고 있다가 개죽음을 당해서는 안 될 테니까 말이야. 난 지금까지 혁명 완수를 믿어 왔는데, 이 상태로 가다가는 어려워. 내가 너무 과신했던 것 같아. 세상은 그렇게 단순한 것도 아니고…… 모든 사람들의 생각을 하나로 묶어 보려던 내 생각이 잘못되었던 것 같아. 난 이제 이쪽으로 가나 저쪽으로 가나 환영받을 몸은 아니니까 이렇게 체념해 버렸지만, 자넨 어떻게 방도를 강구해 보게."

손석진은 만호에게 종이쪽지를 한 장 쥐어 준 다음 대답할 틈을 주지 않고 얼른 사라져 버렸다.

종이를 받아 든 만호는 실로 아연하지 않을 수 없었다. 석진과 같은 공산당 골수분자가 사리(私利)를 위해서 보석을 숨겨 두었다니, 이것은 무엇을 의미하는 것인가. 더구나 그는 피할 수 있으면 피하라고 권하기까지 하지 않는가. 결국 만호가 내릴 수 있었던 결론은 석진이 초기와는 달리 후기에 와서 매우 회의에 빠졌다는 사실이었다. 그리고 이러한 석진에 대해 만호는 혐오는커녕 오히려 공감이 가는 것을 느꼈던 것이다.

아무튼 이렇게 비참하게 죽어 가면서 석진이 부탁했던 만큼 만호는 그때부터 석진의 딸을 자기 곁에 데리고 다녔다. 반동분자의 딸이 되어 버린 손지혜는 슬퍼할 겨를도 없이 감시의 눈에 떨어야 했고, 그러한 소녀를 돌봐야 하는 만호의 입장은 퍽 불안할 수밖에 없었다.

그러나 그의 보호에도 불구하고 손지혜는 어느 틈에 강간당해 씨를 모르는 아기를 배고 있었고, 이제는 목숨마저 위험해진 것이다.

악에 받친 공비들은 이제 지휘관 따위에 별로 신경을 쓰지 않았고 여차하면 사람 고기라도 먹어 치울 듯한 기세였다. 만호는 막다른 골목에 와 있는 자신을 느끼고 점점 불안에 떨지 않을 수 없었다. 무슨 수단을 써서든지 지혜를 살려야 했고 자신 역시 살아야 했다. 그러나 지혜를 살려 둘 수 있는 명분이 좀처럼 생각나지가 않았다.

그즈음 어느 날 공비 하나가 임신한 지혜를 다시 강간해 버린 사건이 일어났다. 몸이 아프다는 이유로 그날 밤 보급투쟁에서 빠진 공비가 기진해 누워 있는 지혜를 덮쳐 버린 것이다. 돼지 생활이나 다름없는 그런 상황에서 먹지 못해 부황에 걸린 사내가 그래도 여자 생각이 나서 강간을 했다는 것은 실로 놀라운 사실이었다.

그래도 질서가 잡혀 있었을 때에는 동료에 대한 이러한 강간 행위는 엄격히 금지되어 있었다. 그러나 질서가 없어진 지금 그 것은 아무런 문제가 되지 않았다. 더구나 당장 없애 버려도 좋을 계집애 하나를 먹어 치웠다는 사실은 죽음을 눈앞에 둔 이 살벌한 사나이들에게 하나의 흥미를 불러일으키기에 족했고, 그때부터 그들 사이에는 아연 활기가 일기 시작했다.

이러한 사태에 직면한 만호는 놀라움과 분노로 몸이 부들부들 떨렸지만 속수무책이었다. 모두 죽여 버릴까 하는 생각도 해 봤지만 그것은 위험천만한 짓이었다. 그는 끓어오르는 분노를 억누르면서 이 최악의 상태에서 벗어날 수 있는 방법을 생각해 보았다.

몸이 비쩍 마른 데다가 여자인지 남자인지조차 구분할 수 없을 정도로 거의 자기 모습을 잃어 가고 있는 손지혜를 살릴 수 있는 방법은 결국 그녀를 미끼로 이용하는 것밖에 없을 것 같았다.

지금까지 그녀를 죽여야 한다고 주장하던 공비들은 이제 그녀를 마음대로 강간할 수 있다는 새로운 사실에 접하자 그때까지 팽개쳐 두었던 성욕을 서서히 일으켜 세우면서 그녀를 맛볼 수 있는 기회를 노리기 시작했다. 이로써 그녀를 당장 죽여야 한다고 주장하던 그들의 의견은 강간사건이 일어난 그날을 고비로 서서히 가라앉아 버렸다. 일단 이렇게 해서 손지혜에게 불어닥쳤던 위험은 물러간 셈이 되었다.

만호는 그녀의 몸이 유린당한다는 사실에 대해서는 치를 떨었지만, 한편으로는 그녀가 당분간이나마 죽음의 위험에서 벗어나게 되었다는 데 대해서는 적이 안심이 되기도 했다. 그러나 이러한 상태가 얼마나 계속될지는 전혀 미지수였다. 그녀에 대한 욕구를 모두 채우고 나면 다시 또 그녀를 죽이자는 주장이 나올 것은 틀림없었다.

아니 그보다도 임신한 지혜가 오래 굶주린 열 명이나 되는 사내들을 과연 무사히 받아 낼 수 있을지가 퍽 의문이었다. 만호가 보기에 지혜는 그들이 싫증을 내기도 전에 그들의 몸에 깔려 죽어 버릴 것만 같았다. 거의 죽은 몸이나 다름없이 언제나 자리에 쓰러져 있는 지혜는 하나도 아니고 한동주까지 긴 열이나 되는 남자들을 받아 내기에는 너무나 몸이 약해 있었던 것이다.

강간사건이 일어난 이틀 후, 그날 밤은 구름이 잔뜩 끼어 금방이라도 비가 쏟아질 것만 같았다. 한 치 앞을 분간할 수 없을 정도로 어두운 그날 밤 만호는 그들의 아지트를 옮겨야겠다고 말했다.

"어제 내가 보니까 이 앞으로 청년들이 지나가는 것이 보였소. 아무래도 여기에 더 이상 머물러 있다가는 위험할 것 같소. 오늘 밤 달도 없고 하니까 옮깁시다."

그러자 대원 하나가 어둠 속에서 물었다.

"지휘관 동무, 어디로 가자는 겁니까? 다시 산으로 들어가자는 겁니까?"

"아니요. 산으로 들어가다가는 보급도 끊기고 해서 살아 나올 수가 없소. 산에는 지금 적들이 쫙 깔려 이 잡듯이 뒤지고 있으니까 만일 죽으러 간다면 몰라도 산에는 절대로 돌아갈 수가 없소."

"그럼 어디로 가자는 겁니까?"

"이런 상태에선 아예 마을로 파고들어 가는 게 안전할 것 같소. 적들도 감히 우리가 마을에 있으리라고는 상상도 못할 거요."

그러자 공비들이 웅성거리기 시작했다.

"아니, 지휘관 동무, 제정신으루 하는 말입니까? 호랑이 굴로 들어가서 호랑이 밥이 될라문 몰라도 그렇지 않다문 제 발로 걸어 들어갈 게 뭡니까? 거기 가서 도대체 어디에 숨어 있자는 겁니까? 숨어 있을 장소가 있드래도 얼마나 오래가겠습니까?"

"맞소. 그 말이 맞소. 마을로 들어가다가는 당장 잡혀 죽고 말 거요."

공비들은 이구동성으로 만호의 의견에 반대를 하고 나섰다.

돌 틈으로 바람이 약간 들어오고 있을 뿐이었으므로 땅속은 거의 숨이 막힐 정도로 무더웠다. 모두가 땀을 뻘뻘 흘리고 있었고, 모기 때문에 잠시도 가만있지 않고 몸들을 뒤채고 있었다. 만호는 땀띠가 나 거의 피부가 벗겨져 버린 목을 손으로 쓰다듬었다. 목은 쓰리고 아렸다.

"동무들 말은 잘 알아요. 그러나 현실적으루 생각해 봅시다. 일단 이곳이 위험해진 이상 여기를 떠야 할 게 아니오. 그렇다고 다시 산으로 갈 수도 없고, 여기서 갈 수 있는 데라고는 그래도 마을 쪽이 제일 안전하고 가능성이 많아요. 내가 장소를 하나 마련해 놨는데, 바로 마을 어귀에 있는 국민학교가 장소도 넓구 아주 좋아요. 여기서 이대루 있다가는 누가 죽여 주지 않아두 저절로 떠서 죽을 거요."

"지휘관 동무, 정말 정신없구만. 아, 아새끼들이 우글거리는 학교에 어디 숨을 데가 있다구 그리루 가요? 그 아새끼들이 보문 가만있을 것 같애요?"

"너무 그렇게 가볍게 판단하지 마시오. 효당리 국민학교는 건물이 나무로 되어 있기 때문에 교실 바닥과 땅 사이가 우리가 기대앉을 수 있을 만큼 상당히 떨어져 있어요. 교실 하나만 차지하고 들어가문 두 다리 쭉 뻗구 시원하게 지낼 수 있을 거요."

이 말에 공비들은 귀가 번쩍했다.

"교실 바닥으로는 어떻게 들어갑니까? 밤에는 또 보급투쟁하러 나와야 할 테고!"

"그 점은 염려 마시오. 내가 사전에 다 조사해 봤는데 교실 구석마다 바닥을 열 수 있도록 조그맣게 문이 달려 있소. 아마 청소도구들을 그 안으로 집어넣어 두는 모양인데, 한 사람씩이면 그리루 충분히 출입할 수가 있소. 이제 여름방학두 얼마 남지 않았으니까 거기서 조금만 지나면 마음 놓고 활동할 수가 있을 것 같소."

공비들은 더 이상 반대를 하지 않았다.

"우리가 산으로 다시 들어갈 수 없는 바에는 그 반대 방향을 생각해 볼 필요가 있소. 그건 뭐냐 하면 사람들이 많이 사는 곳으로 들어가는 길이오. 이런 시골에서는 누가 누군지 환히 알기 때문에 그렇게 할 수 없겠지만 우리가 도시로만 나갈 수 있으면 무슨 짓을 하드래도 신분을 숨기고 살아갈 수 있을 거요. 머지 않아 해방군이 다시 총공세를 취할 테니까 그때까지만 살아남 으문 여러 동무들은 영웅이 되는 거요. 내가 마을로 내려가자는 것도 그런 의미에서 한 말이오. 일단 이렇게 마을루 내려갔다가 기회를 봐서 도시루 빠져나가자는 거요. 마을루만 들어가면 보급투쟁두 쉬울 거구. 여러 면에서 도움이 많을 거요."

만호의 말은 분명히 설득력이 있었다.

그들은 그날 밤 중으로 국민학교로 잠입했다. 모든 일은 매우 신속하고 정확하게 이루어졌다. 면지 강만호가 시혜를 데리고 앞장을 섰고 황바우를 앞세운 공비들이 그 뒤를 조심스럽게 따랐다. 특히 효당리는 황바우가 살던 마을이었기 때문에 그들은 황바우가 도망치지 못하게 각별히 조심을 했다. 소처럼 미련해 서 전혀 잔꾀를 부릴 줄 모르는 황바우는 몇 달 만에 자기가 살던 마을 옆을 지나가면서도 전혀 감회가 일지 않는지 그저 묵묵히 짐을 지고 걸어갔다.

그들은 마을을 끼고 도는 냇가를 따라 숨 가쁘게 걸어가다가 사람이 다니지 않는 언덕을 넘어 학교로 들어섰다. 그러나 막상 교사(校舍) 쪽으로 선뜻 다가서기가 두려웠기 때문에 그들은 한 동안 몸을 도사린 채 운동장 가에 서 있었다.

가로서 있는 두 채의 학교 건물은 불빛 하나 없이 어둠 속에 잠겨 있었다. 교사 뒤쪽으로 좀 떨어진 곳에 숙직실 같은 조그 만 집이 한 채 있었는데, 불빛이라고는 거기서 나오고 있을 뿐이었다.

"저건 뭡니까?"

"숙직실인 모양이오."

만호가 앞장서서 걸어가자 그제야 일행이 따라 움직이기 시작했다. 건물 앞에 이르자 만호는 낮은 소리로 주의를 주었다.

"마룻바닥에 발자국을 남겨서는 안 되니까, 모두 신을 벗어요, 빨리!"

공비들은 만호가 시키는 대로 발자국을 남기지 않기 위해 모두 신을 벗고 복도로 올라섰다. 만호는 가능한 한 복도를 걷는 것을 줄이기 위해 첫 번째 교실로 들어갔다. 그리고 교실 구석으로 더듬어 나갔다. 어느 교실에나 똑같이 만들어져 있는 판자를 들어 올리자 바닥으로부터 서늘한 바람과 함께 곰팡이 냄새가 풍겨 왔다.

만호는 청소도구를 한쪽으로 치운 다음 대원들을 모두 교실 밑으로 들어오게 했다. 그러고 나서 청소도구를 아까처럼 제자리에 놓고 판자를 도로 닫았다. 그들은 포복 자세로 몸을 끌면서 입구와는 정반대 되는 곳으로 깊숙이 기어갔다. 양켠 벽 쪽에 환기 구멍이 있었기 때문에 교실 밑의 공기는 참을 수 없을 정도로 그렇게 답답하지는 않았다. 조금 땅을 파자 그들은 몸을 꼿꼿이 하고 앉을 수가 있었다. 공비들은 비로소 강만호의 처사에 감탄하면서 기뻐들 했다. 그들은 그날부터 실로 오랜만에 사지를 펴고 편안하게 잠을 잘 수가 있었다.

이튿날 아침이 되자 교실로 아이들이 몰려들었다. 교실 밑에 있는 공비들은 숨을 죽이고 귀를 기울였다. 그들은 이미 이러한 사태를 예견하고는 있었지만 그것이 막상 이렇게 현실로 나타나자 무척 당황했다.

교실의 판자 바닥이 쿵쾅거릴 때마다 그들의 가슴은 덜컥덜컥 내려앉았고, 금방이라도 그들이 숨어 있는 것이 발각될 것만 같았다. 그런데 일단 아이들의 소란스러움이 가라앉고 선생의 목소리만이 낭랑하게 들려오자 그들의 두려움은 더욱 가중되었다. 그래도 아이들이 떠들 때에는 기침 소리라도 낼 수 있었지만, 갑자기 교실이 조용해지자 그들은 숨소리마저 제대로 낼 수가 없었다. 목소리로 보아 선생은 여자인 것 같았고, 그들이 들어 있는 교실의 아이들은 2학년쯤 되는 것 같았다.

첫 시간은 국어 시간인지 여교사는 교실을 왔다갔다 하며 책을 읽었다. 그 목소리가 너무도 듣기에 좋아 공비들은 모두가 넋을 놓고 귀를 기울였다. 그들의 메마르고 살벌한 가슴에는 어느새 인간을 향한 따뜻한 그리움이 파도처럼 밀려들었다. 만호는 곁에 누워 있는 지혜가 소리를 죽여 흐느끼고 있는 것을 알 수가 있었다.

그날 셋째 시간은 음악 시간이었는데, 노래를 들으며 그들은 모두가 울었다. 여교사가 풍금을 치며 선창을 하자 아이들은 모두 거기에 따라 노래를 불렀다.

나의 살던 고향은 꽃 피는 산골,
복숭아꽃 살구꽃 아기진달래

울긋불긋 꽃대궐 차리인 동네
그 속에서 놀던 때가 그립습니다.

아이들은 이 노래를 3절까지 모두 부른 다음 계속해서 다시
불렀다. 공비들은 더 이상 듣다 못해 얼굴을 파묻어 버렸다. 강
만호는 마른침을 꿀꺽꿀꺽 삼키면서 어떻게 해서든지 살아야겠
다고 어금니를 악물었다. 그 순간 그는 자기 가슴속으로 한 줄기
서늘한 바람이 스쳐 가는 것을 느꼈다. 그가 자수하기로 결심한
것은 바로 이 순간이었다.

그것은 막다른 골목에서 나온 각오라기보다는 과거에서 탈피
하려는 하나의 새로운 몸부림이라고 할 수 있는 그런 것이었다.
그는 아이들의 노래를 듣고 자신이 그동안 얼마나 허황한 세계
속에서 방황하고 있었는가를 깨달았던 것이다.

그는 몸도 마음도 지칠 대로 지쳐 당장이라도 이곳에서 탈출
하여 가족들이 있는 곳으로 달려가고 싶었다. 그동안 아들놈도
많이 자랐을 것이고 아내는 그 때문에 퍽 늙었을 것이다. 그는
아내와 아들에게 사죄하고 그들이 받아 준다면 편안한 여생을
보내고 싶었다. 손석진이 죽기 전에 그에게 한 말도 역시 이런 뜻
이었을 것이다. 아마 손석진 역시 새로운 세계를 갈망하다가 죽
고 만 것이 아니었을까?

그날부터 만호는 자수 계획을 치밀하게 세워 나가기 시작했
다. 적어도 그는 지혜 하나만을 데리고서라도 자수를 해야 되겠
다고 생각했다. 부하 대원들에게 사전에 귀띔을 하여 모두가 한

꺼번에 자수를 하면 더 이상 좋을 수가 없겠지만, 그것은 너무 위험한 일이었다. 왜냐하면 이런 절박한 상황 속에서도 공비들은 누구 하나 자수할 눈치들을 보이지 않았던 것이다. 공비들 사이에는 만일 누가 자수할 눈치를 보인다거나 혹은 자수를 권유할 경우 상대가 누구건 간에 사살해 버려도 좋다는 내규가 정해져 있었다. 때문에 그들은 서로를 끊임없이 감시했고 자신이 자수할 마음이 있어도 절대 혼자 단행하지 누구에게 권유한다거나 내색을 하지 않았다.

만호는 빨치산 생활 중에 자수에 실패하여 처단되는 공비들을 무수히 보아 왔던 만큼 이 문제를 신중히 생각해 보지 않을 수 없었다. 결국 그는 지혜만을 데리고 자수를 단행할 수밖에 없다는 결론에 이르렀다. 그런데 이외에 또 하나 문제 되는 것은, 만일 자수를 했을 경우 목숨을 부지할 수 있을까 하는 점이었다. 삐라나 방송으로는 자수를 하는 공비들은 살려 준다고 했지만, 공비들은 모두가 일찍부터 자수를 해도 죽음을 면할 수 없다고 교육을 받았기 때문에 그렇게들 믿고 있었다. 사실 만호 역시 그렇게 믿고 있었던 것이다. 그러나 지금 이 단계에 이르러서 그는 그것을 한번 분명히 확인해 볼 필요를 느꼈다.

비가 오려는지 하늘에는 연일 구름이 잔뜩 끼어 있었다. 만일 비가 올 경우, 밖에 나가는 것은 일절 금지될 수밖에 없었다. 발자국을 남길 우려가 있고, 발이 더러워지면 들어올 때 교실 바닥을 더럽힐 위험이 있기 때문이었다.

그렇지 않아도 어느 날 아침에 일찍 등교한 아이들이 교실이 더럽혀져 있다고 저희들끼리 쑤군거리고 있는 것을 그들은 들었던 것이다. 그들에게 있어서 가장 조마조마한 시간은 청소 당번 아이들이 남아서 청소를 할 때였다. 아이들이 청소도구를 꺼내기 위해 뚜껑을 열 때, 그리고 또 손을 밑으로 쑥 뻗을 때, 그들은 숨이 넘어갈 듯이 눈을 부릅뜨고 그쪽을 노려보곤 했다. 혹시 그쪽으로 연필이나 무슨 장난감 같은 것이 떨어져 그것을 찾기 위해 아이 하나가 교실 밑으로 내려오거나 할 때에는 그들은 땅바닥 위로 납작 엎드려 아예 눈을 감아 버리곤 했다.

만일 발각될 경우 그들은 아이라도 죽여 버릴 심산이었다. 그러나 다행히 교실 밑은 넓고 어두웠기 때문에 그들이 아이들을 죽이는 일은 일어나지 않았다.

며칠이 지나자 그들은 학생들의 일과를 모두 알게 되었고 그들이 어느 때 떠들고 어느 때 조용해지는지, 그리고 무엇을 좋아하고 무엇을 싫어하는지도 알게 되었다.

처음에는 매우 놀랐지만 차차 날이 감에 따라 이러한 생활에 익숙해지자 그들은 아이들이 노래를 부를 때면 작은 소리로 그것을 따라 부르기까지 했다. 그런 나머지 아이들의 노래를 혼자서도 흥얼거리게 되었다. 낮에는 쥐 죽은 듯이 숨어 있어야만 하는 그들로서는 이런 것이야말로 심심풀이를 위해서도 아주 제격이었고 위안이 되는 일이기도 했다.

낮을 이런 식으로 보내고 나면 그들은 밤에는 밖으로 기어 나와 마을로 잠입하는 것이었다. 마을에는 사람들을 협박하지 않고서도 구할 수 있는 먹을 것이 많았다. 사람들을 협박해서

먹을 것을 구하면 이쪽의 위치를 알리게 되어 다음부터는 경계가 삼엄해질 것이므로 그들은 옛날과는 다른 수법, 즉 강탈이 아닌 도둑질을 했다. 주로 부엌으로 들어가 식은 밥덩이를 훔치기도 하고 쌀가마니를 통째로 들어내 오기도 하고 닭을 잡아 오기도 하고 밭에서 감자, 고구마, 수박, 참외 따위를 훑어 오기도 했다. 그들은 가능한 한 즉석에서 먹을 수 있는 것들을 구했는데 그렇지 못할 때에는 교실 밑에서 불을 피워 익혀 먹었다. 그러나 연기가 나지 않도록 조심해야 했으므로 그것은 무척 애를 먹이는 일이었다.

그러던 어느 날 밤, 마침내 만호가 우려하던 일이 또 벌어지고 말았다.

보급투쟁을 다녀온 후 피곤한 몸으로 쓰러져 잠들어 있을 때 이상한 신음 소리가 들려왔다. 잠에서 어렴풋이 깨어난 그는 그 신음 소리가 지혜에게서 나오는 것임을 알았다.

"이년아, 소리 내지 마. 아가리를 찢어 놓을 테니……."

남자의 다급한 목소리가 어둠 속에서 들려왔다. 만호는 놀란 나머지 몸을 일으켜 앉았다. 남자는 식식거리며 한창 일을 치르고 있었다. 어두웠기 때문에 전혀 보이지는 않았지만 그 장면은 가히 상상하고도 남음이 있었다. 그는 총을 움켜잡았다가 도로 놓았다. 고통을 이기지 못해 터져 나오는 신음을 그나마 억지로 집어삼키는 소녀의 모습이 그로 하여금 이번에는 칼을 들게 했다. 그는 칼을 빼어 들고 신음 소리가 들려오는 쪽으로 기어가려고 했다. 그때 누군가가 그의 팔을 움켜쥐었다. 아주 세차게 쥐었기 때문에 그는 팔에 고통을 느낄 정도였다.

"지휘관 동무, 가만있으라우요. 남자가 남자 구실 좀 하는데 방해하지 말라우요."

그 순간 만호는 자신의 코끝에 칼이 와닿는 것 같은 느낌을 받았다.

"개자식들……"

하고 중얼거리면서 그는 입술을 깨물었다.

한참 후에 지혜의 흐느끼는 소리가 나고, 다시 다른 사내가 일을 치르는 소리가 났다. 그들은 차례대로 하도록 이미 약속이 되어 있는 모양이었다. 그들이 하룻밤에 모두 일을 치르면 임신 6개월의 지혜는 죽어 버리고 말 것이다. 만호는 초조해지기 시작했다. 세 번째부터는 사내놈의 헐떡거리는 소리만 들릴 뿐 지혜에게서는 아무 소리도 들려오지 않았다.

"어, 죽은 모양이지?"

"죽지는 않았을 거야."

공비들은 수군거리기 시작했다. 만호는 그쪽으로 다가가서 지혜의 가슴을 짚어 보았다. 영양실조로 젖가슴은 거의 없어지고 앙상한 가슴뼈만이 손이 와닿았다.

가슴은 따뜻했고 아직 뛰고 있었다. 아마 그녀는 까무러친 모양이었다. 만호는 옆에 앉아 있는 공비의 얼굴을 주먹으로 후려 갈겼다.

"이 짐승 같은 놈들! 네놈들이 그래도 사람이냐?"

"이거 왜 이러시오? 여기서 지휘관 동무하고 우리들하고 싸우

잔 말이오? 생각해 보시오. 벌써 두 해 동안이나 우리들은 여자와 자본 적이 없소."

"짐승 같은 놈들, 사람을 가려서 해야지. 네놈들은 딸 같은 애를 짓밟은 거야. 큰 벌을 받을 거다."

"방년 18세 처녀가 누워 있는데, 지금까지 참아 온 것도 다행이지…… 지휘관 동무는 사내도 아니우? 언제 죽을지 모르는 판에 재미 좀 봤기로서니……."

"닥쳐, 한꺼번에 그렇게 달려들면 여자가 죽는단 말이야."

만호는 감정을 누르면서 완강하게 나가지 않으려고 애를 썼다. 이러다가 그들이 지혜를 죽여 버리자고 나서면 큰일이었다. 따라서 지혜와 함께 무사히 탈출할 수 있을 때까지 그들을 설득할 수밖에 없었다.

"죽든 살든 우리는 상관없소."

과연 누군가가 악에 받쳐 말했다. 만호는 어조를 바꾸어 부드럽게 대했다.

"내 말은 뭐고 하니, 같은 값이면 우리가 모두 함께 살자는 거요. 동무들이 조금씩만 양보하면 두고두고 재미를 볼 수 있는 거 아니오. 한꺼번에 이렇게 달려들면 어느 여자고 죽어 버리지 살 수가 있겠소. 더구나 저렇게 못 먹고, 임신까지 했는데…… 동무들은 지금 어두워서 잘 모르겠지만 이 계집아이 하체는 온통 피투성이일 거요."

만호는 이렇게 말하고 나서 그녀의 허벅지로 손을 가져가 보았다. 과연 끈적끈적한 것이 손에 묻어 왔다. 그는 물수건으로 지혜의 얼굴을 닦아 주었다.

한참 후 그녀의 입에서는 신음 소리가 새어 나왔다. 그때까지 침묵을 지키고 있던 공비들은 안심하는 눈치였고 그들 중의 하나가,

"죽지 않아 다행이군."

하고 말했다. 그러고 나서 다시,

"그러니까 지휘관 동무 말씀은 저것을 죽이지 말고 길러 가면서 해보자 이 말이군요?"

하고 물었다.

"그렇소. 내일부터는 그러니까 한 사람씩만…… 그러면 저 계집애도 견딜 수 있을 테니 말이오."

"그건 너무한 말입니다. 사람이 열이 넘는데, 하루에 한 사람씩만 하다가는 열흘이 지나서야 겨우 한 번씩 돌아오는 것 아니오?"

"나하고 황바우는 빠질 테니 동무들만 하시오."

"그래도 열입니다. 하루에 두 사람씩으로 합시다. 언제 죽을지도 모르는 판에 열흘씩이나 기다릴 수는 없는 판 아니갔수?"

하나가 이렇게 주장하자 공비들은 모두 거기에 따랐다. 더 이상 반대를 해도 들어줄 것 같지가 않았으므로 만호는 그들의 제의를 수락하지 않을 수 없었다. 그 대신 하루에 두 사람씩 하는 것을 엄격히 지켜 줄 것을 당부했다. 하루에 두 놈씩이라면 적어도 며칠 동안만은 견뎌 낼 수 있을 것이다. 아무리 고통스러운 일이라 하더라도 습관이 들면 저항력이 생기는 법이다. 더구나

공비들도 현재는 영양실조로 기운들이 쇠잔해 있기 때문에 그렇게 왕성한 정력으로 덤빌 수는 없을 것이고. 그러다 보면 제풀에 물러서는 놈들도 생길 것이다.

아무튼 지혜를 살리기 위해서라도 만호의 자수는 며칠 사이에 단행되어야만 했다. 더구나 그녀는 점점 배가 불러 오고 있었다.

그가 이런 생각을 하고 있을 때,

"지휘관 동무는 고자요?"

하는 소리가 들려왔다. 그와 함께 절망적인 웃음소리가 나직이 일어났다. 만호는 분명히 대답을 할 필요를 느꼈다.

"고자는 아니지만, 그런 일에 힘을 쏟고 싶지는 않소. 그렇지 않아도 자꾸만 몸이 약해지는데…… 참아야지요. 앞으로 더한 어려움이 있을지도 모르지 않소."

"그 말이 정말이래문 장하우다."

그들은 다시 킬킬거리고 웃었다.

이튿날 아침 날이 밝아서 보니 지혜는 황바우의 품에 안겨 잠들어 있었다. 그 모습에 만호는 적지 않게 놀랐다. 황바우까지 지혜를 강간했는가 하는 생각이 들자 당장이라도 놈을 때려죽이고 싶었다. 그러나 나중에 보니 그게 아닌 것 같았다. 잠이 깬 지혜는 놀란 눈으로 주위를 휘둘러보다가 황바우의 가슴에 얼굴을 파묻고는 소리 없이 우는 것이었다. 그러자 황바우는 마치 가엾은 딸을 껴안듯이 하고 그 큰 손으로 지혜의 등을 쓰다듬었다. 만호는 깊은 감동을 받고 가슴이 울컥해 오는 것을 느꼈다. 지혜는 현재 가장 믿을 수 있는 사람으로 황바우를 선택하고 있는 것이었다.

이 순간 만호는 수치와 소외감을 느끼지 않을 수 없었다. 석진으로부터 딸을 부탁받은 몸으로서, 그녀를 지켜 주지 못한 자신이 더없이 부끄럽고 죄스럽기만 했다. 만일 석진이 지하에서 이 광경을 목격한다면 얼마나 분노할까. 석진은 바보스럽고 우직한 황바우에게 깊이 감사할 것이다.

만호는 한편으로 바우의 용기에 감동했다. 황바우는 공비들이 모두 주시하고 있었지만 마치 잠에서 깨어난 어미소가 송아지를 품듯이, 그들을 거들떠 보지고 않은 채 완강한 모습으로 그녀를 감싸 안고 있었다. 그의 얼굴에는 모든 것을 각오한 자의 굳은 결의 같은 것이 서려 있었다. 그의 표정이 너무나 강직했기 때문에 아무나 선뜻 나서서 그에게 말을 거는 사람이 없었다. 모두가 그의 눈치를 살피고 있었다.

만호는 문득 저러다가는 황바우가 살해되지나 않을까 하는 생각이 들었다. 만일 밤에도 저렇게 지혜를 보호하다가는 십중팔구 공비들에게 해를 당할 것이 분명했다. 성욕이 발동하기 시작한 공비들이 그들의 행위를 방해하는 황바우 따위를 가만히 둘 리가 만무했다.

만호는 그날 밤 보급투쟁을 나갔을 때 바우와 나란히 걸으면서 그에게 주의를 주었다.

"이봐, 바우. 화가 나겠지만 좀 참아요. 너무 그러다가는 목숨이 위험하니까. 내가 시키는 대로만 해요. 지혜를 돌보는 건 좋지만, 동무들이 요구를 하면 들어주도록 하시오. 며칠만 기다려요."

"아씨가 죽으면 어떻게 합니까?"

바우는 몹시 염려하는 기색이었다.

"죽지는 않을 거요. 어젯밤처럼 여러 놈이 하는 게 아니라 두 놈씩만 하는 거니까 지혜도 견딜 수가 있을 거요. 지혜한테도 내가 조금만 참으라고 했으니까 당신도 그렇게 알고 있으라고. 만일 당신이 고집을 부리다가는 당신뿐 아니라 지혜도 위험하고, 나도 죽을지두 몰라요. 그러니까 내 말 잘 명심해 둬요."

그의 말에 바우는 멈칫하며 놀란 몸짓을 해 보였다. 그러나 만호가 그의 손을 싹 쥐어 주면서 흔들자 그는 알았다는 듯이 고개를 끄덕거렸다.

이렇게 해서 만호는 그들 내부에 있는 위험을 일단 가라앉힌 셈이었다.

보급투쟁은 여러 명이 한꺼번에 몰려다니면서 할 경우 사람들에게 발각될 염려가 있기 때문에 두세 명씩 짝을 지어서 했다. 그리고 일이 끝나면 약속 장소에 일단 집결했다가 돌아오곤 했다.

그날 밤은 일부러 만호가 황바우와 단둘이 짝을 지었기 때문에 그들은 자유스럽게 이야기를 나눌 수가 있었다. 그들은 개울가에 이르자 얼굴을 씻기 위해 그곳에 잠시 머물렀다. 만호는 먼저 물을 마시고 나서 얼굴을 씻었다.

자정이 지난 마을에서는 가끔씩 개 짖는 소리와, 초소에 있는 마을 청년들이 이상 유무를 확인하는 소리만이 들려올 뿐 아주 조용했다.

만호는 바우를 데리고 개울가 나무 밑에 들어가 쉬었다.

"바우, 힘들지 않소?"

"힘들지만 할 수 있어야지요."

그는 모든 것을 자기 의지대로 처리하는 능력이 없는 것 같았다. 남의 밑에서 시키는 대로 살아온 사람의 그 무력함이 그에게는 있었다. 그는 평화로운 시대에나 살아갈 수 있는 그런 사람이었다. 만호는 황바우의 운명을 환히 보는 것 같아 마음이 편치 않았다.

악에 받쳐 살아온 빨치산 생활이었기에 그는 한 사람의 운명을 생각해 보는 짓 따위는 해보지 않았었다. 그는 혁명에 취한 나머지 다른 사람의 죽음에 대해서도 슬퍼한 적이 없었다. 그러나 이제 그는 실로 오랜만에 한 사내의 운명에 대해서 생각하게 된 것이다. 그만큼 그는 지금 개인의 삶을 중요시하게 되었고, 혁명보다도 먼저 생명의 가치를 찾게 된 것이다.

그는 자신의 이러한 변화에 놀라움을 금할 수가 없었다. 혹시 자신이 약해진 것이 아닌가 하고도 생각해 보았지만 그런 것이 아닌 것 같았다. 그는 자신을 구하고 남도 구하려 하고 있었다. 마침내 그는 황바우도 구해 내자 하고 생각했다.

"왜 동무는 그동안 얼마든지 도망갈 수 있었을 텐데도 도망가지 않았소?"

"도망갈 데가 있어야지요. 인제 저는 산(山) 사람이 다 된 몸 아닙니까. 순겡한테 잡히문 바로 총살당할 텐데요. 이리 가도 죽고 저리 가도 죽고…… 저는 갈 디가 아무 데도 없습니다. 그리고 아씨가 저를 그렇게 따르는데 떼놓고 갈 수가 있어야지요."

만호는 눈시울이 뜨거워 오는 것을 겨우 진정하면서 바우의 손을 잡았다.

"올해 나이가 몇이오?"

"마흔셋입니다."

바우는 침울하게 대답했다.

"처자식도 없다던데 정말이오?"

"네. 아무도 없습니다."

"어쩌다가 그렇게 되었소?"

"님의 집 머슴으로만 살다 봉께 이렇게 늙었구만요. 머슴한테 누가 시집올라 해야지요. 이젠 머슴살이도 끝내고 논마지기나 가지고 편히 살라구 했는디, 난리가 나서 이 지경이 됐구만요."

이 소박한 한마디에 만호는 심한 부끄러움을 느꼈다. 평소에는 거의 안중에도 두지 않았던 이 사내에게 이렇게 마음이 끌리는 것은 무슨 까닭일까. 만호는 진정코 구원을 받아야 할 사람을 발견한 듯했다.

"너무 낙담하지는 마시오. 사람은 언제나 희망을 가져야 하는 법이오. 내가 방법을 강구해 볼 테니까 조금만 더 기다려 보시오. 그렇다고 이런 말 아무한테나 하지 마시오. 절대로 말하지 마시오."

"절대 안 합니다. 제발 우리 아씨부터 살려 주십시오. 저야 뭐 늙었응께 아무렇지두 않지만 그 아씨는 너무 불쌍합니다."

"나도 그렇게 생각하고 있으니까 염려 마시오."

그들은 자리를 털고 일어나 개울을 건너갔다.

"이 마을에 오래 살았다면 웬만한 사람들도 다 알겠구만?"

"네, 어지간한 사람이면 다 압니다."

만호는 뜸을 들였다가 조심스럽게 물었다.

"혹시 조익현이라는 사람 알아요?"

"조익현이요?"

"옛날에 일본서 학교 다니고, 그 후엔 학교 선생도 하고 그랬을 거요. 요즘은 뭘 하고 있는지 모르지만······."

"아, 천석궁네 말이군요."

"천석궁이라니?"

만호가 걸음을 멈추는 바람에 바우도 그 자리에 주춤 섰다.

"옛날에 벼 천 석을 했다고 해서 그렇게 부르지요. 천 석이문 무지무지하게 부자지라우. 그 집에서 머슴살이도 했는디······ 그 집에 있을 때가 좋았지요."

"아, 천석군(千石君) 말이군. 천석군이면 굉장하지요."

그들은 다시 걸어갔다.

"그렇다면 조익현이라는 사람도 잘 알겠군요?"

"그 사람은 그 집 둘째아드님이지라우. 그렇지만 저는 잘 몰라요. 그 양반이 장가가서, 타관에서 살고 있을 때 제가 머슴살이를 했응께 잘 몰라요. 그 집 어르신이 돌아가신 뒤로는 그 집도 망했지라우. 그렇지만 아드님들이 모두 훌륭하게 돼놔서······ 둘째보다 서울에 있는 큰아드님이 더 크게 되셨다지요."

"조익현이는 요새 어디서 살고 있나요?"

"요새는 몸이 아파서 혼자 고향에 내려와 있을 꺼구만요."

"그거 정말이오? 지금 집에 와 있는 게 분명해요?"

만호는 놀랍고 반가운 나머지 하마터면 크게 소리를 지를 뻔했다.

"그럼요. 제가 산에 들어가기 전에도 봤는디요. 고향에 쉴라고 내려왔는디, 산사람 때문에 고향이 더 시끄럽다고 그러는 것도 제가 들었지라우."

"바로 이 효당리에 와 있단 말이오?"

"그렇다니까요. 허지만 다시 떠났는기도 모르지요. 그 휑아니 넓은 집에서 혼자 지낼라문……"

그들은 언덕을 넘어 솔밭 속으로 들어갔다. 솔밭을 나와 내리막길을 조금 내려가면 바로 마을이었다. 이쪽은 산을 마주 바라보는 쪽이었기 때문에 경비가 허술했다. 만호는 소나무에 기대서서 땀을 닦았다.

"어떻게 조 선생을 아능가요?"

"나하고는 학교 동창이오. 일본서 학교 다닐 때 친했지요. 만난 지도 워낙 오래돼 놔서……"

만호는 자신의 운명이 퍽 기구하다고 생각되었다. 조익현이 머물고 있는 마을에 자신이 공비가 되어 나타나리라고는 실로 꿈에도 생각해 보지 못한 일이었다.

이 마을이 익현의 고향이라는 것을 그가 생각해 낸 것은 벌써 오래전의 일이었다. 그러나 그것은 지나치다가 잠깐 생각해 본 것일 뿐 그때는 아무런 감정도 일지 않았었다. 그런데 이제 그가 도움을 청할 인물을 찾아야 할 이 판국에 그것도 바로 이 마을에 익현이 휴양차 내려와 있다는 것은 실로 놀랍고도 반가운 일이었다. 그러면서도 한편으로는 괴롭고 부끄러운 마음을 어찌할 수가 없었다.

그가 한창 공산주의 운동을 하고 있을 때 익현은 그런 것에는 전혀 관심이 없는 듯이 보였고 그 때문에 절친했던 두 사람 사이는 서먹서먹해지지 않았던가. 그리고 그런 이유로 해서 그들 사이는 소식이 끊어졌던 것이다. 만호는 익현을 부르주아의 찌꺼기로 경멸했던 것이 생각났다. 출신 성분이 그렇게 타고난 놈이라 어쩔 수 없다고 판단했었고, 막판에는 증오심마저 일어 남반부가 해방이 되면 우선 그런 놈부터 처치해야 한다고 생각하지 않았던가.

그러나 이제 입장은 거꾸로 되어 만호가 그를 찾아보지 않을 수 없게 된 것이다. 그를 만나 무슨 말을 할 것인가. 아무튼 만나면 살아날 방도를 강구해 줄지도 모른다. 틀림없이 옛날 정리를 생각해서라도 외면하지는 않을 것이다.

그러나, 그러나, 이건 너무나 빨리 결과가 돌아왔고, 너무나도 수치스러운 짓이 아닌가.

만호는 두 손으로 얼굴을 감싸 쥐었다. 그리고 자신의 몰골을 생각해 보았다. 이미 자신은 인간의 모습을 잃은 지가 오래였다. 그러자 아직도 자존심을 붙들고 있는 자신이 역겨워졌다.

"그 집으로 갑시다."

그는 황바우의 어깨를 떼밀었다.

"어떻게 할라구요? 우리 아씨를 저렇게 놔두고 자수할라구요?"

"아니야. 그 집을 알아 놓을려구 그래요. 우선 집을 알아 놔야 나중에라도 만날 수가 있지. 만나 보면 좋은 방법이 있을 거요."

그들은 솔밭을 나와 내리막길로 조심스럽게 내려갔다. 만호는 어느새 권총을 빼 들고 있었다.

빨치산 생활 탓으로 그들의 걸음걸이는 놀랍도록 재빠르고 정확했다.

이곳 지리를 잘 알고 있는 바우는 마을로 들어서지 길을 따라 걷는 게 아니라 사람이 다니지 않는 뒤꼍이나 밭을 가로질러 갔다. 그리고 여느 집보다도 나무가 많이 서 있는 어느 큰 기와집 앞에 이르자 걸음을 멈추었다. 어둠 속에서도 그 집은 옛날 천석지기의 집답게 크고 웅장해 보였다.

그들은 대문 옆으로 돌아가 담 밑에 쭈그리고 앉았다. 담은 별로 높지 않았기 때문에 만호는 혼자서도 쉽게 뛰어넘을 수가 있을 것 같았다. 만호는 담 위에 매달려 안을 들여다보았다. 밤이 깊은 탓인지 집 안은 불빛 하나 없이 어둠 속에 잠겨 있었다.

"이 집엔 조익현 외에 누가 또 있었소?"

"밥해 주는 아주머니가 한 사람 있었지라우."

"됐소. 갑시다."

그들은 그곳을 떠나 다른 집으로 갔다. 대부분의 집들이 울타리와 문이 있었지만 거의가 형식적으로 허술하게 되어 있어서 침입하기가 쉬웠다.

그들은 어느 초가로 들어가 주위를 한 바퀴 돈 다음 부엌으로 숨어들었다. 부엌에는 의외로 쌀밥이 두 그릇이나 있었고, 그 외에도 감자 삶아 놓은 것이 한 소쿠리나 되었다. 그들은 부엌 바닥에 퍼져 앉아 밥 한 그릇을 나누어 먹은 다음 자루 속에다 먹을 것들을 잔뜩 담아 가지고 나왔다.

"김치 담았소?"

만호는 짐을 어깨에 지고 가는 바우를 뒤따르면서 물었다.

"네, 잔뜩 담았구만요. 김치도 아주 맛있게 잘 익었는디요."

먹을 것을 많이 훔쳤다는 데 대해 황바우는 아주 기분이 좋은 모양이었다. 만호는 오늘 밤은 좀 많이 먹어야겠다고 생각하면서 걸음을 재촉했다.

이튿날은 비가 몹시 쏟아졌다. 밤이 되자 비는 소나기로 변했고 번쩍번쩍하는 번갯불과 함께 뇌성이 계속해서 하늘을 울렸다.

비가 오면 일절 밖에 나갈 수가 없기 때문에 공비들은 꼼짝 않고 누워 있었다. 만호는 절호의 기회라고 생각하고 공비들에게 좀 나갔다가 오겠다고 말했다. 그러자 예상했던 대로 공비 하나가,

"지휘관 동무, 어딜 가오?"

하고 물었다.

"좀 나가서 정세를 살피고 오겠소."

"무슨 정세?"

공비들은 부쩍 의심이 드는지 거듭해서 물었다.

만호는 벌컥 화를 냈다.

"나갔다 오겠다는데 무슨 말들이 그렇게 많소? 명색이 내가 지휘관인데, 나를 그렇게 의심하고 싶으면 아예 나를 쏴 죽이든지, 동무들 하고 싶은 대로 맘대로들 하시오. 나도 따로따로 활동하면 한결 편하니까."

"너무 그렇게 화내지 마시오. 미안하게 됐수다. 이렇게 비가 오는데 혼자 나가도 되겠소?"

"괜찮소. 내가 여기 올 때에도 말했지만 우리는 한시바삐 이곳을 빠져나가야 살 수 있단 말이오. 그러기 위해서는 이 지방 경비가 현재 어느 정도 되어 있는지도 알아야 한단 말이오. 사전에 이런 지식도 없이 무턱대고 여길 빠져나가다가는 모조리 잡히고 말 거요. 나 혼자 같으면 문제는 간단하지만, 나는 여러 동무들을 책임지고 있는 사람이오. 때문에 하루라도 빨리 정세를 살펴서 대책을 세워야 한단 말이오. 내가 밖에 나가려고 하는 것도 이런 이유 때문이니까 그렇게들 아시오. 지금 우리 동무들은 거의가 전사하거나 뿔뿔이 흩어진 판에 우리만이라도 이렇게 한데 뭉쳐 있다는 건 정말 큰 다행인 줄 알아야 해요. 만일 서로 의심하고 질시하는 판이면 우리는 더 이상 함께 살아가기 힘들 거요. 만일 그런 사람이 하나라도 있다면 나는 내 직권으로라도 그런 반동분자를 처단하겠소."

그가 워낙 격하게 말했기 때문에 공비들은 더 이상 아무 말도 꺼내지 못했다. 더구나 그의 말은 충분히 그럴듯하게 들렸으므로 다른 공비들의 마음을 어느 정도 누그러뜨릴 수가 있었다.

만호는 소나기가 퍼붓는 어둠 속을 어깨를 웅크린 채 재빨리 걸어갔다. 얼마 가지도 않아 그의 몸은 비에 흠뻑 젖어 버렸다. 걸음을 옮길 때마다 비에 젖은 농구화가 질퍽거렸다.

오래도록 이발을 하지 못해 귀까지 내려 덮인 긴 머리칼이 빗물과 함께 자꾸만 이마 위로 흘러내렸다. 그는 권총이 빗물에 젖지 않도록 그것을 품속에 깊이 찔러 넣었다.

어젯밤에 갔던 길을 따라가다가 그는 이윽고 냇물을 만났다. 개울은 어느새 물이 불어 무서운 기세로 흘러내리고 있었다.

그는 발길을 돌려 마을 사람들이 자주 다니는 큰길로 나갔다. 동시에 그는 허리에 찬 대검(帶劍)을 빼 들었다. 만일 정면으로 누가 부딪쳐 온다면 즉시 찔러 버릴 수밖에 없다.

그러나 이렇게 비가 오고 있기 때문에 행인은 별로 없을 것이고 혹가다 사람을 만난다 하더라도 경찰이나 군인이 아닌 이상은 이쪽을 붙잡고 심문하지는 않을 것이었다. 거의 앞을 분간할 수 없을 정도로 어두웠기 때문에 그는 무엇보다도 마음이 놓였다. 예상대로 그는 도중에 두어 사람을 만났지만 모두가 비를 피해 허겁지겁 지나쳐 버리곤 했다.

마을의 경비가 이렇게 허술한 것으로 보아, 아마 요즘에 와서는 다른 잔비(殘匪)들의 침입이 거의 없는 모양이었다. 이것은 다시 말해 지리산 공비들이 거의 토벌되었다는 것을 의미하기도 했다. 그렇기에 이렇게 방비가 허술하고 밤길을 다니는 사람들도 자유스러워 보이지 않는가.

조익현의 집 앞에 이르자 만호는 집을 한 바퀴 돈 다음 제일 얕은 쪽 담을 기어올랐다. 기어오르면서 순간적인 생각이었지만 어쩌다가 자신이 이렇게 처량한 신세가 되었을까 하고 자문해 보기까지 했다.

이윽고 담을 내려오자 그는 무턱대고 불이 켜져 있는 방 쪽으로 걸어갔다. 그리고 문 앞에 한참 동안 서 있었지만 안에서는 아무 소리도 들려오지 않았다.

그는 대검을 움켜쥔 손에 힘을 주면서 주위를 휘둘러보았다. 그러나 집이 워낙 크고 복잡한 데다가 다른 곳은 모두 불이 꺼져 있었기 때문에 어디가 어딘지 도무지 분간할 수가 없었다.

그는 안에서 무슨 소리가 날 때까지 그 자리에 우두커니 서 있었다. 만일 여자의 목소리라도 들리면 그는 돌아설 생각이었다. 비는 여전히 퍼붓고 있었고, 천둥치는 소리는 마치 지리산의 뿌리를 뽑아 흔들 듯이 크고 둔중했다. 천둥 소리가 잦아지는 사이로 문득 기침 소리가 들려왔다.

만호는 마루 위로 몸을 굽혀 귀를 바싹 기울였다. 기침 소리는 두 번 세 번 계속 들려왔는데 분명히 그것은 남자의 기침 소리였다. 그는 눈을 부릅뜬 채 문틈으로 방 안을 들여다보았다. 맞은편으로 조그만 책상이 보이고 그 밑에 누가 다리를 꼰 채 누워 있었다. 침침한 등잔불 밑에 상체는 보이지 않고 하체만 보였는데 한복 바지 차림으로 보아 틀림없이 남자였다.

만호는 발끝으로 방문을 조금 밀어 보았다. 그러자 방문이 삐

거덕 하면서 소리를 냈다. 안에서,

"누구야?"

하고 남자가 소리친 것과 만호가 안으로 뛰어든 것은 거의 동시였다.

"쉿, 조용히!"

그는 엉거주춤 일어나 앉는 사내 앞으로 칼을 디밀었다.

"도대체 누, 누구요?"

사내는 몹시 놀란 눈치였으나 침착해지려고 애쓰는 것 같았다. 몇 년 사이에 몰라볼 정도로 마르고 초췌해 있었으나 긴 얼굴에 안경을 낀 모습이 틀림없이 조익현이었다.

그의 눈에는 우선 만호가 들고 있는 칼만이 보인 모양이었다. 하긴 그렇지 않다고 해도, 짐승같이 변해 버린 만호의 모습을 알아보기는 힘들었을 것이다. 더구나 침침한 불빛 때문에 그의 모습은 몹시 험악해 보였다.

익현은 들고 있던 책을 떨어뜨리면서 주춤거리고 일어서더니,

"산에서 오신 분인가요?"

하고 낮은 소리로 물었다. 여전히 이쪽을 몰라보는 눈치였다. 만호는 비에 젖은 머리칼을 쓸어 올렸다.

"익현이! 날세, 나! 모르겠나?"

억눌린 듯한 목소리가 방 안을 꽉 채웠다. 익현은 멈칫거리며 뒤로 물러섰다.

"아니, 자네 혹시…… 만호……."

"그래, 나 강만호야. 이 꼴인데 용케 알아보는군."

두 사람은 한참 동안 말을 잊고 상대방을 쏘아보았다. 만호는 여전히 칼을 들고 있었고, 그것을 보고 있는 익현의 얼굴은 점점 노여움으로 일그러져 갔다.

"자네…… 그 칼로 나를 찌를 셈인가?"

그의 목소리는 분노로 말미암아 떨리고 있었다. 그러나 만호는 얼른 칼을 거두지 않았다.

"할 수 없네. 나는 지금 이런 입장이니까. 내가 불리하면 자네라도 해칠 수밖에 없어."

"이런 배은망덕한 친구 같으니라구! 나를 해쳐서 어떻게 하겠다는 건가! 자, 자네 맘대로 찌르게! 맘대로 찔러! 나쁜 친구 같으니! 몇 년 만에 나타나서 하는 말이 고작 그것인가! 한심하군. 왜 그러고 있나? 뭣하고 있는 거야?"

낮으나 격정에 찬 익현의 말은 만호의 폐부를 깊숙이 찔렀다. 그는 대꾸할 말을 잃은 채 초조한 시선으로 익현을 바라보았다.

"아무리 세상이 변하고 주의 주장이 다르다 해도 자네 그 꼴이 뭔가? 사람인가 짐승인가? 뭐하러 나를 찾아왔나? 나를 친구로 생각하고 찾아왔다면 돌아가게! 난 자네 같은 친구 잊은 지 오래고, 친구라고 생각하고 싶지도 않아! 나를 그 칼로 찌르든가, 아니면 빨리 나가게! 배가 고파서 왔다면 부엌에 가서 뒤져 먹어!"

말을 마친 익현은 더 이상 말하지 않겠다는 듯 입을 꾹 다물었다.

무겁고 무거운 침묵이 한동안 흘러갔다. 익현은 상대를 외면

한 채 벽을 바라보고 있었고, 만호는 고개를 숙이고 있었다. 그들은 말하기를 두려워하는 듯 한동안 서로 그렇게 하고 있었다.

익현이 내쏘는 질타에 만호는 심히 당황하고 있었다. 그의 말은 구구절절이 옳았고 그러면서도 그에게는 매우 모욕적으로 들렸다. 그러나 그것이 아무리 모욕적이라 해도 이미 그는 거기에 항거할 힘을 잃고 있었다. 비록 비굴해지더라도 우선 살아야 한다는 생각이 그로 하여금 익현에게 대항할 힘을 잃게 했고, 그 자리에 더 눌어붙게 만든 것이다.

이윽고 만호는 칼을 거두면서 돌아섰다. 그러고는 처음과는 달리 호소하는 듯한 눈길로 익현을 바라보면서 나직이,

"용서하게."

하고 말했다. 그러나 익현은 여전히 외면하고 있었다.

만호는 무너질 듯이 밖으로 나갔다. 이대로 가고 싶지 않았지만 익현이 외면하고 있는 이상, 가는 시늉이라도 해야 했다. 서글프게나마 그는 익현이 자기를 붙잡아 주기를 매우 기대하고 있었고, 또 그러리라고 믿고 있었다.

그의 이러한 기대와 예상은 그대로 적중했다. 그가 몇 걸음 가기도 전에 익현이 뒤따라 나와 그를 붙들었다.

"들어가세."

낮고 무거운 그의 음성에는 어느새 깊은 우정의 빛이 어려 있었다. 만호는 뜨거워 오는 가슴을 진정하면서 익현을 따라 안으로 들어갔다.

"미안하네, 부담을 끼쳐서……"

"이 마당에 그런 소리는 하지 마세."

익현은 방문을 잠근 다음 만호의 손을 이끌어 아랫목에 앉게 했다. 그러나 만호는 앉기를 꺼려했다. 사실 그는 너무도 몰골이 더러워서 익현에게 미안했다.

"옷이 이렇게 죄 젖어서 앉을 수가 없네. 내 몸에서 냄새가 날 걸세. 이 여름에 목욕 한 번 못해서……."

"원, 무슨 소릴…… 지금 그런 거 따질 계젠가, 자 앉게."

익현은 사양하는 만호를 굳이 앉게 했다. 그리고 그에게 수건을 건네주었다.

"여긴 아무도 안 들어오니까 마음 푹 놓게. 일난 내 집에 들어오면 안심해도 좋을 걸세."

"감사하네. 이렇게 방에 들어와 보기도 오랜만이군."

"고생이 너무 심했군."

그들은 처음 대했을 때의 그 삭막하고 거칠었던 감정을 말끔히 씻고 있었다. 그렇지만 만호는 약해지려는 마음을 붙잡으려고 애를 썼다.

익현이 내준 담배를 들고 있는 만호의 손은 너무 오랜만에 그것을 피우는 탓인지, 아니면 너무 감격한 탓인지 자꾸만 떨리고 있었다.

"자네 얼굴이 안됐군. 몸이 좋지 않다는 말은 들었네만……."

"나야 팔자 좋게 이렇게 소일하고 있지만 자네가 정말 고생이 심하군."

"고생이야 뭐 사서 하는 거니까. 이미 죽은 몸 아닌가."

만호는 말을 마치고 비굴하게 웃었다. 그러나 익현은 웃지 않았다. 만호를 응시하고 있는 그의 눈은 오히려 우울한 빛이었다.

"난…… 자네가 월북한 줄 알았지…… 여기 있을 줄은 꿈에도 몰랐어."

"그렇게 됐네. 지금 생각하면 안 간 게 잘했지."

만호는 초조한 듯 담배를 뻐끔뻐끔 피웠다.

"계속 산속에 있었나?"

"그랬지. 전세가 바뀐 뒤로는 쭉 빨치산 생활이었지."

"손석진은 어떻게 됐나?"

"죽었어…… 타살당했지. 지난겨울에…… 반동분자로 몰려서……."

"그렇게 열렬하던 사람이 반동으로?"

"알 수 없는 세계가 그놈의 세계더군."

"아까운 사람 죽었군. 그런 짓 하지 않고 이쪽에서 편안히 살았으면 크게 될 사람인데……. 잠깐 기다리게. 내 먹을 것을 좀 가져오지."

익현은 만호가 말릴 사이도 없이 밖으로 나갔다. 한참 후에 그는 비를 맞으면서 손수 상까지 차려 왔다.

"마침 식은 밥이 한 그릇 있더군. 안심하고 천천히 먹게. 밥해 주는 여자가 한 명 있는데, 잠이 많은 사람이라 염려할 건 없어."

"이거 면목 없네."

"그런 소리 말고 어서 들라고."

만호는 목이 메는 것을 가까스로 참으면서 밥을 먹기 시작했

최후의 증인 上

다. 처음에는 천천히 먹다가 이윽고 그는 정신없이 이것저것 닥치는 대로 퍼먹었다. 밥 한 그릇과 감잣국 한 그릇, 김치 한 그릇, 두부찌개, 그리고 숭늉까지도 그는 모두 치워 버렸다.

담배를 거듭 피운 데다가 이렇게 식사까지 잔뜩 했기 때문에 나중에 그는 머릿속이 멍해져 버렸다.

"우리가 못 만난 지 사오 년 되는가? 자네가 나한테 당에 가입하라고 한 뒤에 우린 서로 못 만났으니까."

"그래, 맞아. 그쯤 됐을 거야. 그런데 자넨 왜 이렇게 혼자 떨어져 있나? 가족들은 어디다 두고……"

"난 결핵이 있어서 별거 중이야. 가족들은 부산에 피난 가 있는데 전쟁이 끝나면 모두 고향으로 데리구 와야겠어. 몸도 이젠 거의 나아 가구 하니까."

"자넨 역시 부르주아 병을 앓고 있군."

"그래, 맞았어. 난 옛날이나 지금이나 여전하지."

그들은 조용히 웃었다. 그러나 그 웃음은 어쩐지 공허하게 들렸다. 만호는 자기 가족에 대한 소식을 물어보려고 하다가 그만두었다. 십중팔구 익현이 모르고 있을 것이기 때문이었다.

"요즘 전황은 어떤가? 숨어 다니는 바람에 도무지 모르겠더군."

"그걸 알려고 여기 왔는가?"

익현의 질문이 날카롭게 떨어지자 만호는 당황했다.

"아니야, 전혀…… 그것 때문에 온 건 아니야."

익현은 고개를 끄덕였다.

"무슨 일로 왔든 간에 아무래도 좋아. 전황이 어떻게 돌아가는지 자세히 알 수는 없지만, 요즘 신문을 보니까 중부 전선에서 여전히 교착 상태인 모양이야. 자넨 어떻게 생각할지 모르지만, 미국은 그대로 물러나지 않을 걸세."

만호는 익현의 말이 틀림없을 것이라고 생각했다. 그만큼 그의 말은 현재 만호에게 있어서 절대적이었던 것이다.

그는 몇 번 머뭇거리다가 마침내 찾아온 용건을 이야기하기 시작했다.

"내, 오래 앉아 있을 입장도 못 되고 하니까…… 요점만 이야기하겠네. 자수하면 살 수 있겠나, 없겠나?"

"그랬었군. 결국……."

익현은 팔짱을 끼고 고개를 숙였다. 그 바람에 그의 긴 턱이 유난히 앞으로 툭 튀어나와 보였다.

두 사람 사이에 이야기가 끊어지고, 한동안 무거운 침묵이 흘렀다. 이윽고 익현이 고개를 쳐들고 천천히 입을 열었다.

"자세한 건 모르지만, 듣기로는 자수하는 사람은 죽이지 않는다고 하더군. 확실한 건 잘 모르겠어."

"나도 그런 말을 듣긴 했지만, 믿을 수가 없었어."

"왜 갑자기 자수를 하려고 그러나? 자네 같은 골수분자가 거기서 벗어날 수가 있을까. 혹시, 자수해서 세상이 뒤바뀌는 것을 기다리자는 건 아닌가? 아니면 다른 무슨……."

만호는 상대를 쏘아보았다.

"그런 식으로 오해하지 말게. 자넨 이렇게 집에서 요양이나 하고 있으니까 이것저것 생각해 볼 수 있겠지만, 난 그럴 여유도 없네. 이런 꼴로 자네를 찾아왔다면 내가 지금 어떤 처지에 있다는 건 알 수 있을 거 아닌가?"

이렇게 말하는 만호의 얼굴은 절박한 심정으로 하여 잔뜩 일그러져 있었지만, 그러나 익현은 쉽게 반응을 보이려고 하지를 않았다.

"내가 여기 있다는 건 어떻게 알고 찾아왔는가?"

"이야기를 들었지. 내가 어떻게 여길 왔건 그건 문제 될 게 없지 않나. 나는 담을 뛰어넘어 왔어. 지금 나는 뭐가 뭔지 모르겠어. 내가 도둑놈인지, 공산당인지, 아니면 미친놈인지 모르겠단 말일세. 아무튼 난 지금 오직 살아야겠다는 생각뿐이야."

"우선 목숨을 살려 놓고 그다음에 정세를 살피자는 거군. 그런 사람은 자수를 해도 살 수가 없네. 진정코 한 사람의 인간으로 돌아올 때만이 살 수가 있네."

"내가 자네 앞에서 속죄를 하라는 말인가?"

익현은 손을 내저었다.

"아니, 그럴 필요는 없네. 나보다는 이 전쟁에서 죽어 간 사람들이 사죄를 받고 싶어 할 거야."

익현의 말에 만호는 고개를 떨어뜨렸다.

"내가 너무 심한 말을 한 모양이군. 그렇지만······ 아니······ 그만두세. 미안하네."

익현은 갑자기 기침을 심하게 했다.

"눕게."

만호가 부축하려고 하자 익현은 고개를 흔들었다.

"아니야, 괜찮아. 가끔씩 이러지."

그는 기침이 가라앉기를 기다렸다가 말했다.

"하여간 자수를 하겠다니 반갑네. 이제 같이 살 수 있겠지. 생각하면…… 이런 비극이 어디 있겠나?"

"미안하네. 살아남겠다고 이렇게 찾아온 내가 뻔뻔스러운 놈이지."

"아니야. 잘 찾아왔어. 누구나 살아야 할 권리가 있어. 심판은 나중에 할 일이야. 그런데 자네 혼자뿐인가?"

"나까지 열셋이 되네. 그중에는 여기 출신으로 황바우라는 사람도 있는데, 공비는 아니고 끌려온 사람이지. 자네 집에서 옛날에 머슴살이도 했다고 그러더군. 그 외에 여자도 한 사람 있어. 손서진의 딸이지."

"저런…… 놀라운 일이군."

익현은 미처 상상도 안 된다는 듯 입을 멍하니 벌리고 만호를 바라보았다.

"가능하면 모두가 자수를 했으면 좋겠지만, 그렇게는 어려울 것 같아. 서로가 감시를 하고 있기 때문에 섣불리 말을 꺼낼 수가 없어."

"그럼 지금 혼자서 자수하려는 건가?"

"손석진의 딸과 황바우라는 사람은 내가 데리고 나올 수가 있어. 그렇지만 나머지 사람들은 자신할 수가 없어. 명색이 내가 지휘관이지만 지휘 계통이 없어진 건 벌써 오래전부터야."

익현은 깊이 생각해 보다가 말했다.

"그럼 이렇게 하세. 일단 내가, 자수를 하면 살 수 있는지 그걸 알아보지. 여기 청년단장으로 있는 양달수라는 사람이 나하고는 국민학교 동창이고 집안끼리도 좀 아는 처지니까 그 사람한테 물어보지."

"청년단장 정도가 확실한 걸 알 수 있을까?"

만호는 걱정스럽게 물었다.

"자네가 몰라서 그러는데, 여기 청년단장은 지서 주임이나 면장보다도 오히려 말발이 세고 정보가 빨라. 자네도 알겠지만 여기 토벌군으로 와 있는 군인들이 이 지방 시정을 자세히 알 수야 있나. 그러니까 유지들 말을 듣고 대부분 중요한 결정들을 내리지. 그중에서도 특히 청년단장의 말을 제일 잘 듣고 있어. 그 사람이 입 한 번 놀리면 몇 사람 목이 달아나는 판이야. 그러니까 군인들하고 가까이 지내는 그 사람을 만나 보면 자세한 걸 알 수 있을 거란 말이야."

"듣고 보니 그렇겠군. 그 사람 나이는 얼마나 되었나?"

"아직 채 사십이 못 됐지. 우리 또래야."

"청년도 아니군."

"청년은 아니지만 워낙 설치고 다니는 사람이라 청년단장 일을 맡고 있지."

"만일 자수해서 살 수가 있다면 어느 정도인지도 알아봐 주게."

"어느 정도라니?"

"일테면…… 감옥에서 평생을 살 수야 없는 거 아닌가."

만호의 이 말에 익현의 얼굴은 어두워졌다. 그는 안경을 벗더니, 그것을 정성스레 닦았다. 그리고 그것을 다시 끼고 나서 만호를 똑바로 쳐다보았다.

"만일 감옥에서 평생을 살게 된다면 자수를 안 하겠다는 건가?"

"아, 아니…… 그런 뜻이 아니라……."

만호는 당황해서 익현의 시선을 피했다. 그리고 고개를 숙인 채 몹시 힘들게 말을 이었다.

"이것도 저것도 틀리면 차라리 죽어 버리는 게 나을 것 같네."

"죽다니…… 무슨 말을 그렇게 함부로 하나!"

익현은 노기를 띠고 음성을 높였다.

"말 안 해도 잘 아니까…… 그런 생각 하지 말고 일단 나한테 모든 걸 맡기게. 이런 때일수록 차근차근히 생각해야지, 잘못하다가는 정말 생명이 위험하네."

"고맙네. 정말 잘 좀 부탁하네. 그런데…… 그런 말을 물어보면 청년단장이라는 사람이 눈치를 안 챌까?"

만호는 여전히 불안한 기분을 떨쳐 버릴 수가 없었다.

"눈치채지 않도록 말을 해야겠지. 그렇지만 결국 자수를 하게 된다면 그 사람을 통해서 하는 게 나을 거야."

"자네 말대로 따르겠네. 내일 밤에 다시 올 테니까 잘 좀 알아보게."

만호는 말을 마치고 얼른 일어섰다. 그의 얼굴은 어느새 빗물

대신 땀으로 흠뻑 젖어 있었다.

익현은 따라 일어서면서 만호의 소매를 잡았다.

"지금 어디로 갈려고 그러나? 곧 날이 샐 텐데. 여기 그대로 있다가 결과를 안 다음에 떠나도록 하지."

"가야 해. 대원들이 기다리고 있어. 오늘 밤 가지 않으면 의심을 받게 되고, 그렇게 되면 자수는 어렵게 되지. 잘 있게."

만호는 익현의 손을 붙잡았다. 그들의 손은 뜨거웠다.

"몸조심하게. 내 힘닿는 데까지 좋은 방법을 생각해 볼 테니까 너무 걱정은 하지 말게. 내일 밤은 대문을 끌러 놓을 테니까 그리로 들어오게."

만호는 익현이 아지트가 어디냐고 물을 줄 알았지만, 익현은 끝내 묻지 않았다. 그는 역시 인품이 있는 사내였고, 사람을 안심시키는 데가 있었다.

헤어질 때 익현은 만호를 집 밖에까지 멀리 나와 배웅했고 먹을 것을 잔뜩 넣은 보따리까지 안겨 주었다.

비는 아까보다는 조금 약하게 내리고 있었다. 그동안 비가 너무 많이 내린 탓인지 사방에서 물 흐르는 소리가 요란스럽게 들려왔다.

만호는 솔밭에 이르자, 나무 밑에 쭈그리고 앉은 채 한참 동안 소리를 죽여 가며 울었다. 울음을 참으려고 했지만, 그럴수록 가슴은 자꾸만 뜨겁게 벅차오르곤 했다. 모든 것이 허망하고 서럽게만 느껴졌다. 그렇게 오래도록 울고 나자 오래 묵은 체증이 내려간 듯 가슴속이 후련해졌다.

그러자 이윽고 그의 가슴은 하나의 새로운 의지로 다시 채워지기 시작했다. 그것은 앞으로 닥쳐올 어떠한 난관도 감수하고, 미래에 자기의 희망을 걸어 보려는 가장 인간적인 의지라고 할 수 있었다. 그는 이제 완전히 이데올로기를 떠나 있었고 생(生)에의 순수한 욕구에 매달리게 된 것이다.

마을 쪽에서 닭의 홰치는 소리가 들려오자 그는 그제야 허둥지둥 일어섰다.

학교로 돌아가자 그때까지 공비들은 모두 자지 않은 채 그를 기다리고 있었다. 어둠 속에서 굶주린 눈들이 그를 잡아먹을 듯이 응시하고 있었다.

그는 젖은 옷을 벗어젖힌 다음 공비들에게 먹을 것을 나누어 주었다.

"지휘관 동무, 오늘 밤 수확이 좋수다그려. 이거 사과 아니오?"

공비들은 모두 웅성대기 시작했다. 만호는 쉬이, 하고 주의를 주었다.

"소리가 너무 크오. 조그만 일로 큰일이 깨지는 법이니까, 조금이라도 방심들을 하지 마시오. 사과 말고도 먹을 것은 또 있소."

사실 만호 자신도 익현이 주는 대로 들고 왔기 때문에 자루 속에 무엇이 들었는지는 잘 알 수가 없었다. 손으로 만져 보니 자루 속에는 사과 외에도 떡, 참외, 수박, 토마토 등 먹을 것들이 잔뜩 들어 있었다.

익현은 아마 손에 닥치는 대로 모두 쓸어 담은 모양이었다. 만호는 그의 우정에 다시 한 번 감사를 느꼈다.

"지휘관 동무, 좋은 소식 있습니까?"

먹기에 바쁜 공비 하나가 지나가는 투로 물었다.

"난…… 효당리를 한 바퀴 삥 돌구 다른 곳까지 가보았는데, 아직도 군인들이 머물러 있습디다. 그렇지만 마을 경비가 과히 삼엄하지 않은 것으로 봐서 군인들은 한숨을 돌린 모양입디다. 이제 며칠 더 정세를 살피다가 괜찮으면 이 지방에서 철수할 것 같소."

만호는 누가 "군인들이 모여 있는 데는 어디요?" 하고 물어 올까 봐 잔뜩 긴장했지만 먹기에 바쁜 공비들은 다행히 아무도 그런 질문을 하지 않았다.

먹는 일이 끝나자 깊은 침묵이 찾아들었고, 한참 후에는 여느 때와 같이 지혜의 신음 소리와 공비들의 거친 숨결이 들려왔다. 지혜는 차례가 되어 있는 두 남자를 받느라고 또 고통스러워하고 있었다. 만호는 두 손으로 귀를 막아 버렸다.

아마 장마가 계속될 모양이었다. 이튿날도 비는 계속 내리고 있었다. 그러나 거센 비는 아니었다.

아침에 여교사는 또랑또랑한 목소리로 아이들에게 이렇게 말했다.

"여러분, 방학 동안에 부모님 말씀 잘 듣고 몸 건강히 잘 있어요."

"네!"

아이들은 기쁨에 넘쳐 소리를 질렀다.

"여러분, 방학 숙제는 꼭 해야 해요."

"네!"

"여러분, 냉수 많이 마시면 배탈 나니까 물은 언제나 끓여 마셔야 해요."

"네!"

"여러분, 물속에 깊이 들어가면 안 돼요."

"네!"

이윽고 여교사와 학생들은 서로서로,

"안녕."

"안녕."

하고 작별 인사를 했다.

교실 밑에 엎드려 이 소리를 듣고 있던 공비들은 서로들 허리를 쿡쿡 찔렀다. 그들은 이제부터는 좀 안심하고 움직일 수가 있게 된 것이다. 그러나 한편으로는 서운한 마음을 지워 버릴 수가 없었다. 방학이 끝날 때까지 여기에 무사히 숨어 있으리라고는 현재 아무도 장담할 수가 없었고, 따라서 얼굴도 모르는 여선생과 아이들과의 이별이 아마 영원히 마지막일지도 모른다는 생각이 이 살벌한 사나이들을 슬프게 한 것이다.

아이들과 여교사가 방학을 맞아 모두 떠나 버린 그날, 공비들은 하루 내내 말없이 지냈다.

밤이 되자 만호는 황바우를 데리고 밖으로 나왔다. 그가 장마 기간 동안 고스란히 굶고 앉아 있을 수만은 없지 않느냐고 엄포를 놓자 공비들은 보급투쟁하러 나가는 그를 더 이상 의심하려 들지 않았다.

처음에는 공비 두 명이 그를 따라나서려고 했지만 그가 만류했다.

"이런 날 여러 사람이 밖에 나가면 발자국만 남기고 좋지 않으니까, 동무들은 그대로 여기에 있소."

가능한 한 그들은 위험한 보급투쟁을 하지 않고 앉은 채로 받아먹기를 좋아했으므로 굳이 따라 나가겠다고 고집을 피우는 사람은 없었다. 오히려 그들은 부지런하고 대담한 지휘관 동무를 상관으로 두어 퍽 다행이라고 생각하는 눈치들이었다.

간밤에 비에 젖은 옷이 미처 마르지도 않은 채 다시 비를 맞아야 했으므로 만호는 으스스 추위를 느꼈다. 거센 비는 아니었지만 빗물은 차갑고 무겁게 몸을 눌렀다. 사람이 다니는 길로 들어서자 황바우가 뒤따라오지 않고 멈칫거렸다.

"빨리! 저쪽은 물이 불어 갈 수가 없어!"

만호의 재촉에 바우는 몹시 겁이 나는 듯 슬금슬금 따라왔다.

"어두우니까 괜찮아요. 사람을 만나더라도 자연스럽게 그냥 지나쳐요. 우물쭈물한다거나 피하면 절대 안 돼요. 내 옆에만 바싹 따라붙어요."

그들은 대화를 중지한 채 묵묵히 걸어갔다.

도중에 역시 사람들을 만났지만, 그들을 의심해서 말을 걸어오는 행인은 없었다.

"아따, 참말로 때맞춰 비가 오는구먼. 약비여, 약비……."

황바우가 마음이 놓였는지 혼자 중얼거리는 소리를 만호는 잠자코 듣기만 했다.

익현의 집에 가까이 이르자 만호는 황바우에게 미리 말해 두는 게 좋겠다고 생각했다.

"황 동무, 어젯밤 내가 조 선생을 만났소."

"아이구, 그랬구먼요. 그래 어찌 됐능가요? 그 양반이 고발하문 어쩔라고 그렇게 찾아갔능가요?"

"나하고 아주 친한 사이라 그런 짓은 하지 않을 거요."

앞에서 사람 발짝 소리가 났기 때문에 만호는 입을 다물었다. 여자 두 사람이 소곤거리면서 그들 옆을 지나쳐 갔다.

"오늘 가보면 살 수 있는지 어쩐지 알 수 있을 거요. 그 사람이 알아봐 준다고 했으니까."

"뭘 말인가요?"

"자수하면 살 수 있는지 어쩐지 말이오. 황 동무는 지금 사수를 하고 싶어도 죽일까 봐 못하는 거 아니오?"

"네, 그러지라우. 그렇지만…… 정말로, 정말로 자수할라고요?"

"그럴 생각이오."

"아이고, 무섭구만요. 그것이 잘될까유?"

"잘되고 말고 그 길밖에는 살길이 없어요."

"아씨도 틀림없이 함께하는 거지라우?"

"물론."

"암턴 무섭구만요."

"하긴…… 당신은 공비가 아니니까 자수고 뭐고 할 것도 없지. 당신은 아무 죄도 없으니까 살 수 있을 거요."

"정말 그럴까유?"

"물어볼 것도 없어요. 그렇지만 아무튼 사람이란 이런 때일수록 조심해야 해요. 그렇다고 지금 혼자서 덜렁덜렁 지서를 찾아가면 안 돼요. 일이란 다 순서가 있는 법이니까."

"그러문요. 지휘관 동무님 말씀만 들을께라우."

지난밤 익현이 말한 대로 그의 집 대문은 잠겨 있지 않았다. 만호는 바우를 대문 옆 어두운 곳에 기다리고 있게 하려다가 함께 데리고 들어갔다. 바우는 몹시 겁을 내며 따라 들어왔다. 방문 밖에 이르자 만호는,

"익현이 있는가?"

하고 나직이 물었다.

익현은 기다리고 있었다는 듯이 방문을 활짝 열며 그를 맞아들였다.

"내가 어젯밤에 말한 황바우일세."

만호는 익현에게 바우를 소개했다. 익현이 손을 잡으며,

"고생이 많군요."

하고 말하자 바우는 고개를 떨어뜨리며 갑자기 흐느껴 울었다. 가슴에서 터지는 울음을 막으려고 애를 썼기 때문에 그것이 그를 더욱 애처롭게 보이게 했다.

"아이고, 선상님. 이를 어쩌면 좋습니까?"

"괜찮습니다. 다 알고 있으니까요. 과히 염려 마십시오."

"옛날에 어르신 살아 계실 때…… 모신 적이 있지요."

"네, 잘 알고 있습니다. 그땐 제가 타관에 살고 있어서 별로 뵙지를 못했지요. 알고 보면 서로 이렇게 가까운 사인데……. 자, 그만 우시고 이리 앉으십시오."

그의 친절은 바우를 적이 안심시킨 모양이었다.

모두 자리에 앉자 익현은 미리 차려 두었는지 한쪽에 놓여 있는 밥상을 들어다 방 가운데다 놓았다.

덮여 있는 상보를 벗기자 거기에는 기름진 저녁상이 차려져 있었다. 그것을 보자 바우의 눈은 금방 생기를 띠었다.

밥이 두 그릇 있는 것으로 보아 익현은 그때까지 식사를 하지 않고 만호를 기다리고 있었던 모양이었다. 그러나 그는 식사를 했다고 고집을 피우며 자기 몫을 바우에게 주었다.

"배고프겠네. 어서들 들어요. 술부터 한잔 할까?"

"아니, 술은 안 되네. 술 냄새를 피우다간 큰일 나지."

만호가 고개를 설설 흔들었다.

"아, 그렇군. 미처 그걸 생각 못했군. 그럼 식사나 하게. 밥은 얼마든지 있으니까, 들고 싶은 대로 들게."

냄비 속에 닭 한 마리가 통째로 삶아져 있었다. 만호가 턱으로 그것을 가리키자 바우의 손이 닭다리를 잡아 찢었다. 바우는 눈을 빛내며 먹기 시작했다.

익현은 그러한 바우를 조용히 응시했다. 두 사람의 음식 먹는 모습이 너무 열심이었기 때문에 그는 식사가 끝날 때까지 침묵을 지켰다. 만호 역시 잠자코 식사만 했다.

이윽고 식사를 끝냈을 때 만호와 바우는 너무 정신없이 먹어 치운 데 대해서 비로소 부끄러운 마음이 들었다. 그것을 무마하려는 듯 익현이 눈짓으로 얼른 바우를 가리키며 입을 열었다.

"이야기를 해도 될까?"

"그럼, 괜찮아."

만호는 거리낌 없이 대답했다.

"알아보았는데, 자수하는 사람은 모두 살 수가 있대. 그 사람한테만 물어본 게 아니고 여기저기 알아보았는데, 모두들 다 그러더군. 그러니까 사실인 모양이야. 공비로 활동하다가 자수해서 현재 결혼까지 하고 사는 사람도 있디디고. 그 사람을 만나볼까 했는데, 마침 외출 중이라 못 만났어."

"무조건 살 수가 있다는 말인가? 재판 같은 것도 없이?"

"무조건이래."

"얼마나 자신이 있으면 자수하는 공비들을 무조건 살려 준다는 건가? 대통령 명령인가? 계엄사령관 명령인가? 아니면 도대체 누구 명령인가? 믿어지지 않는 일이야."

만호는 아무래도 이해가 가지 않아 바짝 긴장해서 말했다. 그러한 그를 바우가 불안한 기색으로 쳐다보았다.

"사실은 사실이니까, 믿구 말구가 필요 없어. 사실 나도 그 말을 듣고는 얼른 납득이 안 갔지. 이런 시기에 그렇게 쉽게 살아날 수 있을까 하고 말이야. 그러나 아무튼 사실은 사실인 모양이야. 그런데 그것도 자수 기간에 해야지, 그렇지 않으면 혜택이 없는 모양이야. 지금이 바로 자수 기간이라더군."

"나도 선전을 듣고 알고는 있었지. 그렇지만 어디 그게 사실인 줄 알았나. 터무니없는 거짓말인 줄 알았지."

"중요한 건 자네의 결심이야. 내 생각에는 재판이 있든 없든, 그런 건 문제가 되지 않는다고 생각해. 우선 살 수만 있다면 어느 정도의 체형(體刑) 따위는 감수할 수 있는 각오가 필요해. 기분 나쁘게 들릴지 모르겠지만 어느 면에서는 그런 과정을 거치는 것이 오히려 자네에게는 유리할지 몰라. 그리고⋯⋯."

익현의 말이 너무 옳았기 때문에 만호는 대꾸할 말을 잃고 말았다. 그러한 만호를 익현은 조심스럽게 살피고 나서 다시 말을 이었다.

"이쪽 남한에서는 적어도 밖으로 약속한 것만은 그대로 지킬걸세. 그러니까 다른 생각 말고 이젠 자수 방법만 생각하면 되네."

"잘 알겠네. 그렇게 하도록 하세."

"자네 혼자라면 당장 지금이라도 실행할 수 있겠지만, 다른 사람들 때문에 그럴 수도 없고⋯⋯."

그때 황바우가 그들 사이에 끼어들었다.

"선상님, 우리 아씨를 살려 주십시오."

바우는 두 손을 비비며 애걸하듯 익현을 바라보았다.

"아, 물론이지요. 염려 마십시오."

"아무한테나 자수하면 안 되나?"

하고 만호가 물었다.

"뭐, 안 될 것도 없지. 그렇지만 이왕이면 도움이 될 수 있는 사람을 통해서 자수를 하는 게 좋겠지."

"그렇다면 역시…… 그 청년단장인가?"

"그렇지. 현재 내가 주선하고 싶은 사람은 그 사람밖에 없을 것 같네. 물론 그 사람이 최종 결정권이 있다거나 하는 건 아니지. 계엄령이 선포되어 있으니까 결정은 군(軍)에서 할 거란 말이야. 그러니 증인 진술이랄까 참고인 진술이랄까 하는 게 퍽 중요할 게 아닌가. 그때 다른 사람보다도 청년단장 같은 사람이 나서서 하면 한결 일이 수월해질 거야. 자네도 알겠지만 내 형이 판사가 아닌가. 이 관계를 직접 담당을 하고 있지는 않지만, 아무래도 군 계통에 아는 사람이 좀 있을 테니끼 형님한테도 부탁을 해보지. 그러니까 일단 일을 벌여 놓는 게 상책이야. 다행히 우리가 알고 있는 대로 바로 풀려 나온다면 더 말할 거 없지만 그렇지 않고 일이 좀 어긋난다 하더라도 그렇게 염려할 것까지는 없을 걸세. 내 최대한도로 운동을 해볼 테니까."

익현은 매우 열의를 내어 자수를 권유했다. 만호는 더 생각하기가 싫었다. 이렇게 된 이상 부딪쳐 보는 수밖에 없었다. 항상 의심만 하면서 살아온 그로서는 익현의 말이라 하더라도 그렇게 마음이 놓이는 것은 아니었다. 그러나 이 단계에서는 누구라도 한 사람 믿을 필요가 있었다. 그는 지금 지푸라기라도 붙잡고 싶은 심정이었던 것이다.

"고맙네. 그럼 청년단장이라는 사람을 만나게 해주게."

"어떻게 만날 텐가?"

익현이 긴장해서 물었다.

만호는 팔짱을 낀 채 한참 생각해 보다가 말했다.

"내 생각엔 이렇게 하면 좋겠어. 그 사람이 아무래도 좋은 방법이 있을 테니까 단둘이 만나서 여러 사람이 무사히 빠져나올 수 있는 방법을 강구해 보는 게 좋겠어. 또 그 사람한테서 확답도 듣고 말이야."

"그거 좋은 생각이군."

"그런데 그 사람이 만나 줄까? 단둘이 만나자면 무서워하지 않을까? 배짱이 있어야 할 텐데……."

"만나고말고. 공비들을 자수시키는 일인데 청년단장이 사양하겠는가. 공명심이 대단한 사람인데……."

"하긴 그렇겠군. 굉장한 훈장감이 될 텐데……."

"그뿐인가. 이런 말 해서 미안하네만, 공비 한 사람만 자수시켜도 포상금이 얼만가. 더구나 열 명이 넘는 공비들을 한꺼번에 자수시키는 일이니…… 돈이 탐이 나서라도 나오겠지."

"그렇게 되면 자네도 상을 받게 되겠군."

만호의 이 말에 익현은 대답 대신 우울한 표정을 지어 보였다. 만호는 자기의 쓸데없는 말에 미안한 마음이 들어 얼른 말머리를 돌렸다.

"혹시…… 이건 혹시나 해서 하는 말인데, 청년단장의 입장에서는 우리를 자수시키기보다는 체포하는 것이 더 자랑스럽고 공이 많아질 거란 말이야. 그런 나머지 우리를 체포하는 식으로 해버리지나 않을지……."

"원, 무슨 소리를…… 내가 가운데서 주선을 해준 건데 내 낯을 봐서라도 그런 수작이 있을 수 있겠나. 당치도 않은 소리지."

익현은 머리를 설레설레 흔들다가 감정이 격했는지 기침을 했다. 만호는 참을까 하다가 나온 김에 다시 말을 계속했다.

"만일 일이 그르쳐지면 내가 그 사람을 죽일지도 모르네."

"아무렇게나 하게!"

그들은 팽팽하게 서로를 바라보았다. 만호로서는 이 점만은 분명히 밝혀 두어야 했기 때문에 그렇게 말한 것이었다. 그는 자기의 이 말이 단순한 위협이 아닌 정말이란 것을 익현이 알아주기를 바랐다.

"언제 만날까? 되도록 빨리 만났으면 좋겠는데."

손지혜를 봐서라도 일을 빨리 서두를 필요가 있었다.

"내일이라도 좋아."

"그럼, 내일 이맘때로 하지. 장소는?"

"여기로 하지. 내가 자리를 비켜 줄 테니까."

"좋아. 그 대신 따르는 사람이 없도록 해주게. 그 사람하고 나하고 무기 없이 단둘이서만 만나는 거네. 만일 이 근방에 누가 어른거리는 기척만 보여도 난 나타나지 않겠네. 무기 없이 만난다는 걸 잊지 말게. 무기가 있으면 결국 피를 보게 될지도 모르니까."

"그래, 그렇게 이르지."

그들 사이에는 이제 웃음도, 부드러운 기분도 보이지 않았다. 큰일을 앞에 둔 사람들의 그 엄숙하고 무거운 분위기만 감돌았다.

"가능하면 모두 다 자수하도록 해보게. 그러나저러나 자네 부하들 아닌가."

"그렇지 않아도 이리저리 생각해 보았는데 묘안이 안 떠오르는군. 정면으로 대놓고 자수하라고 그럴 수도 없고…… 난감하네."

"일이 아무리 어렵더라도 결국 자네 솜씨 여하에 달렸어."

"그건 그래. 좌우간…… 해보겠네."

만호는 담배를 피워 물면서 얼굴을 찌푸렸다. 그가 고개를 숙일 때 머리에 남아 있는 물기가 불빛을 받아 반짝거렸다.

"거의가 가정이 있는 사람들일 텐데?"

"대부분이지."

"이북 출신은 몇이나 되나?"

"두 사람밖에 없어."

"그렇다면 가족을 만날 생각에서라도 자수를 할 텐데……."

"글쎄, 그럴지도 모르지. 허지만 원체 지독한 교육을 받은 치들이라 머리가 막혔어. 쇳덩어리 같은 골수분자들이라 아무리 찔러도 피가 안 나와. 그러니 말을 붙여 볼 수가 있어야지."

"아무튼 양달수를 만나 보면 무슨 방법이 있겠지."

"정 안 되면 세 사람만 자수를 하고, 나머지는 강제로 체포하게 하는 수밖에 없어. 나보고 배반자라고 욕을 하겠지만, 나는 그런 데 구애받고 싶지 않아. 같이 죽어야 할 필요도 없는 거구. 난 그 세계를 떠난 지 이미 오래니까."

조익현이 어떻게 생각할지 모르지만 만호로서는 정말 진실을 말한 것이었다. 그는 부하 공비들과 함께 죽을 생각은 추호도 없었다.

"자네 심중은 잘 알겠네. 그런데…… 숨어 있는 데는 어딘가?"

익현은 마침내 가장 아슬아슬하고 중요한 질문을 던져 왔다. 만호는 이미 결심한 바가 있었기 때문에 거침없이 대답했다.

"학교 교실 밑에 숨어 있네."

"뭐, 뭐라고?"

익현의 안경이 번쩍 빛났다.

"학교 교실 밑 말이네."

"아니, 여기 국민학교 말인가?"

익현은 소스라치게 놀라고 있었다. 공비가 마을 안에까지 들어와 있을 것이라고는 그 누구도 생각할 수 없는 일이었기 때문에 그가 놀라는 것도 무리는 아니었다.

"모두 거기에 숨어 있다네. 발각만 되면 독 안에 든 쥐지."

"대담하군."

익현은 너무 놀란 끝이라 그런지 신음하듯 중얼거렸다. 그때 황바우가 입을 크게 벌리며 상체를 앞으로 내밀었다. 불빛에 드러난 그의 목줄은 아직도 튼튼해 보였다.

"저그…… 양달수란 사람이 지금도 여그 청년단장인가요?"

"네, 그 사람 잘 압니까?"

익현의 물음에 바우는 만호의 눈치를 살피고 나서 대답했다.

"저 같은 사람이 그런 어른하고 어디 말이나 할 수 있능가요. 그저 한동네 상께 인사나 하고 지내 왔지라우. 그란디 그 어른이 굉장히 무선 사람이라 하던디요."

"그래요?"

만호가 얼굴을 번쩍 들었다. 그 서슬에 바우는 머뭇거리다가 다시 말을 이었다.

"그 사람 맹랑 한 마디문 뭐, 지서 주임님도 설설 긴다고 하던 디요. 그리고 사람을 많이 죽였대요. 그 사람 눈을 보문 노리끼 리해요."

만호와 익현은 서로를 묵묵히 쳐다보았다. 그들은 웃지도 않 았고 그렇다고 수긍하는 빛도 보이지 않았다. 그러나 바우의 이 말이 만호에게 상당히 충격을 준 것만은 사실이었다. 그는 전혀 내색을 하지 않은 채 말없이 담배만 피우다가 일어섰다.

그날도 익현은 만호가 돌아갈 때 보따리를 하나 안겨 주었다. 그것은 어제 것보다도 훨씬 큰 것이었다. 만호는 그것을 바우에 게 넘겨주고 뒤를 따랐다.

차가운 새벽비가 바람을 타고 얼굴을 때렸다. 마을을 단숨에 벗어난 그들은 솔밭에서 한 번 쉬었다. 만호는 한참 묵묵히 앉아 있다가,

"황 동무."

하고 무겁게 불렀다.

좀 떨어진 곳에서 우두커니 서 있던 바우는 만호 곁으로 다 가와 앉았다. 만호는 그의 손을 덥석 잡았다.

"그동안 고생이 많았소. 모레쯤이면 세상에 나가게 될 테니, 각오를 단단히 하시오. 나와 함께 자수를 하면 황 동무야 죄가

없으니까 살아날 수 있소. 지금이라도 동무는 집으로 갈 수 있지만, 그렇게 되면 다른 동무들이 나와 지혜를 죽이고 도망쳐 버릴 테니, 조금만 참아 주시오."

"그라문요. 저는 지휘관 동무 말대로 한다고 벌써부터 말하지 않았능가요. 그리고 저만 어찌 혼자서 도망갈 수가 있겠습니까?"

"고맙소. 그러면 이렇게 합시다. 오늘 일은 누구한테도 이야기하지 마시오."

"아씨한테도 안 합니까?"

"하지 않는 게 좋겠소. 나중에 알게 될 테니까."

만호는 몹시 망설이다가, 그가 생각하고 있는 계획을 바우가 알아듣기 쉽도록 차근차근 이야기해 주었다.

"동무는 오늘 가는 대로 아무것도 먹지 말고 아프다고만 하시오."

"거짓말로 말잉가요?"

"그래요. 거짓말로 아프다고 하는 거요."

"어디가 아프다고 할까요?"

"배가 아프다고 하시오. 배탈이 난 것처럼 말이오. 절대 먹지 말아야 해요. 그러면 모레나 글피쯤에 내가 다른 동무들을 모두 데리고 보급투쟁을 나가겠소. 그때 황 동무는 아프기 때문에 나가자는 사람이 없을 거요. 그렇게 되면 결국 황 동무와 지혜만 학교에 남게 될 거요. 그때는 지혜한테 말해도 괜찮소. 그러고 있다 보면, 밖에서 황 동무를 부르는 소리가 날 거요."

"누가 절 부르능가요?"

"양달수 아니면 그 부하들이 부를 거요."

"아이구, 그라문 뭐라고 대답할끼라?"

"대답할 필요 없이 잠자코 남은 무기하고 탄약을 모두 환기 구멍을 통해 밖으로 내보내시오. 그러면 밖에서 빨리 나오라고 할 거요."

"그라문 나가도 되능가요?"

"그렇지요. 지혜를 데리고 밖으로 나가시오. 도망친다거나 싸울 생각은 하지 말고 그쪽에서 시키는 대로 순순히 따라가시오. 내 말 알아듣겠소?"

만호는 이 바보 같은 사내가 일을 그르치지나 않을까 해서 적이 걱정이 되었다. 그러나 이럴 때는 황바우의 말귀가 상당히 빨랐다.

"알구말구요. 그렇게 모두 보급투쟁하러 나간 뒤에 아씨하고 나하고만 남아 있다가 밖에서 누가 부르문 나가라 이 말씀이지라우?"

"맞소. 꼭 그렇게 하시오."

만호는 바우의 어깨를 두드려 주었다.

"만일 저 말고 또 한 사람이 아파서 못 나가문 어떻게 하지라우?"

이것은 놀라운 질문이었다. 만호는 당황해 있다가,

"그런 사람이 없겠지만, 만일 그런 사람이 있으면 황 동무가 책임을 지시오. 모두 나가고 나면 먼저 선수를 써서 목을 누르든가 뒤통수를 쳐서 때려눕히시오."

하고 말했다. 그러나 이렇게 말해 놓고도 그는 매우 자신이 없었다. 황바우의 말대로 다른 누가 또 하나 남아 있게 될 경우, 과연 바우가 상대를 처치할 수 있을지는 퍽 의문이었다. 힘만 세었다 뿐이지 바우는 느리기 짝이 없고 머리 또한 이만저만 미련스러운 게 아니었다. 그러한 그가 사람을 처치할 수 있을까. 뿐만 아니라 겁도 많은 사내라, 사람을 죽이라는 말에 처음부터 벌벌 떨고 나섰다.

"아이구, 지휘관 동무님. 지가 어떻게 사람을 죽입니까? 그래두 함께 고생해 왔는디 어떻게 제 손으로 때려죽일 수 있습니까? 지휘관 동무님, 그건 못하겠습니다."

만호는 벌컥 화를 냈다.

"당신 지금 정신이 있소 없소? 세상에 사람을 죽이고 싶어 하는 사람이 어디 있겠소? 다 자기가 살려고 그러는 거 아니오? 우리가 살기 위해서 그러는 거란 말이오. 황 동무가 살고 싶지 않다면 마음대로 하시오. 동무가 지금 내 말을 안 들으면 우리 셋은 살아날 수 없어요. 이젠 어디 도망갈 수도 없고, 결국은 모두 사살되고 말 거요. 교실 밑에 언제까지고 숨어 있을 수 있다고 생각하면 큰 잘못이오."

만호는 진땀이 흘렀다. 일이 잘못 틀어지는 것만 같아서 초조해지기까지 했다. 어수룩한 자식, 시키는 대로 하지 않고 왜 말썽을 피우는 거야. 그는 바우를 쏘아보았다. 칠흑 같은 어둠 속에서 비를 맞고 있기 때문인지 그의 마음은 절박하게 오그라들고 있었다.

"꼭 주, 죽여야 하능가요?"

바우의 목소리는 겁에 질린 나머지 사뭇 떨리고 있었다.

"자기가 살려면 사람을 죽여야 할 때도 있는 거요."

"잘 알겠습니다."

바우는 완전히 무너져 내리듯 침울하게 대답했다. 거기에는 복종의 뜻이 강하게 담겨 있었다. 순간 만호는 바우의 말 중에서 생각해 볼 점이 전혀 없는 것은 아니라는 생각이 들었다. 아무리 이쪽이 위험하다 하더라도 상대를 꼭 죽여야 하는가 하는 문제에 대해서는 그 역시 재고해 볼 필요가 있었다. 그는 한참 생각한 끝에 말했다.

"아무래도 사람 죽이기가 싫은 모양이니, 그럼 이렇게 합시다. 죽이지는 말고 정신을 잃을 정도로만 적당히 때려눕히시오. 그 정도는 할 수 있겠지요?"

"그러다가 정말로 죽어 버리문 어떻게 하능가요?"

"그러니까 죽지 않게 해야지요. 그렇지만 너무 사정을 봐주다가는 도리어 황 동무가 당할 테니, 단번에 때려눕혀요. 알겠소?"

만호는 엄하게 말했다.

"예, 알았구만요. 살라문 뭔 짓을 못하겠어요. 지휘관 동무는 어떻게 하실 건가요?"

"황 동무가 일단 지혜를 데리고 빠져나가면 뒤에 내가 다른 동무들을 데리고 돌아오겠소."

만호는 언덕을 올라가다가 바우에게 보따리를 내리라고 했다.

그러고는 음식을 반쯤 버리라고 말했다. 바우가 의아해하자 만호는 이렇게 일렀다.

"음식이 많다고 보급투쟁을 안 나가면 큰일 아니오."

만호가 현재 가장 염려하는 것은 바로 이 점이었다. 정말 공비들이 계획대로 나가 주지 않는다면 큰일이었다.

그런데 잔뜩 불안을 안고 학교로 돌아오자 이번에는 의외의 사태가 벌어져 있었다. 공비가 겁탈할 때와는 다른 끙끙대는 소리가 지혜 쪽에서 들려오고 있었다. 어두워서 아무것도 보이지는 않았지만 분위기로 보아 심상치 않은 일이 일어난 것 같았다.

"무슨 일이 있었소?"

하고 만호는 낮으나 날카로운 목소리로 물었다. 그러나 누가 똥을 누는지 잔뜩 구린내만 풍겨 올 뿐 아무도 대답하려 들지를 않았다.

"왜들 대답이 없는 거요? 무슨 일이 있었소?"

그가 거듭 묻자 그제야 구린내의 임자로 생각되는 자가 불쑥,

"쌍년이 미친 모양이오."

하고 말했다.

만호는 허둥지둥 지혜 쪽으로 기어가 그녀를 안아 일으켰다. 그녀의 손발은 꼼짝 못하도록 묶여 있었고 입도 수건으로 틀어막혀 있었다.

수건을 벗기자 그녀는 허억, 하고 숨을 내쉬면서 동시에 고함을 질렀다. 그러자 이쪽저쪽에서 공비들의 당혹한 목소리가 터져 나왔다.

"지휘관 동무, 미쳤소?"

"아니, 누구 죽는 꼴 보겠소?"

"그년을 아예 죽여 버립시다."

만호는 급히 수건으로 다시 지혜의 입을 틀어막았다. 그녀는 몸을 빼려고 허우적거렸다. 만호는 그녀를 꽉 껴안았다. 앙상한 어깨뼈와 나뭇가지처럼 불거져 나온 갈비뼈가 금방이라도 부서져 버릴 듯이 그의 손바닥 속에서 꿈틀거렸다. 살점이라곤 거의 없는 여자의 육체가 이렇게 애처롭다는 것을 그는 그때 처음으로 깨달았다. 곁에서 황바우가 손을 뻗쳐 왔으므로 만호는 지혜를 그에게 안겨 주었다.

바우는 헉헉거리며 울었다. 만호는 상황이 절박하다는 것을 깨달았다. 그로서는 지혜가 더 이상 발버둥친다면 차라리 자신의 손으로 죽여 버릴 수밖에 없다는 생각이 들었다. 그러나 자수를 눈앞에 둔 지금 그것은 너무 억울하고 참혹한 일이었다. 따라서 어떻게 하든지 적어도 내일모레까지는 이 상태를 계속 유지해야 했다.

"동무들은 너무 자기 이익만 채우고 있는 것 같소. 이제 여기까지 와서 이 애를 죽인다는 건 너무 남자답지 못한 짓이오. 우리가 지금 아무리 위험하다 해도 어떻게 해서든지 이 애를 살리도록 해야 할 게 아니오?"

"지휘관 동무는 잠꼬대하는 거요? 그 애 하나 때문에 우리가 모두 죽는다는 걸 생각해 봤소?"

"충분히 생각해 봤소. 동무들은 욕심만 채우고 나서 이제 와선 이 애를 죽이자는 거요? 이 애가 누구 때문에 미쳤다는 걸 생각이나 해봤소?"

"부르주아의 찌꺼기 같은 년…… 그런 년은 미치게 마련이오."

만호는 화가 치밀어 올랐다.

"이 애가 누구 딸인 줄이나 아시오? 동무들이 받들어 모시던 손석진 동무의 딸이란 말이오."

"지휘관 동무, 누가 그걸 모르고 있습니까? 손석진은 반동으로 처단되었소. 흥, 그러고 보니까 지휘관 동무도 그렇고 그렇구만."

"뭣이?"

만호는 다발총을 들고 철커덕 총알을 쟀다.

"지금까지 내 딴에는 혁명투쟁을 해왔다. 그런 모욕은 참을 수가 없어. 그럴 바에는 여기서 모두 죽여 버리겠다. 뭐가 그렇고 그런 거야, 이놈!"

"아, 지휘관 동무, 참으시오. 여기서 서로 이렇게 총을 들고 그러면 어떻게 하라는 거요?"

공비 하나가 그의 총을 빼앗으려고 들었다. 만호는 총대로 그를 밀어제쳤다.

"비켜! 지금 이 방법밖에는 없어. 이런 식으로 명령 계통도 없이 날뛴다면 내 직권으로 죽여 버리겠어. 모두 자폭하는 거야. 동무들이 나를 의심하는 모양인데, 이래 가지고는 어떻게 우리가 합심해서 투쟁을 할 수 있겠소? 아까 그따위 말을 한 놈, 나와! 이리 나오라구!"

"지휘관 동무, 목소리가 너무 큽니다. 진정하시라우요."

만호의 분노에 공비들은 당황하는 눈치였다.

"나보고 진정하라구? 무슨 개소리야. 이젠 다된 판이니까 나를 죽이든지, 그렇지 않으면 내가 너희들을 죽이겠다."

"지휘관 동무, 미안하게 됐소. 용서하라우요. 한 동무는 지휘관 동무에게 사과하시오."

주위가 조용해지더니, 한동주라는 자가 앞으로 기어 나오는 기색이 보였다.

"네놈이 그랬구나. 이리 와, 이 새끼야!"

만호는 그자를 앞으로 다가오게 하여 주먹으로 얼굴을 후려쳤다.

"이 개 같은 자식, 나를 뭘로 알고 그러는 거야. 넌 우리 대원도 아닌 놈이 왜 달라붙고 야단이야. 얌전히 짐이나 나를 노릇이지."

만호는 거듭 사정없이 한동주를 때렸다. 짐꾼으로 끌려온 놈이 요즘 부쩍 기승을 부리는 데 대해서 그렇지 않아도 불쾌감이 고조되어 있던 차에, 이번에 그것이 폭발한 것이다.

그가 의외로 무섭게 때리자 한동주는 그제야 겁을 집어먹고 싹싹 빌기 시작했다.

"아이구, 지휘관 동무님, 용서해 주십시오."

"이 자식아, 너 같은 놈은 당장 죽어도 싸!"

공비들이 말리지 않았다면 정말 그는 한동주를 죽였을지도 몰랐다. 그만큼 그는 정신을 차릴 수 없을 정도로 화가 나 있었던 것이다.

공비들은 그가 화를 가라앉힐 때까지 죽은 듯이 침묵하고 있었다. 지금까지 만호를 얕봐 오던 생각을 달리 고쳐먹는 게 분명했다. 만호는 침착을 되찾은 뒤 어조를 바꾸어 말했다.

"내 말 좀 잘 들어 보시오. 우리가 지금 이 판에 누가 귀찮다고 해서 없애 버리려 한다거나 하면 서로 불신감만 깊어져 동지애도 없어지고 그러다가 결국 우리는 서로가 서로를 죽이게 될 거요. 내가 너무 화를 낸 모양인데, 나는 어떻든 지혜를 죽일 생각은 없소. 저러다가 제정신이 돌아오면 다행이고 그렇지 않다 해도 죽일 생각은 없소. 저렇게 입을 틀어막아 두면 소리는 나지 않을 거요. 저러다가 죽어 버리면 우리로서 할 수 없지만, 그렇다고 먼저 죽이지는 맙시다. 아무리 손석진이 총살당했다 하더라도 옛날 우리와 함께 고생하던 동무가 아니오. 그 사람 따님을 동무들이 노리개로 삼은 것도 큰 죈데, 이젠 미쳤다고 해서 죽인다면 우리가 도대체 사람이라고 할 수 있겠소?"

아무도 대꾸하는 사람이 없었다. 이젠 만호의 말을 전적으로 따르겠다는 눈치들이었다.

"더구나 저 애는 여러분들 때문에 저렇게 됐다는 것을 생각하시오. 동무들이 합심해서 책임지고 저 애를 간호해 주어야지, 그렇지 않고 오히려 죽이려 든다면 큰 죄를 짓는 거요. 이제는 사람 죽이는 짓 제발 그만 좀 합시다."

"지휘관 동무 말대로 따릅시다. 그렇지만 지휘관 동무, 저러다가 저 애가 소리라도 지르면 어떡하지요?"

"잘 감시하면 되니까 그 점은 염려 마시오. 이젠 방학도 되고 해서 위험한 것도 어느 정도 사라졌으니."

"언제까지 저러고 있어야 합니까?"

"내가 보기엔 미친 게 아니고 충격을 받아서 그런 모양이니 마음만 가라앉히면 괜찮을 거요."

만호는 지혜의 이마를 짚어 보았다. 그녀의 이마는 불덩이처럼 뜨거웠다. 어디를 만져 봐도 뜨거웠다. 그는 젖은 수건으로 그녀의 얼굴을 닦아 주었다. 이대로 방치해 두었다가는 살아나기가 힘들 것 같았다.

그러나 비상약도 없고, 더욱이 병원이나 의사는 생각할 수도 없는 일이었다. 그녀는 까무러쳤는지 아무 요동도 하지 않았다.

만호는 그녀의 머리를 쓰다듬으려고 손을 뻗었지만, 머리는 너무 오래도록 감지 못한 데다가 빗질도 하지 않았기 때문에 손가락에 마구 감겨들기만 했다.

그녀가 질식될지도 몰랐기 때문에 그는 그녀의 입에서 다시 수건을 빼 보았다. 그러자 그녀는 아까처럼 아주 깊이 숨을 내쉬면서 몸을 뒤챘다. 그러나 고함을 지르거나 하지는 않았기 때문에 그는 손발을 묶은 것도 풀어 주었다. 그리고 바우와 함께 그녀 곁에 앉아 밤새도록 그녀를 간호했다. 다행히 그녀는 밤 동안 내내 깨어나지 않은 채 죽은 듯이 누워 있었다.

그러다가 아침이 되자 그녀는 눈을 뜨고 주위를 휘둘러보더니 입을 벌리면서 소리를 지르려고 했다. 놀란 만호는 얼른 입을 막으면서 그녀의 뺨을 후려갈겼다.

"지혜, 정신 차려. 정신 차리라구."

그는 낮게 소리 지르면서 그녀를 마구 흔들었다. 그녀는 놀란 눈으로 그를 바라보다가 황바우의 품속으로 뛰어들면서 울음을 터뜨렸다. 숨죽인 오열이 한참 계속되는 동안 그들은 모두 침묵했고 오직 바우만이 그녀를 위로했다.

"소리 내면 안 돼요. 소리 내면 모두 죽는다구. 조용히 해요. 조용히."

바우는 그녀를 꼭 껴안은 채 등을 두드려 주었다. 공비들은 이러한 모습을 적의에 찬 눈으로 노려보았다.

"제정신이 든 모양이니까 이젠 놀라게 하지 마시오."

만호는 공비들에게 이렇게 다짐을 두었다. 이 말에 공비들은 아무도 대꾸하지 않았다.

그날 아침부터 황바우는 만호가 지시한 대로 아무것도 입에 대지 않았다. 그는 지혜 옆에 쭈그리고 앉은 채 하루 종일 그녀만 들여다보고 있었다.

저녁에도 그가 먹는 것을 거부하자 마침내 공비들 사이에서 반응이 일어났다.

"황 동무는 왜 안 먹는 거요?"

"먹기 싫구만요. 머리가 윙윙거리는 것이……."

바우는 고개를 휘휘 내저었다.

"어디 아픈가 보군."

"여기선 아파도 어쩔 수 없어. 자기가 알아서 해야지."

"혹시 전염병 아닌가?"

공비들은 생각나는 대로 지껄였다. 만호는 기회를 놓치지 않고,

"그동안 그렇게 수고를 했으니 아플 만도 하지. 좀 쉬시오."

하고 말했다.

바우의 노고를 인정할 수밖에 없는 공비들은 만호의 이 말에 잠자코 입을 다물었다.

밤이 깊어지자 만호는 나갈 채비를 했다. 그는 익현에게 무장을 하지 않은 채 청년단장을 만나겠다고 약속했으나, 빈 몸으로 가기에는 너무 위험했으므로 여느 때처럼 권총과 칼을 휴대했다.

밖에는 비가 그친 모양이었다. 내일까지 비가 그쳐 준다면 퍽 다행한 일이었다. 만일 내일 밤, 비가 온다는 이유로 해서, 혹은 땅이 질다는 이유로 해서 공비들이 밖으로 나가지 않는다면 큰 일이기 때문이었다.

공비들은 만호가 혼자 나가는 데 대해서 그전처럼 꼬치꼬치 캐묻지 않았다. 다만,

"지휘관 동무, 혼자 나가도 괜찮겠소?"

하고, 오히려 염려스러운 듯 걱정해 주기까지 했다.

"괜찮소. 오히려 여러 사람이 나가면 발자국만 많이 남기고 이상하니 나 혼자 다녀오겠소. 나가서 조금이라도 먹을 것을 구해 와야지. 가만히 앉아 있다가는 내일부터는 고스란히 굶겠소."

동쪽 하늘에는 구름이 걷혀 별들이 빛나고 있었다. 이상하게도 그는 며칠 전과는 사뭇 다르게 모든 일에 자신이 붙는 것을

느꼈다. 그는 아주 익숙한 걸음걸이로 큰길을 곧장 걸어갔다. 비가 멎은 탓으로 도중에 적잖은 수의 사람들을 만났지만, 아무도 그를 의심하지는 않았다.

조익현의 집 앞에 이르자 그는 담 밑에 붙어 서서 주위를 한동안 살펴보았다. 만일 주위에서 이상한 인기척이라도 나면 그는 익현의 집으로 들어가지 않을 생각이었다. 그러나 주위에서는 아무런 기척도 나지 않았다.

익현의 집 대문은 약속대로 잠겨 있지 않았다. 그는 조심스럽게 안으로 들어갔다. 익현의 방에는 불이 환하게 켜져 있었는데, 익현의 기침 소리만 들릴 뿐 다른 소리는 들려오지 않았다.

아직 양달수는 오지 않은 모양이었다. 만호는 마루 밑으로 들어가 벌렁 드러누웠다. 그리고 권총을 빼 들고 마냥 기다리기 시작했다.

대문 쪽에서 저벅저벅 하고 발짝 소리가 들린 것은 그로부터 한 시간쯤 지나서였다. 만호는 몸을 돌이켜 엎드렸다. 그리고 바싹 귀를 기울였다. 발짝 소리로 보아 분명 한 사람이 걸어오고 있었는데, 조금도 거침이 없는 대담한 걸음걸이였다.

이윽고 사내는 마루 앞에서 걸음을 멈추었다. 만호는 두 개의 건장해 보이는 다리를 볼 수 있었다.

"조 선생 계시나?"

마루 위로 굵은 음성이 굴러갔다. 곧 문이 벌컥 열리면서 익현이 내다보았다.

"어서 오게."

"아직 안 왔나?"

"아직 안 왔어. 곧 오겠지. 들어오게."

"그 친구 겁이 나서 안 오나? 하하."

사내는 호탕하게 웃으면서 마루 위로 올라서는 모양이었다. 몸이 몹시 육중한지 마룻장이 삐거덕거렸다. 이어서 방문이 쾅 하고 닫히고. 아까보다는 좀 약하게 말소리가 들려왔다.

"무기를 가져오지 말라고 해서 빈손으로 왔네."

"잘했어. 우선 술이나 한잔 들까?"

"아니. 이따가 그 빨갱이 두목이 오면 같이 들기로 하지. 그러나저러나 그놈이 나타날까?"

"오고말고. 약속을 단단히 했으니까."

"도대체 어디 숨어 있다고 하던가?"

"그건 나도 못 들었네."

익현은 딱 잘라 말했다. 만호는 조금 더 기다려 보기로 했다.

"한 놈도 남기지 말고 싹 잡아들여야 할 텐데…… 그렇게 되면…… 참 좋을 텐데……"

하는 말로 보아 청년단장은 노리고 있는 점이 많은 것 같았다. 만호는 앞이 갑자기 어두워지는 것을 느꼈다. 그러나 이제 와서 물러설 수도 없는 노릇이었다.

"살려 준다는 보장만 있으면 모두 다 자수할 걸세."

익현의 목소리는 결코 당황해 있지 않았다.

"아, 그건 내가 보장해. 내가 말만 잘하면 모두 살릴 수가 있어. 오늘 군인들은 모두 읍으로 철수했는데, 아마 수일 내로 읍에서도 모두 떠날 거야. 공비들이 거의 소탕되었기 때문에 이젠 전처럼 그렇게 처단하지는 않아. 순순히 자수하는 놈은 조사해서 별일 없으면 그대로 살려 주고 있어."

만호가 듣기에 청년단장의 말은 함부로 무책임하게 지껄이는 소리 같았다.

만호는 마루 밑에서 천천히 기어 나왔다. 그리고 주위를 돌아본 다음 기침을 낮게 한 번 했다. 그러자 말소리가 뚝 그치고 문이 활짝 열렸다. 익현이 뛰어나와 만호의 손을 잡아 이끌었다.

"어서 오게. 기다리고 있었네."

만호는 익현을 따라 방 안으로 들어갔다.

방 안에는 국방복 차림의 사내 하나가 이쪽을 주시한 채 그대로 앉아 있었다. 상대는 예상대로 몸이 크고 뚱뚱했다. 만호도 그를 똑바로 쳐다보면서 맞은편에 엉거주춤 주저앉았다.

그들은 한참 동안 마주보고 있었다. 양달수는 만호의 흉악한 몰골에 상당히 놀란 모양이었다.

"자, 서로 인사하지. 내가 일전에 말한 청년단장 양달수 씨네. 이쪽은 강만호 씨…… 알고 보면 모두 친구가 되는 셈이지."

조익현이 그들을 서로 소개했지만, 그들은 통성명도 하지 않았고 악수도 하지 않았다. 거의 본능적인 적대감이 그들을 사로잡고 있었던 것이다.

만호로서는 현재 입장이 불리했기 때문에 먼저 고개를 숙이고 들어가야 마땅한 일이었다. 그러나 가슴속으로부터 치솟아 오르는 불같은 적대감을 억누를 길이 없었다. 양극의 지대에 살다 보니 어느새 자기도 모르는 사이에 증오와 복수심이 몸에 배어 있었던 것이다. 양달수도 그런 면에서는 마찬가지인 것 같았다.

익현은 그들 사이에서 거북하게 앉아 있다가 자리를 비켜 주려고 일어섰다.

"자, 이야기들 하게. 난 나갔다 올 테니까. 술상은 저기 차려 놨으니까 마시도록 하게."

익현이 나간 뒤에도 그들은 한참 동안 벙어리들처럼 앉아 있었다. 말을 나눈다는 것이 오히려 어색한 일인지도 몰랐다.

깊은 여름밤, 어느 외진 방의 침침한 등잔불 밑에 서로 목숨을 노리던 두 사내가 무릎을 맞대고 앉아 있다는 사실이야말로 정말 상상도 못할 만큼 놀라운 일이었다. 그렇기에 그들 사이의 긴장은 숨 막힐 듯 고조될 수밖에 없었다.

성질이 급한 양달수가 이 긴장에 견딜 수 없었던지 먼저 담배를 꺼내 만호에게 권했다. 그러나 만호는 고개를 저으면서 그것을 거절했다.

"그렇게 경계할 필요는 없소. 술이나 마시면서 천천히 이야기해 봅시다."

양달수는 억눌린 듯한 목소리로 이렇게 말하면서 술상을 끌어다 놓았다. 안주는 특별히 마련했는지 여러 가지가 정성 들여 차려져 있었고, 술 냄새도 좋았다. 양달수가 주전자를 들고 술을 따르려 하자 만호는 손을 내저으며 그것을 막았다.

"난 안 마시겠소."

"왜?"

"혼자 드시오. 술 취해서 돌아갈 수는 없으니까."

"그래요. 그렇다면 혼자 마실 수밖에 없군."

양달수는 더 권하지 않은 채 혼자서 술을 따라 마셨다. 마치 냉수를 들이켜듯 꿀꺽꿀꺽 마시는 폼이 술을 매우 좋아하는 모양이었다.

"혼자서 왔지요?"

술이 들어가자 그의 목소리는 금방 걸쭉해졌다.

"그렇소. 당신은?"

만호는 턱을 치켜들며 물었다.

"나도 물론 혼자 왔소. 이야기는 대강 들었는데, 정말 자수할 생각이오?"

"그럴 생각이오. 목숨만 보장된다면……"

"목숨은 보장할 수 있소."

"어떻게?"

"비상명령이 그렇게 내려 있소."

"비상명령이라니?"

"전남지구 계엄사령관 명령으로, 자수한 공비에 대해서는 일단 심사를 거친 후 석방하도록 되어 있소."

그의 입술은 두꺼운 데다 검은 보랏빛을 띠고 있었다. 술을 마시고 날 때마다 그것은 불빛을 받아 번들번들 빛나곤 했다.

"심사는 누가 하는 거요?"

"최종 심사는 계엄사에서 하지요. 그렇지만……"

달수는 만호를 힐끗 보고 나서 말했다.

"……내 의견을 많이 참작할 거요. 그럴 수밖에 없게 돼 있으니까."

만호는 똑바로 달수를 쳐다보았다.

"그건 무슨 이유요?"

"에 또, 군인들이야 다만 토벌만 하러 왔기 때문에 개인적인 성분 같은 거야 모를 거 아니오. 그러니 우리 지방민들, 특히 청년단의 말을 중요하게 생각하지요. 만일 우리를 거치지 않고 군인들한테 바로 걸리면 오해를 받을 가능성이 많지요. 그렇게 되면 정말 위험해요."

양달수의 얼굴은 술기운이 올라 벌겋게 달아오르고 있었다.

"내가 자수하면 먼저 어디로 넘길 작정이오?"

"우선 경찰에서 조사를 받은 다음 계엄사로 넘겨질 거요. 그렇지만 염려할 것까지는 없어요. 모두 형식적인 거니까."

양달수는 보기와는 달리 치밀한 데가 있는 것 같았다.

만호는 문득 자신의 이러한 질문이 쓸데없는 것이 아닌가 하는 생각이 들었다. 전시(戰時)에 남에게, 그것도 적으로 삼고 있던 상대에게 자기의 목숨을 의탁한다는 것부터가 어쩌면 잘못인지도 몰랐다. 생사 문제는 사실 이런 상황에서는 아무도 단정할 수가 없는 것이다. 살든가 혹은 죽든가 하는 것은 직접 부딪쳐 보지 않고서는 알 수가 없는 일이다. 아무리 자수 공비를 살리라는 명령이 있다고는 하지만 그러한 명령은 말단 기관에서 얼마든지 취소될 수도 또 무시될 수도 있는 것이다. 그럴 때 공비는 어디다가 하소연을 할 것인가. 생각이 여기에 미치자 그는 마음이 초조해지기 시작했다.

　일단 이렇게 의심이 들면 생각은 엉뚱한 데로 자꾸만 비약하게 마련이다. 처치하고 도망쳐 버릴까 하고 그는 생각했다. 피하는 것은 지금이라도 늦지 않았다. 익현의 입장이 곤란해질지 모르지만 이쪽이 살기 위해서는 어쩔 수 없는 일이었다. 그러나 사실 이 마당에 어디로 간들 살 수가 있겠는가. 떨리는 손을 감추기 위해 그는 팔짱을 끼고 고개를 숙였다.

　만호의 이러한 생각을 헤아린 듯 양달수가 재촉하는 투로 말했다.

　"자수를 하려면 가급적 빨리 할수록 좋소. 지금 이런 기가이 지나면 그다음부터는 정말 곤란해질 거요. 그땐 사정을 봐준다거나 하는 것도 없고, 모든 걸 재판을 거쳐서 처리할 거니까……."

　"우리가 살 수 있다는 걸 무얼루 보장할 수는 없겠소?"

　만호의 이 말에 달수는 이맛살을 찌푸렸다.

　"나보고 도장을 찍으란 말이오, 혈서를 쓰란 말이오? 도장을 찍고 혈서를 쓴들 그게 무슨 보장이 되겠소? 다만 내 말을 믿는 수밖에는 없을 거요. 이런 일은 서로가 믿구 해야지 의심하려 들면 한정 없는 거 아니오? 당신이나 나나 지금 목숨을 내놓고 서로 만난 건데, 솔직히 터놓고 이야기합시다. 지금 당신들은 도망갈래야 갈 수도 없는 거고, 이 지리산에는 당신도 잘 알겠지만 숨어 있을 데도 없소. 말끔히 소탕되었기 때문에 당신들이 앞으로 어떻게 해본다는 건 다 쓸데없는 짓일 거요. 내가 말한 대로 일찍 손들고 나와서 새 삶을 개척하시오."

양달수의 말은 옳았다. 그러나 선뜻 결심이 서지 않는 것은 무슨 까닭일까? 그는 마음이 자꾸만 약해지는 것을 느꼈다.

"나도 그건 알고 있소. 모든 거 다 집어치우고 평범하게 살고 싶은데, 그게 글쎄 가능할지······."

만호는 숙였던 고개를 번쩍 들었다. 그리고,

"좌우간 당신을 믿기로 하겠소."

하고 거의 절망적이면서도 단호한 태도로 말했다.

"좋소. 나도 최대한도로 힘써 보겠소. 그럼 구체적으로 이야기합시다. 지금 모두 몇 사람이오?"

달수는 눈을 빛내며 물었다. 만호는 그 시선을 피했다.

"모두 열세 명인데, 두 사람은 공비가 아니고 민간인이오. 그중 한 사람은 이 마을 사람으로 당신도 잘 알 거요."

"누굽니까?"

달수는 술잔을 내려놓으며 물었다.

"황바우라는 사람이오."

"아, 그 사람······ 지난봄에 끌려갔었지. 잘 알고 있어요. 또 한 사람은 누굽니까?"

"또 한 사람은 냉골에 사는 사람인데 한동주라고 해요."

만호는 한동주의 열렬한 빨치산 활동에 대해서 이야기하려고 하다가 그만두었다. 자수를 앞두고 일부러 나쁜 점들을 들춰내어 상대에게 해를 끼칠 필요는 없다고 생각한 것이다.

"그리고 또 한 사람은 열여덟 살 먹은 처녀인데, 그 애도 공비라고는 할 수 없소."

"그럼, 민간인이오?"

"그렇다고 볼 수 있지요. 당신도 이름을 들어서 알겠지만 유명한 손석진의 외동딸이오."

"아, 그 두목 말이오?"

양달수는 깜짝 놀란 투였다.

"그렇소."

"체포한 공비를 통해서 손석진의 이야기는 많이 들었소. 그 사람 죽었다는데 정말이오?"

"총살당했소. 반동으로 몰려…… 그런데 그 사람이 부인도 일찍 죽고 해서 자기 딸을 데리고 입산했던 거요. 그리고 죽기 전에 나한테 딸을 부탁했드랬소. 그러니까 그 애는 아무 죄도 없는 애요."

"이름은 뭐요?"

"손지혜……."

이어서 만호는 자기를 포함한 대원들의 이름과 출신 성분을 아는 대로 모두 말해 주었다. 양달수는 그것을 모두 수첩에 기입했다.

"당신 지위는 뭐요?"

"나는 지리산 제15지구 인민유격대 대장이오. 모두 죽고 지금 우리만 살아 있는 셈이오."

"무슨 이유로 공산당이 되었소?"

"그 이야기를 하자면 길어지니까 다음에 하기로 하고, 우선 방법부터 이야기합시다."

만호의 말에 양달수는 잠깐 불쾌한 빛을 보이다가 그대로 동의했다.

"그럽시다. 지금 숨어 있는 데는 어디요?"

만호는 몹시 망설이다가 말했다.

"지금 우리는 학교 교실 밑에 숨어 있소."

"학교라니, 어느 학교 말이오?"

"옥천 국민학교 말이오."

"옥천 국민학교에?"

달수는 눈을 크게 뜨고 입까지 벌린 채 한동안 멍한 표정을 지었다.

"놀라운 일이군, 놀라운 일이야."

그는 고개를 설설 흔들었다. 그리고,

"그걸 모르다니, 원…… 그걸 모르다니."

하고 중얼거렸다.

"도대체 언제부터 거기에 있었소?"

"한 달 가까이 되었소."

양달수는 무릎을 탁 쳤다.

"그래, 맞았어. 그게 그러니까 당신들 짓이었군. 마을에 갑자기 도둑맞은 집들이 부쩍 늘어 웬일인가 했더니…… 그게 당신들 짓이었어. 원, 기가 막힐 노릇이군."

그는 상체를 흔들다가 견딜 수 없다는 듯 다시 술을 들이켰다. 만호는 감정을 내보이기 시작하는 상대방을 놓치지 않고 찬

최후의 증인 上

찬히 관찰했다.

달수는 갑자기 어조를 높여 말을 쏟아 놓았다.

"이제 말이 나왔으니 말이지, 나는 우리 아버지가 공산당한테 학살당한 뒤로 빨갱이를 잡아 죽이기로 맹세한 사람이오. 우리 아버지가 어떻게 죽었는지 아시오? 여순반란사건 때 곡괭이에 찍혀서 죽었단 말이오. 한동네에서 같이 살던 놈들이 세상이 바뀌었다 하니까 눈이 뒤집혀서 몰려온 거요. 우리 아버지가 지은 죄라고는 왜정 때 순사 노릇 좀 한 거하고 전답 좀 가지고 있다는 것뿐이었소. 그런데 그게 죄라고 곡괭이로 찍어 죽였단 말이오. 그때부터 나는…… 이를 갈았소. 빨갱이는 무조건 잡아 죽여야 한다고 말이오. 그때 우리 아버지를 죽인 놈들은, 이북으로 도망친 놈들 말고는 다들 잡아서 원수를 갚았소. 그래도 아직 직성이 안 풀렸소. 그러나…… 원수를 갚을라문 한정 없는 것이고, 이젠 아버지도 지하에서 눈을 감았을 텡께, 나도 좀 쉬기로 했소. 당신이 이렇게 자수하겠다고 나한테 온 건 우리 아버지가 보낸 걸 거요. 지난번처럼 너무 그러지 말고 따뜻이 대해 살려 주라고 말이오. 난 그렇게 하겠소. 지난 일은 지난 일이고, 이제부터가 문제 아니오? 하하, 학교에 숨어 있는 걸 몰랐다니, 나도 차암……."

달수는 취한 것 같았다. 그는 게슴츠레한 눈으로 만호를 바라보다가는 제풀에 껄껄대고 웃곤 했다. 그것을 보고 있는 만호는 불안하고 불쾌했지만, 참는 수밖에 없었다.

"술 그만 드시오. 취한 모양이오."

"내가 취했다고? 하하. 취할 만하지. 그렇지만 난 술 아무리 마셔도 취하지 않소."

"그렇다면 다행이지만……."

만호는 말끝을 흐렸다. 그러자 양달수가 느닷없이 그의 손을 잡았다.

"이거 다 인연 아니오. 같은 민족끼리 서로 죽이고 할 필요가 어디 있단 말이오. 예전엔 그런 걸 별로 못 느꼈는데, 요샌 그런 생각이 부쩍 난단 말이오. 왜 우리는 똑같은 피를 받은 민족끼리 서로 죽여야 할까 하고 말이오. 당신은 그런 생각 안 나시오? 하하…… 그건 그렇고 모두 다 자수하기로 약속이 된 거지요?"

만호는 고개를 내저었다.

"아니요. 약속은 하지 않았소. 내 부하들한테는 말을 할 수가 없었소."

"왜요? 그건 왜요?"

양달수는 정색을 하고 물었다. 그러한 모습은 그의 말마따나 술에 취한 것 같지가 않았다. 어쩌면 취한 것처럼 행동했는지도 몰랐다.

"자수하라고 말을 하면 내 생명이 위험해지기 때문이오. 그리고 그들은 자수하면 죽는 줄 알고 있소."

"그거 야단이군. 무기는 다 가지고 있소?"

"다 가지고 있지요."

"무슨 방법이 없을까?"

"그걸 생각해 보려고 오늘 이렇게 만나려고 한 거요. 황바우와 손지혜는 내 말대로 따를 거요. 그렇지만 다른 사람들은 어떻게 자수시키느냐 하는 게 문제일 것 같소."

양달수는 한참을 생각해 보다가 이렇게 말했다.

"하는 수 없소. 학교를 포위한 다음 자수하라고 하는 수밖에……."

"자수를 안 하면?"

"그야 사살할 수밖에 없지요. 무기를 가지고 있으니 잡을 수도 없지 않소."

"안 됩니다. 죽이다니! 그럴 수는 없소."

만호는 완강히 반대했다.

달수의 간단한 한 마디에 그는 적이 당황했고, 동시에 분노가 치밀었다. 생각 끝에 나온 말이 겨우 이뿐이란 말인가. 그는 조금 언성을 높였다.

"어떻게 해서든지 살려 내는 방법을 강구해야지…… 잘못하다가는 지혜는 물론 황바우의 목숨도 위험할 거요. 나는 물론이고……."

"왜 한동주한테는 말 안 했소?"

달수는 엉뚱한 데로 말머리를 돌렸다.

"틈이 없었소. 들을 것 같지도 않았고……."

"듣지 않다니? 그 사람은 공비도 아니면서 자수하기 싫어하는 거요?"

"그 사람은 나하고 사이가 좋지 않소."

달수는 거기에 대해서는 더 묻지 않았다. 그 대신 다른 질문들을 계속했다.

"교실 밑에 숨어 있다고 했지요?"

만호는 고개를 끄덕였다.

"어느 교실이오?"

"정문에서 들어가자면 제일 왼쪽, 2학년 1반 교실이오."

이렇게 구체적인 확인이 끝나자 다음에는 자수 방법에 대해서 의견을 좁혀 나갔다. 이 문제에 대해서는 만호가 먼저 의견을 제시했다.

"황바우하고는 약속이 돼 있소. 내일이나 모레 밤에 내가 다른 사람들을 데리고 모두 밖으로 나간 사이에 그 사람은 지혜하고 교실 밑에 남아 있다가 즉시 자수하기로 말이오. 당신이나 누가 밖에서 황바우를 부르면 그 사람이 지혜를 데리고 밖으로 나갈 거요."

"그러면 그 두 사람은 됐소. 다음은 어떻게 할 셈이오?"

"그다음은 우리가 보급투쟁을 끝내고 학교로 돌아올 때 나는 뒤처져 따라오다가 교실에 들어가기 전에 몰래 빠질 작정이오."

양달수가 수첩에다 서툴게 학교 지도를 그리자 만호는 손가락으로 그것을 짚어 가며 자세히 설명을 했다.

"난 이 방법을 최후로 생각한 거지 좋은 방법이라고는 생각지 않소. 내가 빠져나온 뒤가 문제요. 내가 빠져나오면 그들은 나도 어찌할 수가 없게 돼버릴 거요."

"그건 나한테 맡기시오. 빠져나오는 길로 당신은 어디로 오겠소?"

"숙직실 쪽으로 갈까 하는데……."

"그렇게 하시오. 우리가 완전 포위하고 있을 테니까 그쪽으로 오시오."

"쏘지 않도록 미리 말해 두시오."

"물론이지요. 여부가 있나요."

"나머지 사람은 어떻게 하겠다는 거요?"

만호는 재차 이 문제를 물고 늘어졌다. 달수는 눈을 몇 번 껌벅거리다가 말했다.

"교실 밑으로 모두 다 들어가면 그 속에 아예 가둬 버리지. 그리고 자수하도록 권하지. 그렇게 되면 아무리 날고 기는 놈이라 해도 꼼짝 못할 거요."

"자수를 안 하면 어쩔 생각이오?"

"안 할 수가 있겠소? 생각해 보시오."

달수는 여유만만하게 말했다.

"자수할 때까지 몇 날 며칠이고 기다릴 참이오?"

만호는 쏘아보듯이 하고 물었다. 그러나 양달수는 조금도 당황하는 것 같지가 않았다. 그는 아까와는 다르게 말했다.

"그야 말할 거 있겠소. 물론 자수할 때까지 기다려야지요. 그렇게 포위하고 있으면 나중엔 배가 고파서라도 기어 나올 거요. 굶어서 죽지는 않을 테니까."

"그럴까……."

달수는 어디 두고 보자는 듯 묘하게 웃었다. 만호는 그를 이해시키려고 열심히 말했다.

"공비들이 하나씩 기어 나와서 자수하리라고는 생각지도 마시오. 그들은 자수를 한다면 모두 함께 하고 그렇지 않으면 함께 죽을 때까지 저항할 거요."

"그렇게 동지애가 강하단 말이오? 어디 두고 봅시다."

그는 웃으려다 말고 어금니를 물었다.

"그런 말이 아니고, 서로가 감시를 하고 한사코 자수를 막고 있기 때문에 한 사람씩 자수하기가 힘들고 결국 어쩔 수 없이 단체 행동을 할 수밖에 없다는 말이오."

"그럼 결국 자수는 바라기 어렵다는 거 아니오?"

"그럴 가능성이 많지요. 그러나 인내심을 가지고 설득을 하면서 포위를 하고 있으면 어떻게 달라질지도 모르지요. 의외로 풀리는 수가 있으니까 말이오. 좋은 방법은 생각 안 나고, 결국 이런 길밖에 없을 것 같소. 모든 게 당신한테 달려 있으니까 잘 좀 부탁하겠소."

"염려 마시오. 일단 포위만 해버리면 일은 끝나는 거니까. 그리고 당신만 빠져나오면 관계없는 거 아니오?"

"관계없다니? 어째서 내가 관계가 없다는 거요?"

"그럼 어디까지 책임을 지겠다는 거요?"

"책임지고 안 지고가 문제가 아니라, 내 말은 아무쪼록 자수를 시켜서 살리는 방법을 강구해야지, 죽여 버린다면 그게 무슨 소용이 있겠는가 이거요. 만일…… 이건 만일의 경우지만, 당신이 그들을 죽이려고 든다면 내가 가만있지 않을 거요."

"자수자치고 꽤나 오만불손하군. 가만있지 않으면 어떻게 하겠다는 거요? 날 죽이겠다는 거요?"

양달수는 어이없다는 듯 고개를 길게 빼고 만호를 바라보았다.

"그럴지도 모르지요."

만호는 분명한 어조로 말했다. 그러자 달수가 소리 내어 웃었다.

"거참, 의리 하나 좋소. 당신 말대로 하기루 합시다. 언제로 할까요?"

"내일 밤 안으로 포위해 주면 좋겠소. 지금 손석진의 딸이 몹시 아프기 때문에 한시가 급해요."

"어디가 아픈가요?"

"머리가 좀 돌아 있어요."

"돌아 있다니, 미쳤다는 거요?"

"그렇지요."

"왜 그렇게 됐소?"

"그 판에 낀 여자가 제정신을 가지고 있겠소."

만호는 처음으로 달수에게 담배를 한 대 얻어 피웠다. 그것은 모든 것을 맡긴다는 신뢰의 표시이기도 했다. 그러나 마음이 불안한 것만은 어쩔 수가 없었다.

"그렇겠군. 그건 그렇고 내일 밤 시간은?"

달수는 재촉하듯 물었다.

"시간은 정할 수가 없소. 내가 시간에 쫓기는 듯이 보이면 안 되니까 하는 말이오. 이렇게 하시오. 지키고 있다가 우리가 밖으로 나와 마을로 들어가면 포위하시오. 우리는 학교로 드나드는 길이 일정하기 때문에 서로 부딪칠 염려는 없을 거요."

만호는 달수의 수첩에다가 길목을 그려 주었다.

"모두 함께 돌아오는 거요?"

"그렇지요. 뿔뿔이 헤어져 다니다가 돌아올 때 한곳에 집결해서 돌아오지요."

"으음, 알겠소."

달수는 신음하듯 중얼거렸다.

"내일 밤은 마을 경비를 하지 마시오. 만일을 생각해서라도 마을 사람들에게 말해 두는 것도 좋을 거요. 이상한 사람을 만나더라도 모른 체하라구 말이오. 물론 민첩한 사람들이라 별일은 없겠지만 혹시 들키더라도 잡으려 한다거나 뒤쫓으려고 하지는 못하게 하시오."

"그러니까 마음 놓고 훔쳐 가게 내버려 두라 이 말이군요."

"그렇지요. 그래야만 전원 무사히 학교로 돌아갈 수 있을 테니 말이오. 그렇지 않고 한 사람이라도 사고가 난다면 그들은 학교로 돌아가지 않고 그길로 딴 데로 가버릴 거요."

"알겠소. 내일 밤은 빨치산 천국을 만들어 놓겠소."

달수는 만면에 웃음을 띠면서 자리에서 일어났다. 그리고 만호에게 손을 내밀었다.

"자, 그럼 나 먼저 가보겠소. 내일 잘해 봅시다."

만호는 달수가 손을 잡아 흔드는 대로 내버려 두었다. 그는 스스로 만들어 놓은 일에 당황하고 있었다. 그러나 이젠 이미 시작된 일이었다. 돌이키기에는 너무 늦어 있었다.

달수가 나가자 곧이어 익현이 들어왔다. 들어서자마자 그는,

"잘됐어."

하고 말했다.

"들었는가?"

"밖에서 모두 들었어. 두 사람만 남겨 두고 마음이 안 놓여 갈 수가 있어야지."

"밖엔 어떤가, 무슨 낌새라도 없나?"

"없었어. 혼자 온 모양이야. 그리고 보면 배짱이 괜찮은 사람이야. 좀 무식하긴 하지만……."

"듣고 보니까 자기 아버지가 여순반란사건 때 피살됐더구만. 그래서 공산당을 미워하는 모양이야. 사람도 많이 죽인 것 같더군."

"그랬었군. 난 전혀 몰랐는데……."

익현은 머리를 갸우뚱했다.

그들은 헤어질 때 한참 동안 서로 손을 잡고 있었다.

"잘될 걸세."

하고 익현이 말하자 만호는 눈물이 글썽한 눈으로 그를 바라보았다.

"어쩌면 다시 못 만날지도 모르겠군. 아무튼 고마웠네."

"이 사람, 무슨 소릴 그렇게 하나. 이럴 때 회의를 가져서야 되나. 잘되면 내일이라도 만날 수 있는 거 아닌가."

"그렇게 되면 얼마나 좋겠나."

익현의 우정은 정말 눈물겹도록 고마운 것이었다. 만일 익현이 아니었다면 그가 이렇게 선뜻 자수를 결심하기는 어려웠을 것이다.

만호는 익현의 집 대문을 벗어나자 우선 하늘부터 쳐다보았다. 하늘에는 다시 잔뜩 구름이 끼어 있었다. 서쪽 하늘에 몇 개 보이던 별빛도 구름에 가려 보이지 않았다. 만일 내일 밤에 비가 온다면 큰일이었다.

비가 올 경우 공비들은 틀림없이 보급투쟁을 하러 나가지 않을 것이다. 그렇다고 강제로 몰아낼 수도 없는 일이다. 위험한 줄 뻔히 알면서 명령을 따를 리 만무한 것이고, 너무 강요하다 보면 혹시 이쪽이 의혹을 살지도 모를 일이다.

무슨 좋은 수가 없을까 하고 생각하면서 그는 밤도둑처럼 재빨리 걸어갔다. 가는 도중 가끔씩 주위를 둘러보았지만 그를 노리는 사람은 아무도 없는 것 같았다.

학교에 돌아가자 우선 지혜부터 살펴보았다. 손으로 더듬어보니 입에는 다시 재갈이 물려 있었고, 머리는 불덩이처럼 뜨거웠다.

"또 소리를 질렀소?"

그는 바우를 붙잡고 말했다.

"예, 큰일 날 뻔했어요. 사람이 지나가는데 소리를 질렀어요."

그의 말이 끝나자 공비 하나가 퉁명스럽게 내쏘았다.

"내가 때리지 않았으면 큰일 날 뻔했습니다."

잠자코 있던 다른 공비들이 그제야 이구동성으로 만호에게

최후의 증인 上

항의를 해왔다. 그래서 만호는 그들을 무마하는 데 진땀을 빼야
했다.

"조금만 기다립시다. 내일까지도 그러면 어떻게 조처를 취하
겠소."

"약속을 하는 겁니까?"

공비들은 이번만은 우물쭈물 물러서지 않겠다는 듯 따지고
들었다.

"약속하겠소. 정 그렇다면 할 수 없는 일 아니오."

그는 매우 조용하고 절망적인 목소리로 말했다. 그의 피곤한
눈은 이제 내일을 넘길 수 없게 앞으로 다가와 있는 위험을 바
라보고 있었다.

공비들은 만호가 풀어 놓은 음식을 먹기 시작하면서부터 잠
잠해졌다.

요 며칠 사이 만호 혼자서만 보급투쟁을 해온 데 대해 미안한
마음이 들었던지 그들 중의 하나가,

"내일은 우리도 모두 나가서 한판 크게 해옵시다. 지휘관 동무
만 이렇게 혼자서 애쓰는데……."
라고 말했다.

그 말을 듣자 만호는 좋은 기회라고 생각했다.

"나야 뭐 맡은 게 그러니까 할 수 없는 거 아니겠소. 그건 그렇
고, 우리가 이런 처지에 있는데 서로 협동하지 않는다면 여간해
서 살아나기가 힘들 거요. 그렇지 않아도 내일 밤은 다 함께 나
갈 생각이었는데…… 그렇게 하기루 합시다. 요샌 경비도 허술

한 거 같소. 이젠 토벌군들도 물러가고 해서 그런지는 몰라도 옛날보다는 한결 다니기가 쉬워졌소. 우리들 유격대원들이 모두 토벌되었다고 생각하는 모양이오."

"그러면 내일 전부 나가기로 합시다. 그런데 내일 비라도 오면 곤란하지 않겠소?"

"차라리 비가 많이 오면 발자국이 지워지니까 괜찮소. 교실 바닥만 흙이 묻지 않게 조심하면 염려 없을 거요."

만호는 너무 표가 나게 강조하는 것을 삼갔다. 그러나 공비들은 의외로 순순히 그의 의견에 동의하고 나섰다. 이렇게 쉽게 결정이 내려지자 만호는 맥이 탁 풀렸다.

그는 어둠 속으로 손을 뻗어 황바우의 손을 꽉 움켜쥐었다. 그리고 그것을 의미 있게 흔들어 주었다. 황바우도 알았다는 듯이 그의 손을 마주 잡았다.

이튿날은 아침부터 비가 내렸다. 비는 처음에는 부슬부슬 내리다가 저녁이 되자 소나기가 되어 퍼붓기 시작했다.

황바우는 약속대로 이틀째 꼬박 굶고 있었다. 그는 새우처럼 옆으로 드러누운 채 작은 소리로 끙끙거리고 있었다. 바보스러우면서도 이럴 때는 제법 꾀를 부릴 줄을 알았다. 공비들은 이러한 바우를 두고 저희들끼리 수군거리기 시작했다.

"저걸 그냥 저대로 두나? 벌써 이틀째 아무것도 못 먹고 있는데……."

"할 수 있나. 저절로 낫는 수밖에 없는 거지."

"그러면 우리끼리 가야겠군."

공비들은 황바우를 데리고 나갈 것을 포기했다. 거기다가 만호가,

"황 동무는 몸도 아프니까 여기서 지혜를 지키고 있으면 되겠소."

하고 말하자 그들은 거기에 대해 더 이상 말하지 않았다. 그 대신 총을 분해해서 녹을 닦기도 하고 새로 총알을 재 넣기도 하면서 묵묵히 나갈 채비들을 했다.

"총알도 얼마 없으니, 아껴서 사용합시다."

만호는 일부러 이런 말까지 했다.

그런데 날이 완전히 어두워지자 곤란한 일이 하나 발생했다. 민간인 한동주가 자리에서 일어날 생각을 하지 않는 것이었다.

"한 동무, 왜 그래?"

만호은 더럭 겁이 나서 물었다. 황바우 외에 또 한 사내가 머물러 있게 된다면 정말 큰일이 아닐 수 없었다.

"허리가 아파서 꼼짝 못하겠소."

동주는 몸을 틀면서,

"아이구."

하고 신음 소리까지 냈다.

"왜, 왜 갑자기 그러는 거야?"

"그저께 지휘관 동무한테 맞은 데가 아픈 모양이오."

공비 하나가 동주를 옹호하고 나섰다.

"거 야단났군. 걷지도 못하겠소?"

"안 되겠습니다. 앉아 있기도 불편합니다."

동주는 더욱 괴로워하는 눈치를 보였다. 그가 엄살을 부리는 것은 분명하지만, 전혀 아픈 곳이 없는 것도 아닌 모양이었다.

"그럼 한 동무도 여기 남아 있도록 하시오. 그렇지만 당신들끼리 남았다고 도망칠 생각을 한다거나 하지는 마시오. 그러다가는 정말 누구 손에 맞아 죽을지 모르니까."

"아, 한 동무는 그럴 사람이 아니오. 황 동무 혼자 있는 것보다는 차라리 잘되었소."

공비 하나가 또 이렇게 말하는 바람에 만호는 적이 다행이라 생각되었다. 민간인들만을 남겨 두는 것이 위험하다고 해서 공비 하나가 함께 있게 된다면 모든 계획은 수포로 돌아가고, 이쪽의 목숨마저 위험할 것이기 때문이었다.

그러나 위험이 이것으로 끝난 것은 아니었다. 민간인으로 끌려와 공비 이상으로 잔인한 행동을 서슴지 않고 하는 이 부역자(附逆者)가 이제 와서 황바우와 함께 자수할 리는 만무했다. 그렇다면 문제는 과연 황바우가 이자를 누르고 무사히 자수를 감행할 수 있겠는가 하는 점이었다. 만일 바우가 실수를 범한다면 이 역시 위험천만한 일이 아닐 수 없었다. 어떻게 할까, 어떻게 할까……. 시간은 이미 바로 앞에 다가와 있었다. 뒤로 물러설 수는 없었다. 죽든 살든 오늘 밤은 결판이 나는 거다. 이렇게 된 이상 모든 것을 운명에 맡길 수밖에 없지 않은가. 그는 더 생각하지 않으려고 머리를 마구 흔들었다.

이윽고 세 사람을 제외한 열 명의 공비들은 교실을 벗어나 빗

속으로 들어갔다. 만호는 학교를 벗어날 때 주위를 날카롭게 휘둘러보았지만, 학교가 지금 포위되어 있는 기미는 느낄 수가 없었다.

물 때문에 그들은 개울을 건너지 않고 바로 큰길로 나갔다.

만호는 집결 장소인 소나무밭에서 다시 만나기로 하고 공비한 명과 한 조가 되어 일행과 헤어졌다.

퍼붓는 빗소리와 개 짖는 소리 외에는 마을은 깊은 정적에 싸여 있었다. 아무리 비가 많이 내린다 해도 시골의 여름밤은 으레늦게까지 사람들의 발길이 끊이지 않는 법이지만, 난리가 난 뒤로는 비가 오든 안 오든 밤만 되면 일찍부터 사람의 발길이 끊기곤 했다.

만호는 그를 따르는 공비 한 명과 함께 흠뻑 젖은 몸으로 어느기와집으로 숨어들어 갔다. 그리고 이곳저곳을 기웃거리다가 광으로 들어가 쌀을 퍼냈다. 도중에 실수를 하여 큰 소리가 났지만 집 안에서는 누구 하나 밖을 내다보지 않았다. 아마 청년단장 양달수가 집집마다 단단히 일러 둔 모양이었다.

만호로서는 이번 보급투쟁이 마지막이자 형식적인 것이었기때문에 힘닿는 데까지 훔쳐 낼 생각은 아예 없었다. 다행히 동행했던 공비도 더 이상 욕심을 부리지 않았으므로 그들은 쌀자루하나만을 들고 집결지로 돌아왔다. 거기에는 이미 반수 이상의공비들이 돌아와 있었다. 조금 기다리자 다른 공비들도 모여들었다. 모두가 비를 흠뻑 맞은 채 짐들을 지고 있었다.

"한판 크게 했수다."

"이것 가지면 며칠은 견딜 수가 있겠소."

"그런데 좀 이상한 거 못 느꼈소? 그렇게 방비가 허술할 수가 있겠소?"

"그야 그럴 수 있지. 이젠 우리 동무들이 모두 소탕된 줄 알고 그러는 거 아니겠소."

"이놈의 마을을 확 쓸어버릴까. 지서에다가 우선 수류탄만 두어 개 까 넣으문 될 텐데……."

"한번 날 잡아서 그래 봅시다."

수확이 좋은 바람에 공비들은 제멋대로 떠들어 대고 있었다. 만호는 거기에 끼어들지 않고 잠자코 침묵을 지켰다. 목이 칼칼해지는 것이 자꾸만 마른침만 넘어가고, 맥박이 거칠어지고 있었다.

짐을 정리해서 다시 적당히 나누어 진 다음 그들은 마침내 학교로 출발했다. 만호는 제일 뒤에 처져서 일행을 뒤따랐다.

학교에 이를 때까지 그는 줄곧 입을 다물었다. 죽음이 될지도 모를 곳을 향해 아무것도 모른 채 몰려가는 부하들의 모습이 더없이 처량해 보였기 때문에 그는 갑자기 안타깝고 울적한 마음이 들었다. 저 자식들이 함께 자수를 해준다면 얼마나 좋을까. 그렇게 되면 한 사람의 희생도 없이 모두 살아날 수가 있을 것이다. 어떠한 이데올로기라 하더라도 인간의 목숨보다는 귀중하지 못하다는 것을 자식들은 왜 모른단 말인가. 이데올로기를 위해서 자기 목숨을 희생한다는 것이 얼마나 어리석은 짓인가를 자식들은 왜 모른단 말인가. 불쌍한 자식들…….

학교 운동장으로 들어설 때 그는 마치 도살장으로 들어가는 것만 같았다. 학교는 완전히 비와 어둠 속에 잠겨 있었다. 거기에 그들을 노리는 눈들이 번득이고 있다는 생각이 들자 그는 등골이 오싹해졌다. 동시에 지혜와 황바우가 어떻게 되었는지 몹시 궁금했다.

뇌성과 함께 번개가 치자 지리산의 웅장한 모습이 잠깐 비쳤다가 사라졌다. 산은 대지를 덮어 버릴 듯이 검은 날개를 펴고 있었다.

일행이 앞장서서 먼저 교실로 들어가자 만호는 슬그머니 빠져나와 학교 숙직실 쪽으로 걸어갔다. 뛰어, 빨리 뛰어, 하고 내부에서 충동질을 했지만 그는 되도록 침착하게 걸어가려고 애를 썼다. 숙직실까지는 불과 몇 분 거리였지만, 그것은 지금의 그에게는 몹시 멀게 느껴졌다.

숙직실에 가까워지자 그의 몸은 자기도 모르는 사이에 잔뜩 움츠러들고 방어의 자세를 취했다. 그는 금방이라도 누가 튀어나와 총을 쏘거나 뒤통수를 후려칠 것만 같은 공포감을 느꼈다.

이윽고 숙직실 모퉁이를 돌아서자,

"누구냐? 손 들엇!"

하는 낮으면서도 날카로운 목소리가 튀어나왔다. 만호는 가슴이 쿵 하고 떨어지는 것을 느끼면서 두 손을 번쩍 쳐들었다. 그와 동시에 어둠 속으로부터 사내들이 우르르 나타나 그를 에워쌌다.

"누구야?"

그들은 확인하려는 듯이 다시 물었다.

"강만호요."

"잠깐, 움직이지 마."

사내들은 어둠 속에서 재빨리 몸수색을 한 뒤 그의 손목에 수갑을 채웠다.

"아니, 왜 이러는 거요? 양 단장은 어딨소?"

"수고 많았소. 형식상 그러는 거니까 불편하더라도 좀 참으시오."

목소리로 보아 양달수가 분명했다. 그는 사람들을 헤치고 다가서더니 만호의 어깨를 두드렸다.

"안에 있던 사람들은 어떻게 됐소?"

만호는 다급하게 물었다.

"모두 다 무사히 나왔소. 자세한 이야기는 이따가 합시다."

달수는 재빨리 말하고는 만호를 데리고 2학년 1반 교실 쪽으로 걸어갔다. 어느새 나타났는지 많은 수의 사람들이 어둠 속에서 비를 맞으며 건물을 포위하고 있었다.

만호는 달수 옆에 붙어 서면서,

"경찰입니까?"

하고 물었다. 달수는 그렇다고 대답했다.

그들이 2학년 1반 교실에 채 이르기도 전에 그쪽에서 갑자기 총소리가 울려왔다. 총소리는 몇 번 주위를 울리더니 약속이나 한 듯 뚝 그쳤다. 그 뒤를 이어 고함 소리가 들려왔다.

"너희들은 포위됐다! 모두 자수하라! 자수하면 살려 준다. 만일 자수하지 않으면 모두 사살한다!"

자수를 권하는 소리가 계속 들려왔지만 공비들 쪽에서는 아무 반응이 없었다.

"어떻게 된 겁니까?"

만호는 당황해서 물었다.

"지금 지서 주임이 지휘하고 있소."

"지서 주임은 어디 있소?"

"따라오시오."

달수와 만호는 학교 운동장 쪽으로 돌아가 큰 고목 밑으로 뛰어갔다. 몇 사람이 거기에 서 있었다.

"주임이오? 나 단장이오."

달수의 말에 주임이라는 사내가 앞으로 나서며 만호를 가리켰다.

"이 사람이 강만호요?"

"그렇습니다."

만호는 달수가 말하기 전에 먼저 대답했다.

"수고했소. 나 지서 주임이오."

주임은 수갑 찬 만호의 손을 잡아 흔들었다. 키가 작아 보였지만 주임은 완강한 데가 있었다. 그는 미안해하면서 만호의 손에서 수갑을 풀어 주었다.

"가능하면 한 사람도 다치지 않게 자수시켜 주십시오."

만호는 주임에게 애원조로 말했다.

"알았소. 나도 그렇게 하고 싶지만 상대방이 어떻게 나올지 우선 두고 봐야지요."

"지금 총소리는 어디서 난 겁니까?"

"교실 밑에서 쏜 거요. 저쪽 무장은 어느 정도요?"

"다발총 두 자루에 장총을 한 자루씩 가졌습니다. 탄환은 얼마 남지 않았습니다. 내가 설득을 해보지요."

만호는 공비들이 숨어 있는 교실 쪽으로 다가갔다. 환기통 쪽에 이르자 그는 벽에 몸을 바싹 붙였다. 그리고 심호흡을 한 다음 소리를 질렀다.

"동무들! 나 강만호요! 모두 약속이 되어 있으니까 총을 버리고 자수를 하시오! 자수하면 생명은 보장할 수 있소."

그러자 환기통으로부터 총소리가 한 방 터져 나왔다.

"듣기 싫다! 이 배신자야! 네놈을 일찍 죽이지 못한 게 한이다!"

"제발 부탁이다! 자수해라! 사살당하기 전에 자수해라. 거기서 그렇게 개죽음을 당할 필요가 어디 있는가! 이젠 세상이 달라졌다."

그러나 안에서는 증오에 찬 욕지거리만이 쏟아져 나왔다. 그리고 한참 지나자 그것마저 끊기고 아무 반응이 없었다. 만호가 아무리 말을 걸어 보았지만 공비들은 타협할 필요도 없다는 듯이 일절 대답을 하지 않았다. 만호는 가슴이 찢어지는 것 같았다. 과거야 어떻든 고락을 같이해 온 부하들의 목숨을 구할 수 없다는 사실에 그는 말할 수 없는 비애를 느꼈다.

"날이 샐 때까지 기다려 보지."

양달수가 하품을 하면서 말했다. 그래서 그들은 다시 나무 밑으로 돌아왔다.

"세 사람은 지금 어디에 있습니까?"

"지서에 데리고 갔소. 계집아이는 미쳤더구만."

양달수가 다시 하품을 하면서 말했다. 그는 몹시 졸린 모양이었다.

만호는 오랫동안 비를 맞고 있었기 때문에 몸이 덜덜 떨려 왔다. 머리가 윙윙거리는 것이 몸에 열기가 있는 것 같았다.

"빨리 병원에 데려가야 할 겁니다. 남은 두 사람은 괜찮습니까?"

"괜찮기는…… 한동주도 중태요."

"어떻게 됐습니까?"

만호는 놀라서 물었다.

"황바우가 칼로 찌른 모양이오."

"많이 다쳤나요?"

"중태요. 병원에 보냈는데 어떻게 됐는지는 잘 모르겠소. 옆구리를 찔렀는데 피를 너무 많이 흘려서."

"동주가 자수를 하려고 하지 않아서 찌른 걸 거요. 내가 그렇게 시킨 겁니다."

만호는 숨을 깊이 들이쉬었다. 만호의 말에 청년단장은 잠깐 침묵을 지켰다가 갑자기 큰 소리로 물어 왔다.

"그 사람은 왜 자수를 하지 않으려고 한 거지요? 민간인 아니오?"

이렇게 된 이상 사실을 말하지 않을 수 없었다. 그렇지 않으면 황바우의 입장이 불리하게 될지도 몰랐다.

"민간인이지만 원래는 공산주의를 좋아했던 모양이오. 그래서 자수를 안 하려고 한 거지요."

그러자 지서 주임이 침을 칵 뱉으면서 욕을 했다.

"망할 자식 아닌가. 그런 자식은 빨갱이보다 더 무서운 악질이라고…… 그따위 자식 뒈지게 내버려 두지, 병원에는 왜 데려갔소?"

"그래도 우선 살려 놓고 봐야지요. 조사해서 나중에 처치하더라도…… 일이 이상하게 돼가는구만."

양달수도 기분이 언짢다는 투로 말했다.

그들이 나무 밑에 그렇게 서 있는 동안 서서히 날이 밝아 왔다. 억세게 퍼붓던 비도 조금 뜸해져서 가랑비로 변해 있었다. 공비들이 숨어 있는 교실은 국방복을 입은 경찰들로 이중 삼중으로 포위되어 있어서 쥐새끼 하나 빠져나갈 틈이 없었다.

멀리 학교 운동장 주변에는 어느새 구경꾼들이 몰려들어 이 놀라운 광경을 구경하고 있었다. 경찰과 청년단원들이 쫓으려고 했지만, 시간이 갈수록 사람들은 꾸역꾸역 모여들었다.

벌써 상당한 시간이 흐르고 있었다. 그러나 교실 밑에 숨어 있는 공비들은 기척도 하지 않았다.

"8시까지 기회를 주겠다! 그때까지 자수를 하지 않으면 모두 사살하겠다!"

임시로 가설된 마이크에서는 계속 위협조의 설득을 하고 있었지만, 공비들은 대꾸도 하지 않았다. 긴장이 오래 계속되다 보니까 이제는 지루한 느낌마저 없지 않았다.

만호는 몸을 덜덜 떨며 기침을 했다. 머리가 어찔어찔한 게 심한 감기라도 걸린 것 같았다.

비가 완전히 그치더니 조금 지나자 하늘이 조금씩 개기 시작했다. 이윽고 눈부신 햇살과 함께 지리산 봉우리가 나타났다. 빗물을 머금은 산정(山頂)은 싱싱한 빛을 띠고 있었다. 그것을 보면서 만호는 희망과 절망이 교차하는 기묘한 기분을 느꼈다.

"8시까지만 기다릴 겁니까?"

그는 기침을 하면서 지서 주임에게 물었다. 주임은 초조한 눈으로 교실 쪽을 바라보고 있었다.

"글쎄…… 한없이 기다릴 수도 없는 거 아니오?"

그러자 양달수가 더 이상 못 참겠다는 듯,

"조금 기다리다 안 되면 할 수 없지. 밀고 들어갑시다."

라고 말했다. 만호는 그럴 수는 없다고 항의했다.

"하루가 가든 이틀이 가든 기다려야 합니다. 아홉 명 목숨이 달려 있는 거 아닙니까. 너무 서둘면 오히려 역효과를……."

만호가 미처 말을 끝맺기도 전에 달수의 고함이 터져 나왔다.

"정신 빠진 소리 하지도 마시오. 할 일 없어서 우리가 밤새도록 여기 붙어 있는 줄 아시오? 이만큼 기다렸으면 됐지 얼마나 더 기다려야 한단 말이오. 자수도 하지 않고 저렇게 반항하는 놈들은 살려 둘 필요가 없어. 8시까지 기다리다 안 나오면 사살해 버려요."

그의 목소리가 워낙 컸기 때문에 모든 사람들의 시선이 일제히 그들 쪽으로 쏠렸다. 만호는 한없이 위축되는 자신을 느끼면서도 더 버텨 보려고 안간힘을 썼다.

"어디 그럴 수가 있소? 약속은 어떻게 하고 그럴 수가 있단 말이오?"

양달수는 눈을 부라렸다. 이제 그는 지배자로서의 권위의식을 노골적으로 드러내고 있었다.

"당신은 가만있어. 자수를 하는 놈만 살려 준다고 했지, 누가 저런 놈들까지 살려 준다고 했어? 안 되겠어. 이봐요, 주임. 이 사람 우선 지서로 데려다 놓읍시다."

지서 주임은 망설이는 표정을 지었다.

"아무래도 저놈들을 설득하려면 이 사람이 필요하지 않겠습니까? 좀 더 두고 봅시다."

그러고 나서 그는 만호에게 말머리를 돌렸다.

"우리가 알아서 할 테니까 당신은 가만있는 게 좋을 거요. 아무리 약속이라 하지만 이런 사태에선 그건 어디까지나 참작은 할 수 있어도 절대적인 것은 못 된단 말이오. 일단 우리 손에 들어왔으니까 우리에게 맡기시오. 우리도 가능하면 모두 살리고 싶은 심정이니까."

만호는 지서 주임의 말이 백번 옳다고 생각했다. 자기의 처지에 어떤 주장을 한다는 것부터가 확실히 어리석은 일이었다. 이렇게 생각이 되자 그때부터 그는 숫제 입을 다물어 버렸다.

구름이 모두 걷히자 햇빛은 이내 더위를 몰고 오기 시작했다. 만호는 실로 오랜만에 태양 속에 몸을 노출시켰기 때문에, 햇빛을 보는 순간 시야가 하얗게 변하면서 심한 어지러움을 느꼈다. 그래서 그는 거의 한참 동안 눈을 감고 있어야 했다.

이윽고 차츰 다시 눈을 뜨면서 그는 그때까지 잊고 있던 자신의 몰골에 갑자기 부끄러움을 느꼈다.

옷은 거의 해어져 속살이 들여다보였고 몸은 오랫동안 씻지 못해 시커먼 때투성이었다. 거기다가 자랄 대로 자란 머리와 더부룩한 수염이 그를 한층 흉측스럽게 만들어 놓고 있었다. 구경꾼들의 시선은 주로 그의 이러한 모습에 집중되고 있었다. 그들은 짐승 중에서도 이상한 짐승를 보고 있다는 듯 몹시 놀란 눈들을 하고 있었다.

만호는 몸을 숨기려는 듯 나무 밑에 쭈그리고 앉았다. 추위는 가셨지만 머리가 어지러운 것은 여전히 마찬가지였다.

다시 마이크 소리가 나고, 자수하라는 경찰의 설득이 있었지만 공비들은 기척도 하지 않았다. 그들은 일체 함구하고 있었다.

경찰 하나가 확성기를 환기통 옆에다 가져다 놓았다. 그리고 줄 끝을 나무 밑에 서 있는 지서 주임에게 가져왔다. 주임은 목청을 가다듬은 다음 근엄한 목소리로 말했다.

"8시 10분 전이다. 아까 경고한 바와 같이 8시까지 기다려 주겠다. 만일 그때까지 자수하지 않으면 모두 사살한다."

그다음에 양달수가 마이크를 잡았다.

"나는 청년단장이다. 8시까지 안 나오면 수류탄으로 폭파하겠다. 수류탄으로 폭파하겠다."

그러자 교실 밑에서 대답 대신 총소리가 한 방 터져 나왔다.

그것은 거부를 뜻하는 완강한 표현이었다.

달수는 욕설을 퍼붓다가 마지막으로 마이크를 만호에게 넘겼다.

"자, 한마디 하시오. 잘 좀 말해 봐요."

만호는 치솟는 감정을 억제하느라고 거의 울음 섞인 소리가 되어 말했다.

"나는 강만호요. 여러 동무들, 마지막으로 부탁하는 거요. 제발 자수를 하시오. 여러분들은 부모처자가 보고 싶지 않소? 자수를 하면 틀림없이 살려 주니 우리 함께 마음 놓고 살아 봅시다. 제발 부탁이오. 절대 염려하지 말고 자수하시오. 자수를 반대하는 자가 있으면 죽이고서라도 나오시오. 동무들이 보다시피 나는 이렇게 살아 있지 않소. 나를 변절자로 보지 마시오. 우리는 우리의 과거가 죄악으로 가득 찼다면 단연 그것을 뿌리치고 나올 필요가 있소. 우리는 우리가 살고 싶은 곳에서 살 권리가 있는 거요. 동무들, 잘 생각해 보시오. 왜 살 수 있는데 개죽음을 하려고 하는 거요? 목숨은 모두 개개인의 것이니까 다른 사람 때문에 자기의 인생을 파멸하지는 마시오."

"듣기 싫다. 이놈아! 이 개 같은 놈아! 귀신이 돼서라도 네놈을 죽이고야 말겠다!"

총소리가 났다. 공비들은 만호에게 배반당한 것을 몹시도 원통해하는 것 같았다.

8시가 되자 마침내 사격 명령이 떨어졌다. 학교를 포위하고 있던 전투경찰들은 기다렸다는 듯이 목표를 향하여 총을 발사했다. 총은 2학년 1반 교실 밑을 향하여 집중적으로 발사되었기 때문에 벽에 부딪치는 소리와 그것이 울려서 반사되는 소리가 서로 어울려 마치 벼락 치는 것 같은 소리가 한동안 학교 주위를 뒤흔들었다. 공비들은 환기통으로만 발사가 가능했으므로 그들의 응사(應射)는 거의 봉쇄당하고 있었다.

경찰이 발사를 멈추는 순간 창문으로 공비 하나가 나타났다. 공비는 창문을 뛰어넘으려고 창틀에 한쪽 발을 올려놓고 있었다. 경찰은 바싹 긴장한 채 그것을 지켜보고 있었다. 그때 교실 쪽에서 총소리가 났다. 공비는 창틀 위에서 그대로 운동장으로 굴러 떨어졌다.

"자수 공비다. 엄호 사격해!"

주임의 명령에 경찰들은 다시 교실 밑으로 총을 발사했다. 자수해 오는 공비를 구하기 위한 엄호 사격이었기 때문에 총을 쏘는 경찰들의 움직임은 아까보다는 훨씬 활기를 띠고 있었다.

안으로부터 발사된 총을 맞은 공비는 어떻게든지 살아 보겠다는 듯, 피를 흘리면서도 경찰 쪽을 향하여 땅바닥 위를 기어 왔다. 그러나 미처 중간에 이르기도 전에 공비는 축 늘어지고 말았다. 경찰들이 힘을 내라고 소리를 쳤지만 공비는 더 이상 움직이려고 하지 않았다. 즉시 경찰관 두 명이 엄호 사격을 받으면서 달려 나가 공비를 끌고 왔다. 공비는 피투성이가 된 채 막 숨을 거두고 있었다.

"빠져나오다가 총에 맞았습니다."

경찰 하나가 말했다.

"이쪽에서 쐈나?"

"아닙니다. 안에서 도망쳐 나오는 것을 공비들이 쐈습니다."

"죽일 놈들이군. 자수하려는 놈을 자수도 못하게 쐈 죽이다니."

지서 주임은 분통이 터지는지 얼굴이 시뻘게졌다.

만호는 공비의 얼굴을 덮은 머리카락을 쓰다듬어 주었다. 총알은 두 방이나 등을 뚫고 가슴으로 박힌 모양이었다. 공비는 눈을 부릅뜬 채 뚫어지게 만호를 응시하더니 그대로 굳어져 버렸다. 눈을 감기자 그것은 어리고 평화로운 얼굴로 돌아갔다. 속눈썹 끝에 눈물이 맺혀 있었다. 그것을 보고 있는 만호도 눈물이 나오려고 했으므로 얼른 고개를 돌려 버렸다.

"안 되겠어. 폭파해 버립시다. 자수하는 놈을 저렇게 쐈 죽이니 누가 감히 자수를 하겠소? 이렇게 되면 한 놈도 못 살리고 모두 죽겠는데……."

양달수가 허리에 손을 얹으면서 단호하게 말했다.

"글쎄, 그렇다고 교실을 부술 수가 있겠소?"

주임은 반대 의견이었다.

"부서지면 다시 고치면 될 게 아니오. 그게 문제 될 리야 없는 거 아니오."

"글쎄, 그렇지만 좀 더 기다려 봅시다."

그들이 이렇게 의견이 엇갈리고 있을 때 갑자기 교실 밑에서 연기가 피어올랐다.

"어, 저거, 저거…… 저 자식들이 타 죽으려고 저러나?"

사람들은 놀란 나머지 입을 벌리고 멍하니 그 광경을 바라보았다.

처음에는 환기통으로만 몰려나오던 연기가 이윽고 교실의 판자 틈 사이로도 스며 나오기 시작했다.

누가 지시하기도 전에 사람들은 물을 퍼 날랐다. 구경꾼들까지 여기에 합세하여 진화 작업에 뛰어들었다. 학교에 불을 지른 공비들이 발악을 하기 시작한 것은 이때였다. 공비들은 불을 끄려고 다가오는 사람들을 향하여 무차별 사격을 가해 왔다. 그 바람에 세 사람이나 쓰러지고 말았다. 이렇게 되자 아무도 불을 끄려고 다가가는 사람이 없었다. 그들은 다만 소리소리 지르면서 갈팡질팡할 뿐이었다.

검은 연기는 금방 건물을 휩싸면서 하늘로 치솟아 올랐다. 연기 사이사이로 시뻘건 불길이 불꽃을 튕기면서 널름거렸다. 태양과 비 온 뒤의 청명한 하늘, 사람들의 아우성, 총소리…… 이 모든 것들은 흡사 불이 잘 타기를 재촉하는 듯 서로 다투어 소용돌이치고 있었다.

만호는 기가 막힌 나머지 그 자리에 못 박힌 채 우두커니 서 있었다. 무엇인가 생각하고 소리쳐야 한다고 느꼈지만, 아무것도 생각나지가 않았고, 아무 말도 할 수가 없었다. 다만 갑자기 덥다는 것만을 의식하고 있을 뿐이었다.

놀라운 사태가 벌어진 것은 이때였다. 모두 타 죽을 줄 알았던 공비들이 연기를 헤치고 나타난 것이다. 연기에 가려 보이지 않게 되자 그들은 무사히 교실 위로 올라온 것이고, 이제 마침내 몸을 드러낸 것이다.

공비들은 일제히 아직 불이 붙지 않은 쪽을 향해 복도를 달려갔다. 2학년 1반을 포위하고 있던 경찰들과 청년단원들은 허둥지둥 총을 쏘면서 그들을 뒤쫓았다. 졸지에 당한 일이라 쫓는 사람들은 몹시 당황한 모습이었다.

공비들이 운동장으로 나서자 그때까지 운동장 가에 늘어서 있던 구경꾼들이 비명을 지르며 흩어지기 시작했다. 그러나 개중에 용감한 사람들이 있어 도망치면서도 공비들을 향해 돌을 던지기도 했다.

햇살이 뜨거워지자 마치 모든 것이 미쳐 날뛰는 것 같았다. 불타오르는 목조 건물을 중심으로 사람들은 숨 가쁘게 살육의 축제를 벌이고 있었다. 공비들이 총을 난사하자 구경꾼들은 축제의 절정에 이른 듯 황홀한 비명을 지르며 풀썩풀썩 쓰러졌다.

여덟 명의 공비들은 무더기로 움직이다가 다급해지자 뿔뿔이 흩어져 동서남북으로 뛰었다. 만일을 염려해서 운동장 가에 띄엄띄엄 배치해 두었던 경찰들만으로는 그들의 탈출을 막을 수가 없었다. 운동장을 벗어난 공비들은 푸른 들판으로 뛰어들어 승냥이처럼 치달았다. 바람에 나부끼는 긴 머리카락과 찢긴 옷자락이 흡사 광자(狂者)의 춤을 연상케 했다.

공비 하나에 몇 사람씩 달라붙어 추격했기 때문에 이쪽에는 언제까지고 뒤따를 수 있는 힘이 축적되어 있었다. 그러나 공비들은 오랫동안 숨어 있은 데다 모두가 영양실조에 걸려 있었으므로 달리는 데도 한계가 있었다.

얼마 못 가 그들은 헐떡거리기 시작했고. 더 이상 도망갈 수 없는 공비들은 땅에 엎드려 저항하다가 막판에 가서는 총구를 입에 물고 자살하기도 했다. 사정이 이러했기 때문에 끝까지 자수를 권할 여유도 없었고, 피해가 심한 이쪽 역시 증오심이 끓어올라 필사적으로 뒤를 쫓았다. 결국 자살을 하지 못한 공비들은 사살되었고, 마지막 추격이 끝난 것은 점심때가 훨씬 지나서였다. 공비들의 시체는 모두 학교 운동장으로 옮겨졌다. 그러나 문제가 하나 남아 있었다.

그것은 학교를 휩싼 불길을 어떻게 잡느냐 하는 문제였다. 많은 사람들이 헌신적으로 진화 작업에 참가하고 있었지만, 소방 기관이 전혀 없는 데다 물이라고 해야 고작 깊은 우물물 하나뿐이었으므로 불길은 갈수록 맹렬히 타오르기만 했다. 더구나 목조 건물이었기 때문에 더욱 그 기세가 대단했다.

마침내 학교 지붕이 우르르릉 하는 소리를 내면서 무너져 내렸다. 이어서 벽이 주저앉았고 사방의 기둥들이 우지끈 하고 부러지기 시작했다.

일제 때 지어져 그동안 많은 아이들을 길러 낸 이 낡은 목조 건물은 이렇게 해서 잿더미로 변하고 말았다. 그 잿더미 위에 물을 뿌리면서 아이들은 훌쩍훌쩍 울었다.

허탈에 잠겨 있던 마을 노인들 몇이 만호에게 다가와 욕설을 퍼부었다.

"이놈, 네놈이 대장이라지. 이렇게 학교를 태워 놓구 뻔뻔스럽게 그래도 살겠다고…… 이놈, 당장 죽어!"

"이런 놈은 찢어 죽여야 히여! 이놈, 무고한 사람들을 얼마나 죽였냐!"

노인들이 이렇게 분노를 터뜨리자 마을 청년들이 달려들어 만호를 때렸다. 만호는 피하지 않고 그대로 서 있었다. 경찰이 뜯어말렸지만 청년들은 막무가내였다. 얼마 후 만호는 뒤통수에 충격을 느끼면서 쓰러지고 말았다.

그가 눈을 떴을 때는 밤중이었고, 머리에는 붕대가 감겨 있었다. 경찰이 다가와서 식사를 하겠느냐고 물었다. 그는 머리를 가로저었다.

이튿날 그는 늦게 일어났는데, 몸이 천근이나 무거워진 느낌이었다. 이발사가 와서 붕대 밑으로 머리를 깎고 면도를 해주자 그의 얼굴은 오랜만에 사람의 모습을 띠게 되었다.

그날 그는 경찰서에서 마지막으로 황바우를 만났다. 손시혜는 병원으로 이미 후송된 뒤였기 때문에 만나 볼 수가 없었다. 황바우는 그를 보자 눈물을 줄줄 흘리면서 반가워했다.

"모두 죽었다문서요?"

"끝까지 자수들을 안 하는 바람에……."

"아이구, 저걸 어쩔끄라."

"우리만이라도 살았으니 다행이오."

"우린 곧 나가게 될끄라?"

"당신은 곧 석방될 거요."

"아씨도 그렇게 될끄라?"

바우는 그것을 제일 궁금해하는 것 같았다.

만호는 지금까지 마음에 걸려 오던 지혜를 이 우직하면서도 성실한 사내에게 맡겨야 되겠다고 결심을 했다. 지금 지혜가 마음 놓고 제일 따르는 사람이 바로 황바우였기 때문에 더욱 안성맞춤이라고 생각했다. 지하에 있는 손석진이 섭섭해할지 모르지만, 만호로서는 현재 자신의 앞길이 어떻게 될지 모르기 때문에 아무래도 믿을 만한 사람에게 지혜를 부탁할 수밖에 없었던 것이다.

"지혜도 곧 석방될 거요. 아무 죄도 없으니까."

"지휘관 동무님도 곧 나오게 되지라우?"

만호는 급히 손을 내저었다. 다행히 실내에는 그들 두 사람만이 들어 있었기 때문에 적이 안심이 되었다.

"이제부터는 동무 동무 하고 부르지 마시오. 그런 말은 산에 있을 때나 쓰는 거고 이제 우리는 다른 세상에 있다는 걸 잊지 마시오. 그리고 내 문제는 염려 마시오. 이미 나는 각오가 되어 있으니까. 지금 바로 나오든 늦게 나오든 상관하지 않소. 문제는……."

만호는 품속에서 꼬깃꼬깃 접어 둔 종잇조각을 꺼냈다.

"……문제는 지혜를 어떻게 하느냐 하는 거요. 지혜 아버지가 그 애를 나한테 부탁했지만, 당신도 알다시피 난 앞으로 어떻게 될지 알 수가 없소. 그러니 지혜를 당신이 맡아 주시오. 어때요, 할 수 있겠소?"

그의 질문이 떨어지자마자 황바우는 그 큰 머리를 마치 아이처럼 아래위로 흔들었다.

"아씨 일이라면 제가 목숨을 걸고 하겠습니다. 제가 죽는 한이 있더라도."

그의 목소리는 무겁고 조용했으나 두 눈은 북받치는 감정으로 떨리고 있었다.

"내가 황씨 같은 분을 만났다는 건 퍽 다행이오. 사실 말이지, 지혜는 나보다는 황씨를 더 따르니까 오히려 잘된 일이오. 그렇게 불쌍한 애도 없으니까 많이많이 아껴 주시오. 병원에서 퇴원하는 대로 집에서 잘 조리하면 곧 괜찮아질 거요. 깊은 병은 아니니까…… 그리고 이걸 잘 간수해 두시오."

그는 바우에게 종이 접은 것을 쥐여 주었다.

"이게 뭣인가요?"

바우가 놀라서 펴 보려는 것을 만호가 막았다.

"보지 말고 빨리 집어넣으시오. 나중에 지혜를 만나거든 그길 전해 주시오. 그 전에는 절대 아무한테나 그걸 보여서는 안 돼요. 그건 지혜 아버지가 나한테 맡긴 건데, 그 양반은 생전에 자기 재산을 처분해 가지고 보석을 사두었던 모양이오. 그러고는 그것을 아무도 모르는 곳에 숨겨 두었는데, 그게 바로 보석 숨겨 둔 곳을 그려 놓은 지도요. 복잡한 건 아니고 간단한 거니까 쉽게 찾을 수 있을 거요. 나중에 지혜와 함께 그걸 찾아서, 그 애가 살아갈 수 있도록 해주시오. 아마 그걸 찾으면 상당한 재산이 될 거요."

"이렇게 귀중한 것을 저한테 맡겨두 괜찮을까요?"

"괜찮아요. 잘 간직하기만 하면⋯⋯."

"이 귀중한 것을⋯⋯ 겁이 나네요."

바우는 그것을 품속 깊이 찔러 넣으면서 두려운지 주위를 두리번거렸다.

"한동주가 많이 다쳤다는데 정말이오?"

만호의 질문에 바우는 깜짝 놀란 얼굴을 했다.

"네, 하는 수 없어서 시키신 대로⋯⋯."

"칼로 찔렀소?"

"네, 옆구리를 찔렀는디, 죽으면 정말 큰일입니다. 죽으라고 찌른 건 아닌디."

바우는 걱정스러운 눈으로 만호를 바라보았다.

"깊이 찔렀소?"

"아니요. 조금밖에 안 찔렀어요."

"그럼 괜찮소. 염려할 거 없어요."

"정말 괜찮을까라?"

"괜찮아요. 그만한 것에 사람이 죽지는 않으니까."

경찰이 들어오자 그들은 입을 다물었다. 경찰은 바우의 어깨를 두드리며 말했다.

"당신은 오늘 석방이오."

경찰을 따라가면서 바우는 눈물이 글썽한 눈으로 자꾸만 만호를 돌아보곤 했다. 만호는 눈물이 나왔다.

바우가 나간 뒤 그는 창가에 우두커니 서 있었다. 이젠 어떤 두려움도 느껴지지 않았고, 그렇다고 삶에 대한 욕구도 일어나지 않았다. 깊고 강렬한 허탈감만이 남아 있을 뿐이었다.

그가 그날 검은 지프에 실려 어디론가 호송될 때, 그를 마지막
으로 배웅해 준 사람은 조익현이었다.

어둠의 꽃

　어느새 오후 2시가 지나 있었다. 그동안 점심상이 들어왔지만 강만호와 오병호는 식사할 생각도 하지 않은 채, 한쪽은 이야기를 하느라고 다른 한쪽은 그것을 듣느라고 온통 정신이 팔려 있었다.

　거의 세 시간이나 이야기를 한 강만호는 지칠 대로 지쳐 벽에 쓰러질 듯이 기대앉아 있었다. 그는 거의 자포자기한 얼굴로 계속 줄담배를 피우고 있었고, 그 때문에 곧 숨이 넘어갈 것처럼 기침을 해댔다.

　"그 뒤에 나는 광주 계엄사로 연행되어 조사를 받은 다음 2년 징역을 살고 나왔소. 아무래도 내가 지휘자였던 만큼 그대로는 석방할 수가 없었던 모양이오. 그 정도로 석방된 것도 다행이지요. 그런데 그러고 세상에 나오니까 지나간 날들이 영 부끄러워집디다. 그때부터 나는 세상 보기가 부끄럽고 두려웠소. 얼굴을 들고 다닐 수가 없을 정도로 말이오. 나 자신에 대해서 자신을 잃은 거라고나 할까…… 하여간 그때부터 나는 힘이 완전히 탈진되어 지금까지 이렇게 일정한 직업도 없이 살아왔소. 힘이 빠지니까 갑자기 사람이 늙어 버립디다."

그의 가래 끓는 기침 소리는 듣기가 매우 거북했다. 병호는 비위가 상해 오는 것을 참으면서 물었다.

"2년 뒤에 석방되셨다고 했는데, 그때 손지혜를 만나 보셨습니까?"

"못 만났지요. 그렇지 않아도 제일 먼저 만나 보려고 했는데, 그때는 이미 황바우도 감옥에 들어가 있었고, 지혜는 양달수하고 다른 데 가서 살고 있다고 하기에 만나는 것을 포기하고 말았지요."

만호는 눈을 스르르 감으면서 숨을 몰아쉬었다. 그러다가 한참 후에 중얼거리는 소리로 말했다.

"황바우가 그렇게 중죄를 지고 들어간 이유가 석연치를 않아. 그걸 생각하면 나에게도…… 죄가 큰 것 같은데……."

"무슨 뜻인가요?"

병호는 놓치지 않고 물었다.

"아까도 내가 말했지만, 한동주를 여의치 않으면 찌르라고 지시한 사람은 나였단 말이오. 그래서 황바우가 칼로 그 사람을 찌른 것인데, 그 후에 그 사람이 결국 낫지를 못하고 죽어 버린 모양이오. 죽지 않았으면 별일 없었을 텐데, 그만 죽는 바람에 그게 말썽이 됐던 거지요. 그래서 황바우가 살인죄로 재판을 받게 된 거 아니오. 난 이야기만 들어서 알고 있지, 직접 보지는 못했지요. 만일 그때 내가 자유로운 몸이었다면 황바우가 그렇게 끌려들어가게 내버려 두지는 않았을 텐데…… 적어도 내 증언만 들었더라면 재판부에서는 그렇게 중벌을 내리지는 못했을 거요."

병호는 고개를 설설 흔들었다.

"그렇지도 않은 모양이에요. 강 선생님께서 알고 계시는 그런 단순한 살인죄만도 아닌 것 같아요. 거기에다 악질 부역자로 낙인이 찍혀 처음에는 사형 언도까지 받았던 모양입니다."

"그래요. 나도 그건 알고 있어요. 그렇지만 그게 사실이라면 더욱 놀라운 일 아닙니까. 젊은 형사께서 한번 상식적으로 생각해 보시유. 공비들한테 붙잡혀서 어쩔 수 없이 끌려다닌 사람을 부역자로 볼 수가 있겠소? 더구나 모든 건 자수할 때 사전에 양해가 된 거 아니오. 자수만 하면 공비도 살려 준다는 판에 황바우 같은 사람이야 무슨 죄가 있겠소. 그래서 황바우는 즉시 풀려났던 게 아니오."

만호는 좀 쉬었다가 다시 말을 이었다.

"그런데 일단 그렇게 황바우를 석방했다가 다시 붙잡아 들였으니, 그게 어디 말이나 되는 일인가요. 한동주를 칼로 찌른 것도 순전히 자수를 하기 위해서 그랬던 건데, 비록 그 사람이 죽었다고 해서 바우가 그렇게 큰 벌을 받아야 할 까닭은 없는 거 아니오."

"그렇지만 한동주는 민간인이 아니었습니까? 민간인이 황바우의 칼에 맞아 죽었으니, 후에라도 말썽이 될 만하지요."

"한동주란 사내는 민간인으로 끌려온 사람이지만 빨갱이 이상으로 날뛴, 그야말로 진짜 부역자였소. 그런 자를 죽인 게 뭐가 그렇게 큰 죄가 된단 말이오. 그자를 황바우가 칼로 찔렀기에 망정이지 그렇지 않았다면 우린 자수도 못했을 거요."

"전체적으로 볼 때는 황바우의 행동이 충분히 이해가 됩니다. 그렇지만 부분적으로 하나하나 떼어 놓고 보면 황바우는 분명히 민간인 한동주를 살해한 범인입니다. 그렇게 되다 보니까 공비들을 적극적으로 도운 부역자로까지 몰린 거겠지요."

그렇지만 이건 한동주가 정말로 죽었다는 것을 전제로 했을 때 성립될 수 있는 가정(假定)입니다, 라고 덧붙이려다가 병호는 꾹 참았다. 한동주, 그는 죽지 않고 어딘가에서 살고 있는지도 모른다. 아직 정확하지는 않지만, 그가 살아 있는 것을 본 사람이 있지 않은가. 대낮에 허깨비를 보았을 리는 만무한 것이다.

"내 생각엔…… 황바우가 이렇게 된 데에는 누군가의 모함이 있었던 것 같아요. 그렇지 않고서야 어디 그렇게까지 중벌을 받을 수 있나요. 전후 사정을 생각해 볼 때 그렇지 않소?"

병호의 동의를 구하려는 듯 만호는 언성을 높였다. 병호도 고개를 끄덕였다.

"그럴 수도 있겠지요. 그렇지만 짐작만 가지고서야 어디 믿을 수가 있나요. 확증을 잡아야지요."

"확증이요? 으음…… 확증이라…… 그렇겠군요. 황바우가 감옥에 들어간 해가 1952년이었으니까 지금까지 죽지 않고 살아 있으면 20년 이상을 감옥살이를 하고 있는 셈이군요. 내가 몸이 성하다면 한번 구출운동을 해보겠지만, 이거 원 언제 죽을지 모르는 판이라……."

만호는 천장을 멀거니 올려다보면서 한숨을 길게 내쉬었다. 턱이 덜덜 떨리고 있는 것으로 보아 중풍기가 심한 것 같았다.

"아까 누군가의 모함으로 황바우가 그렇게 된 것 같다고 말씀하셨는데, 모함을 했다면 누가 했을 것 같습니까?"

이 질문에 만호는 얼른 대답을 하지 않았다. 그는 한참 침묵을 지키다가,

"확증은 없어요."

하고 말했다. 병호는 속이 타는 것을 느꼈다. 동시에 양달수에게 이야기의 초점을 맞춰야 한다고 생각했다.

"확증이 없어도 좋습니다. 짐작이 가는 대로 말씀해 주십시오."

"내가 말하지 않아도 짐작이 가는 일 아니오."

"그러면…… 양달수가 모함했단 말입니까?"

"지금 이 마당에 20여 년 전의 일을 가지고 어떻다고 단정할 수는 없어요. 더구나 황바우가 붙잡혀 들어갈 때 나는 감옥에 있었고, 그때 사정을 보지 못했으니 정확히 뭐라고 말할 수는 없어요. 그러나 전후 사정을 생각해 볼 때 양달수 그 사람밖에 짚이는 사람이 없어요."

만호는 격렬히 기침을 했다. 눈이 커지고 얼굴이 붉게 달아올라 있었다. 병호는 그가 다시 입을 열기를 기다렸다. 만호는 가

래를 뱉은 다음 아까보다는 차분한 목소리로 말을 이었다.

"양달수는 지혜는 물론이려니와 그 재산까지 모두 쓸어 가지고 고향을 떠났어요. 그리고 문창에서 술장사를 하면서 살았어요. 이런 사실이 그의 모함을 증명하는 거 아닙니까. 다른 사람들은 잘 모르겠지만 나는 어떻게 해서 황바우가 다시 감옥에 가게 되었는지 그 직접적인 이유를 알기 때문에 더욱 양달수가 의심이 가는 겁니다. 내가 징역살이를 하고 있는 동안에…… 후유, 지혜는 아버지가 남긴 보물을 찾아내어 갑자기 부자가 되었을 거요. 그러나 손지혜는 그때까지만 해도 너무 어려서 그걸 관리할 줄 몰랐을 거고, 황바우 역시 마찬가지였겠지요. 그때 누가 끼어들었을 것 같습니까? 뻔한 이치 아닙니까?"

"그러니까 양달수가 황바우를 감옥에 보내 놓고 손지혜와 그 여자의 재산을 가로챘다 그 말입니까?"

"그, 그렇다고 볼 수 있지요."

"그렇다면 그건 어디까지나 추측이고, 이렇게도 생각해 볼 수 있는 거 아닙니까. 이를테면, 황바우가 정말로 죄를 지어 투옥되자, 손지혜가 혼자 몸이 된 것을 알고 양달수가 그 여자한테 달려들었을 것이라는 가정 말입니다."

이렇게 말하면서도 병호는 사실 만호의 추측이 더 신빙성이 있음을 인정하지 않을 수 없었다. 그러나 이 단계에서 외곬으로만 생각할 필요는 없는 것이다. 여러 방향에서 모든 가능성을 생각해 보는 것이 옳은 일이다. 만호는 기침을 하면서도 고개를 내저었다.

"그, 그렇지가 않아요. 그렇게 생각해서는 안 돼요. 황바우가 그렇게 중형을 받게 된 원인부터 생각해야 돼요. 왜냐하면 중형을 받을 까닭이 없는 사람이 벌을 받았으니 그렇게 생각할 수밖에 없는 게 아닙니까. 이것이 필시 모함이 없이는 그렇게 될 수가 없단 말입니다. 더구나 자수를 할 때 양달수가 사전에 보장을 다 해준 거 아닙니까. 그렇다면 나중에 황바우가 다시 감옥에 가게 되었을 때 양달수가 나서서 변호를 해주었어야 옳은 일이지요. 변호를 해주었다면 황바우가 그 지경이 되지는 않았을 거란 말입니다. 변호해 주기는커녕 오히려 더 나쁘게 말했을지도 모르지요."

"그건 그렇다고 하고…… 그럼 강 선생님께서는 그렇게 짐작이 가시면서 왜 지금까지 황바우를 버려두셨나요? 지금은 몸이 불편하셔서 그렇지만, 그 전에는 왜 모른 체했습니까?"

이것은 몹시 아픈 데를 찌른 질문이었다. 강만호는 할 말이 없다는 듯 고개를 숙이고 있다가 기어드는 목소리로 자신을 변명했다.

"공비로 감옥살이를 하고 나온 놈이 무슨 힘으로 다른 사람 구명운동을 할 수가 있겠소. 석방되었다고 하지만 나는 평생 붉은 딱지가 붙은 요시찰 인물이 아니겠소. 내 한 몸 제대로 처신하기도 어려운 판에 형이 확정된 살인범이자 부역자인 사람을 어떻게 구해 낼 수 있겠소. 차일피일 지내다 보니까 벌써 이렇게 20년이나 지났고, 이제 새삼 이런 몸으로 옛날의 재판을 뒤집어 엎을 수도 없는 일 아니겠소. 누군가 양심적인 사람이 나와서 목숨을 걸고 달라붙으면 몰라도…… 그렇지만 이제 양달수도 죽고 해서 불가능할 거요."

이 문제로 만호를 더 괴롭히기 싫어서 병호는 말머리를 돌렸다.

"황바우와 지혜는 부부생활을 했습니까? 나이 차이도 많았을 텐데……."

"그거야 알 수 없지요. 난 보지 못했으니까."

"듣기에 지혜가 낳은 아들은 황바우의 소생이 아니라고 하던데……."

이 말에 강만호는 당황한 표정을 지었다.

"그 점은 제가 처음에 말씀드렸을 줄 아는데…… 다시 말씀드린다면 지혜는 산에 있을 때부터 아기를 배고 있었어요."

"잠깐, 그러니까 그 여자는 아버지가 죽은 뒤에 임신을 했다는 겁니까?"

"그, 그렇지요. 아버지가 죽자 이놈저놈한테 당한 끝에 임신을 한 거지요. 난 지혜가 낳은 애를 보지는 못했지만 아마 애비를 알 수 없는 애일 겁니다."

"그런데 그 애를 황바우가 무척 사랑했었다고 하던데…… 마치 자기 자식처럼 말입니다."

"그 사람이면 충분히 그럴 수가 있지요."

"혹시 그 아들 이름을 알고 계십니까?"

"모릅니다."

병호는 입 밖에 낼 수 없는 하나의 사실이 고개를 쳐드는 것을 느꼈다. 그것은 수사관의 육감이라고나 할까, 그런 것이었다.

그는 우물쭈물하다가 일어섰다.

"점심이나 드시고 가시지요."

만호는 섭섭한 눈치를 보였다.

"아닙니다. 장시간 실례가 많았습니다. 그럼 몸조리 잘하시고…… 안녕히 계십시오."

병호는 문을 열고 나가려다가 홱 돌아섰다. 그는 가슴이 쿵쿵쿵 뛰는 것을 진정하면서 만호를 쏘아보았다. 입 밖에 낼 수 없는 하나의 사실을 확인하기 위하여 그는 마침내 입을 열었다.

"죽은 손석진과 강 선생님은 아주 두터운 우정을 나누었던 사이입니다. 그래서 손석진은 죽기 전에 자기 딸을 강 선생님께 부탁했던 거 아닙니까. 따라서 선생님께서는 손석진의 유언을 생각해서라도 지혜를 잘 보살펴야 했을 겁니다. 그런데도 지혜는 공비들한테 위안부처럼 몸을 짓밟혔습니다. 왜 그랬을까요? 물어보나마나 강 선생님께서 지혜를 보호하지 않았기 때문입니다. 아니, 보호하지 않은 정도가 아니라…… 이것은 매우 미안한 말이지만…… 혹시 손지혜가 낳은 아기가 강 선생님의 피를 받은 게 아닙니까? 이 마당에 끝까지 숨기실 필요는 없습니다. 제 생각이 틀렸습니까?"

만호는 입을 벌린 채 상체를 일으키려다가 벽에 머리를 부딪치면서 쿵 하고 주저앉았다. 눈이 크게 고정되고 벌어진 입에서는 거친 숨이 가쁘게 흘러나왔다. 병호 역시 숨이 가빠 오는 것을 느꼈다. 그는 상대가 병자라는 것도 잊은 채 사정없이 추궁해 들어갔다.

"왜 대답을 안 하십니까? 마지막에까지 그렇게 속이실 필요가 어디 있습니까?"

만호는 고개를 내저었다. 그러나 그것은 이내 맥없이 밑으로 떨어졌다.

"지혜를 임신시켜 놓은 다음 강 선생님께서는 그 여자를 돌보기는커녕 더 이상 관계를 맺지 않으려고 피했습니다. 다른 공비들이 눈치챌까 봐 피한 거겠지요. 그 결과 지혜는 이놈저놈한테 몸을 망친 거지요. 그때마다 강 선생님께서는 모른 체했습니다. 지혜를 보호할 자격을 잃었으니 그럴 수밖에 없었겠지요."

만호의 입에서는 대답 대신 으으윽, 하는 신음 소리가 흘러나왔다. 그와 함께 그는 손을 들어 저었다. 그것을 묵살한 채 병호는 계속 퍼부었다.

"보호한다고 해도 그때는 이미 지혜 자신이 그것을 반대했을 겁니다. 그 여자는 처음에는 저항하다가 거의 자포자기 상태에서 공비들한테 몸을 내맡겼겠지요. 아무튼 그렇게 해서 강 선생님께서는 지혜가 밴 아기가 누구의 아기인지를 모르게 하는 데 성공한 셈입니다. 적어도 지혜와 강 선생님만 빼고는 말입니다."

"어떻게, 어떻게 그렇게……."

"가만 계십시오. 강 선생님께서는 자수를 하고 그 뒤 2년간 감옥에 있다가 나오셨을 때 지혜를 찾지 않았습니다. 찾지 않은 이유를 아까 말씀하셨지만, 그건 괜한 변명입니다. 선생님은 지혜에게 큰 죄를 지었기 때문에 차마 찾아볼 마음이 안 생긴 겁니다. 아무 일 없었다면 왜 안 찾았겠습니까? 양달수와 살고 있다는 게 그렇게 문제가 되었을까요? 정말 선생님이 떳떳하다면 어떻게 사는지 궁금해서라도 찾아보았을 겁니다. 그러나…… 선생님께서는 양심이 전부 마비되지는 않았더군요. 황바우를 통해 지혜에게 아버지 유산을 고스란히 돌려준 것을 보면 말입니다. 그건 참 잘하신 겁니다. 선생님을 질책할 마음은 조금도 없습니다. 제가 조사하고 있는 문제는 그게 아니니까요. 괜히 옛날일을 끄집어내어 선생님을 괴롭힌 것 같아 죄송합니다. 누구에게나 한때의 과오는 있는 법인데, 제가 너무 심한 말을 한 것 같습니다. 자, 안녕히 계십시오."

병호는 뒤돌아보지 않고 그 집을 급히 빠져나왔다. 허탈감과 함께 마음은 급해지고 있었다.

지나간 20년의 기나긴 투망 속에 무엇인가 어렴풋한 것이 희끄무레하게 걸려들고 있음을 그는 느끼고 있었다. 그리고 그것이 양달수의 죽음과 관계가 있을지도 모른다는 생각이 들었다. 그가 이렇게 생각한 것은 이번 사건을 수사한 이래 처음 있는 일이었다.

손지혜의 아들이 강만호의 혈육이라는 사실은 그렇게 중요한 것이 아닐지도 모른다. 그것은 어떻든 수사 범위에서 제외시켜도 좋을 것이다. 문제는 양달수와 황바우, 그리고 손지혜, 이세 사람의 관계가 어떻게 변했는가 하는 점이다. 따라서 상만호의 다음 이야기를 황바우나 손지혜한테 들어 보아야 한다. 황바우는 지금 복역 중인 데다 어느 교도소에 있는지도 모르니까 손지혜를 만날 수밖에 없다. 그렇게 되면 양달수의 죽음이 어떤 과정을 밟아 발생했는지를 알게 될지도 모른다. 그렇지 않다 해도, 적어도 손지혜를 만나 보면 새로운 인물이 나타날지도 모르는 일이다. 뿌리는 깊다. 20년이 지나는 동안 그것은 너무나 깊이 땅속으로 파고들어 갔다. 우선 땅을 파헤치고 볼 일이다. 병호는 온 힘을 모아 이 마지막 게임에 응해 보고 싶었다.

그가 막 차도를 건너가려고 했을 때 뒤에서 여자의 외치는 소리가 들려왔다. 돌아보니 강만호의 며느리가 손을 내저으며 그를 부르고 있었다. 그는 그쪽으로 다가갔다.

"왜 그러십니까?"

"아버님이, 아버님이……."

여자는 하얗게 질린 얼굴로 정신없이 말했다. 병호는 강만호의 집으로 급히 뛰어갔다. 그가 방 안으로 들어섰을 때 강만호는 두 눈을 허옇게 뒤집어 뜬 채 이불 위에 벌렁 쓰러져 있었다. 입에서는 거품이 부글부글 끓고 있었다. 손을 만져 보니 이미 차디차게 굳어 있었다.

그는 만호를 들쳐 업고 병원을 찾아 뛰었다. 주위에 큰 병원이 없어 겨우 어느 외과의원을 찾아들었는데, 의사는 환자를 보자마자 대뜸 고개를 내저었다.

"어렵습니다."

"다른 데 소개할 만한 곳은 없습니까?"

"다른 데 가야 마찬가집니다. 그럴 필요가 없어요."

"어떻게 안 될까요?"

"불가능합니다. 이미 가슴이 식어 가고 있습니다."

의사와 병호의 대화를 듣고 있던 만호의 며느리는 울면서 우체국에 있는 남편에게 전화를 걸었다.

만호의 아들 강찬세는 즉시 달려왔다. 그가 "아버지!" 하고 애끓는 소리로 부르자 만호의 눈에 초점이 모아졌다. 아들을 말없이 바라보던 그의 시선은 이윽고 며느리에게 향했다가 병호의 얼굴 위에 머물렀다. 조금 후 그는 모든 것을 인정한다는 듯 눈을 두 번 깊이 감아 보였다. 그 시선의 의미는 병호에게만 전해져 왔다. 병호도 눈을 깊이 감아 보였다. 그것을 보자 만호는 안심한 표정으로 주위를 눈여겨보다가 마침내 마지막 눈을 감아 버렸다.

아들은 유난히 섧게 울었다. 울면서,

"불쌍한 우리 아버지, 불쌍한 우리 아버지!"

하고 말했는데, 그 말이 병호의 가슴을 깊이 찔렀다. 정말 아들의 말대로 강만호는 불행한 시대의 불행한 사나이로 일생을 마친 것이다.

강찬세는 한참 후에 울음을 그치더니 돌연 무서운 얼굴로 병호에게 달려들었다.

"이 자식아, 네가 우리 아버지를 죽였지? 그렇지? 이 새끼, 왜 대답 안 해? 네가 우리 아버지를 죽였지?"

아침에 보았을 때 그렇게 겁이 많고 양순해 보이던 청년이 이렇게 돌변했다는 데에 대해서 병호는 몹시 어리둥절했다. 동시에 그는 변명할 말을 잃고 멍하니 서 있었다. 강만호가 그의 말을 듣고 충격을 받아 죽었다는 것은 부인할 수 없는 사실이었다.

고의적인 것은 아니었다 해도 죄의식을 면할 수는 없는 것이었다. 청년은 마침내 그의 멱살을 움켜쥐고 몸부림치기 시작했다.

"이놈아! 네가 경찰이냐! 사람을 죽이는 게 경찰이냐! 사람을 죽이고 네가 온전할 줄 아냐! 너 죽고 나 죽으면 되는 거야, 이 새끼야! 아픈 사람을 고문을 해서 죽여? 이런 자식은 신문사에 알려 망신을 줘야 해."

워낙 억세게 틀어쥐었기 때문에 와이셔츠가 찢어지고 병호는 숨을 쉬기도 곤란했다. 그는 밖에까지 끌려 나갔고, 몰려든 구경꾼들에 둘러싸여 한참 동안 수모를 겪어야 했다.

나중에 그는 화가 나서 분명한 어조로 말했다.

"나는 고문한 적이 없소"

그러나 강찬세가 기를 쓰고 덤볐기 때문에 이 사건은 검찰의 조사를 받게 되기에 이르렀다. 그것도 지방 신문에 먼저 크게 보도되는 바람에 검찰에서 재빨리 신경질적인 반응을 보이게 된 것이다. 보고를 받은 문창의 김 서장이 직접 지프를 타고 달려와 병호의 특수 임무를 설명했지만, 그는 연 사흘 동안을 계속 조사를 받아야 했고, 기자들의 질문공세까지 견뎌 내야 했다.

중환자가 경찰의 고문으로 죽었다는 일방적인 신문 보도를 뒤집어엎기는 간단한 일이 아니었다. 부검 끝에 고문의 흔적이 없고 심장마비로 사망한 것으로 밝혀졌지만 일반의 인식은 그렇게 쉽게 돌려지는 것 같지가 않았다. 그와 함께 죄의식이 그를 괴롭혔다. 이것을 조금이라도 덜어 보려고 그는 사람을 시켜 강만호의 장례식에 적지 않은 돈을 내놓기도 했다.

그런데 또 하나 곤란해진 것은, 기자가 병호의 수사 내용을 눈치챈 일이었다. 이번에도 지방 신문은 일방적으로 '심문 도중 사망한 강만호 씨는 지난 6월 5일 문창에서 발생한 용왕리 저수지 살인사건의 용의자이며, 사변 때는 지리산 공비로 활동한 전력이 있는 것으로 알려지고 있다'라고 발표해 버렸다. 일단 그렇게 해놓은 다음 병호를 쫓아다니며 사실을 캐려고 들었다. 그러자 중앙의 신문들도 여기에 눈독을 들이기 시작했다. 생각할 수 있는 여러 가지 추측이 지상(紙上)에 발표되었다. 그러나 오병호 형사는 굳게 입을 다물고 있었다. 마지못해 그가 입을 열었을 때 그것은 시종일과 부인하는 말뿐이었다.

문창으로 돌아온 병호는 몹시 우울한 데다가 울화까지 치밀었기 때문에 며칠 동안 아무도 만나지 않은 채 하숙방에 처박혀 있었다. 기자들과 본서 수사관들은 이 초라한 사나이의 침묵 속에 무엇인가 의미심장한 것이 있음에 틀림없다고 믿었지만, 그것이 무엇인지 좀처럼 알아낼 수가 없었다. 그러한 상태가 며칠 지나갔다.

며칠 후, 병호는 본서로 김 서장을 찾아갔다.

"어디 아팠나?"

서장은 그에게 담배를 권하면서 물었다.

"아닙니다. 피곤해서 좀 누워 있었습니다. 그런데 죄송한 말씀이지만…… 이번 사건에서 손을 떼고 싶습니다."

병호는 화가 난 투로 말했다. 김 서장은 놀란 듯이 병호를 바라보았다.

"그래, 알겠네. 그렇지만 이제 와서 그럴 수야 있나. 지금까지 수고해 온 게 아깝지 않나?"

"언제나 그런걸요."

"그런 생각 하지 말고 계속해 주게. 자네 심정은 잘 알겠지만, 그렇다고 그만둘 수야 없는 거 아닌가."

서장은 간곡히 권했다. 병호는 몹시 곤혹을 느끼면서도 한편으로는 감사하지 않을 수 없었다.

"기자들이 문젭니다. 앞으로 귀찮게 굴 텐데……."

"어떻게 해서 그 자식들이 눈치를 챘지?"

"그거야 간단하죠. 저번에 이 사건을 맡았던 도경의 형사들이 불었을 가능성도 있고, 아니면 이번에 검찰에서 조사를 받을 때 제가 대충은 이야기했으니까, 검찰 측에서 새어 나왔을지도 모르죠."

"검찰에서 또 끼어드는 거 아닌가?"

"그럴 수는 없을 겁니다. 수사가 거의 불가능할 것으로 이야기를 했으니까요."

"완전범죄란 말인가?"

"네, 그런 식으로 말해 두었습니다."

"정말 그런가?"

서장은 눈을 빛내며 물었다.

"글쎄, 더 조사를 해봐야겠습니다. 20년의 간격이 있기 때문에 사실을 캐기가 여간 어렵지 않습니다."

최후의 증인 上

"지금 가장 용의선상에 떠오른 사람은 누군가?"

"황바우라는 사람입니다. 현재 살인죄에다 부역죄로 무기징역을 살고 있는 노인이지요. 아직 만나 보지는 못했습니다만……."

김 서장은 어리둥절한 표정을 지었다.

"그게 무슨 말인가? 무기수가 용의자라니? 그 사람이 감옥에서 양달수 살인 지령을 내렸다는 말인가?"

"지금으로서는 그렇게도 생각해 볼 수 있습니다. 20여 년 전에 그 사람은 투옥되었습니다. 공비한테 끌려가 고생을 하다가 이번에 죽은 강만호와 함께 자수를 해서 살았지요. 그런데 자수를 한 때 역시 함께 끌려가 일하던 한동주라는 사내가 자수를 하지 않으려 했기 때문에 황바우가 그자를 칼로 찔렀습니다. 그자는 애초에 공비는 아니었지만 진짜로 부역 행위를 한 자라 위험인물이었지요. 그러니까 황바우는 그 소굴을 빠져나오기 위해 칼로 그 사내를 찌른 겁니다. 또 하나 중요한 건, 그때 함께 자수한 사람 중에 빨치산 사령관이었던 손석진의 딸이 있습니다."

"손석진이? 아, 그 유명한…… 나중에 숙청당했다지?"

"네, 그랬습니다. 손석진이 죽자 그 딸이 그때 열여덟 살이었는데, 공비들을 따라다니다가 함께 자수한 거지요. 그 여자가 바로 손지혜입니다."

"손지혜, 어디서 많이 들은 이름인데?"

"바로 양달수의 소실이죠."

"아하! 그, 그게 그렇게 되는군."

서장은 완전히 이야기에 끌려 나중에는 멍한 표정을 지었다.

"그런데 손지혜는 누구보다도 황바우를 따랐습니다. 황바우는 머슴살이만 했던 순박한 사람이었습니다. 좀 바보스럽도록 순박해서 사십이 넘도록 장가를 못 갔지요. 두 사람은 세상에 나온 후 함께 동거생활을 했습니다. 수사 기관으로부터 아무런 처벌도 받지 않고 자유롭게 살게 된 거지요. 손석진이 딸에게 남겨 준 막대한 유산으로 그들은 단번에 부자가 되어 살았습니다. 그런데 얼마 지나지 않아 황바우는 살인죄와 부역죄로 구속되어 사형 언도를 받았습니다. 살인죄는 한동주가 그의 칼에 맞아 죽었기 때문이고 부역죄는 공비들에게 끌려가 일해 주었다는 이유로 그렇게 된 겁니다."

"알다가도 모를 일이군."

"황바우는 그 후에 무기로 감형이 되었는데, 누가 나서서 구해 줄 사람이 없었지요. 일가붙이도 없는 사람이라니까."

"그럼 손지혜는 뭘 했나?"

"황바우가 투옥되자 양달수와 도망쳤지요. 풍산에서 여기 문창으로 도망 와 지금까지 양조장을 하면서 산 겁니다."

김 서장은 이맛살을 잔뜩 찌푸렸다.

"그년 화냥년이군. 제 남편이 감옥에 들어갔는데 다른 놈하고 도망쳐 살다니……."

"그렇다고만 볼 수는 없습니다. 양달수의 협박에 끌려가 살았는지도 모르지요. 당시 양달수는 청년단장이었기 때문에 시골에서는 세력이 막강하지 않았겠습니까. 더욱이 양씨는 그들을 자수시키는 데 있어서 가장 결정적인 역할을 한 사람이지요. 거기에 비해 손지혜는 아무래도 공비 아닌 공비 출신으로 입장이 불리할 수밖에 없었겠지요."

"그렇다면 양달수의 행적이 문제가 되겠군?"

"그렇지요. 양달수의 과거에 대해서 좀 더 자세히 알아봐야겠습니다. 우선 알 수 있는 것은 양달수가 손지혜와 그녀의 재산을 가로챘을 가능성이 많다는 겁니다. 만일 이것이 사실이라면, 양달수에 대해서 가장 원한을 품을 사람은 물을 것도 없이……"

"알겠네, 황바우를 유력한 용의자로 보는 이유를 알겠어. 그렇지만……"

긴 서장은 목이 마르는지 엽차를 들이켜고 나서 콜록콜록 하고 잔기침을 했다.

"……그렇지만 그 사람은 현재 무기징역을 살고 있지 않나? 감옥에 있는 사람이 어떻게 양달수를 살해할 수가 있단 말인가?"

병호는 웃어 보이려다가 말았다.

"제 생각도 거기서 막히고 맙니다. 그렇지만 여러 가지 다른 경우를 생각해 볼 수도 있겠지요. 이를테면 감옥에서 살인 지령을 내릴 수도 있을 것이고, 또는 탈옥해서 살해할 수도 있겠지요."

"으음, 그럴 수도 있겠군. 그렇지만 말이야, 그건 아주 특별한 예외가 아닐까? 좀처럼 있을 수 없는 예외 말일세."

"네, 그렇다고는 하지만 황바우가 억울하게 옥살이를 하고 있다는 확증이 나타난 이상 아무래도 그 사람을 중심으로 생각하는 게 좋을 것 같습니다."

"확증이라니?"

"황바우가 죽였다는 한동주라는 사람이 죽지 않고 살아 있습니다."

"뭐, 뭐라고?"

"제가 직접 본 건 아니지만 한동주를 목격한 사람이 있습니다."

"기막힌 일이군. 그렇다면 한동주 그 자식부터 찾아내야겠군."

서장은 흥분한 어조로 말했다. 손가락 사이에 끼고 있는 담배가 거의 타들어 가는 것도 모른 채 그는 잔뜩 긴장해 있었다.

"그 밖에, 황바우를 제쳐 놓았을 때, 제2의 인물을 생각해 볼 수 있습니다."

"그럴 만한 사람이 있는가?"

서장의 질문에 병호는 침묵을 지키다가 쉰 듯한 목소리로,

"아무래도 손지혜를 조사해 봐야겠습니다."

라고 말했다. 서장은 의외라는 듯 고개를 갸우뚱했다.

"어떤 이유로?"

"아까도 말씀드렸지만 손지혜가 협박에 못 이겨 양달수와 살게 되었을 가능성을 생각해 보아야 합니다. 그것이 사실일 때 손지혜는 양달수 때문에 황바우도 잃은 셈이 됩니다. 바로 원수나 다름없는 셈이지요. 바로 이런 것을 뒷받침하는 것으로…… 양달수와 손지혜는 한집에 살았으면서도 거의 별거생활을 했다는 말이 있습니다."

"하지만 20년 동안 함께 살아왔고, 또 두 사람 사이에 자식까지 있지 않은가? 다 큰 딸이 있는 걸로 알고 있는데."

"그렇지만 그런 걸로 모든 원한이 깨끗이 씻긴다고 보아서는

안 될 겁니다. 원한이 워낙 깊으면 부부간에도 살인을 할 수가 있는 거니까요. 더구나 정당한 부부 관계가 아닌 내연의 관계였으니 항상 무엇인가 폭발할 위험을 안고 있었다고 보아야겠지요."

"그런가. 그렇다면 또 문제가 다르군."

"또 하나 중요한 사실이 있습니다."

"뭔가?"

"손지혜한테 지금 있는 딸 외에 아들이 하나 있었습니다. 자수하기 전, 그러니까 산에 있을 때 그 여자는 이미 임신하고 있었습니다."

"뭐? 감수록 태산이군. 그럼 그 아들은 양달수의 자식이 아니란 말인가?"

"아니지요. 손지혜는 산에 있을 때 여러 남자들한테 수없이 강간을 당했지요."

"그럼 그 아이 애비가 누군지를 모른단 말인가?"

서장은 허리를 앞으로 굽히면서 물었다.

"알아냈습니다. 죽은 강만호가 아이의 아버집니다. 손석진과 강만호는 절친한 선후배 관계였지요. 그런데 강만호가…… 손석진이 죽으면서 맡기고 간 딸을 범한 거지요. 그것도 첫 번째로 말입니다."

"야아, 거 기절초풍할 노릇이군. 난 하도 복잡해서 뭐가 뭔지 잘 모르겠어. 이야기만 들어도 머리가 빙빙 도는데…… 자네가 강만호를 만난 건 그 때문이었군. 손지혜가 낳은 아들의 애비냐 아니냐, 이걸 추궁한 건가?"

"그렇지요. 사실은 그걸 알려고 했던 게 아닌데, 이야기를 듣다 보니까 짐작이 가게 된 겁니다. 나중에 막바로 추궁해 들어갔는데, 아마 그것 때문에 쇼크를 받아 심장마비를 일으킨 것 같습니다. 고의로 그런 건 아니지만 결과적으로 이렇게 되어, 죽은 당사자에 대해서는 죄스러운 마음을 금할 수 없습니다."

"그러면 됐어. 죄의식을 느끼면 모두 용서받을 수 있는 거야. 너무 그렇게 생각지 말게."

병호는 창밖을 바라보았다. 날씨는 첫눈이라도 내릴 듯 잔뜩 흐려 있었고, 앙상한 나뭇가지가 바람에 흔들거리고 있었다. 어느새 가을이 다 가고 겨울이 문턱에 다가선 것을 느낄 수 있었다.

"이상한 일이 있습니다. 손지혜는 황바우와 살고 있을 때 강만호의 씨를 낳았는데, 황바우가 투옥된 후에 그 아들이 없어졌습니다. 그러니까 양달수와 함께 살게 되면서 그 아들이 없어진 거지요."

"생각해 보니 그렇군. 여기 있는 수사 기록에도 딸 하나만 있는 것으로 나타나 있지. 그 아들이 어디로 갔을까?"

"지금으로서는 알 수 없는 일이죠. 손지혜를 만나 보기 전에는……."

"손지혜가 서울로 갔다는데 주소를 알고 있나?"

"모릅니다. 찾아야겠죠. 그 밖에 한동주, 황바우도 찾아야 합니다. 정 필요하다면 손지혜의 아들도 찾아볼 생각입니다."

"좌우간 한바탕 돌아다녀야겠군. 날씨도 추워지기 시작하는데 고생이 심하겠네. 수사비에 대해서는 구애받지 말고 쓰도록 하게. 손이 부족하면 보조원을 한 사람 쓰지."

"괜찮습니다. 혼자 하는 게 차라리 속 편하고 좋습니다."

"적극 지원할 테니까 열심히 해보게."

"감사합니다."

서장이 그의 손을 잡고 굳게 악수하는 바람에 병호는 쑥스러움을 느꼈다.

우선 손지혜를 만날 방법을 생각하며 그는 저녁 어스름에 양조장을 찾아갔다. 대문은 굳게 잠겨 있었고, 한참 문을 두드려서야 안에서 사람이 나왔다. 젊은 아낙네였는데, 양달수 밑에서 일하던 머슴의 아내쯤 되는 모양이었다.

"이 집이 현재 누구 소유로 되어 있죠?"

병호의 단도직입적인 질문에 아낙은 이쪽의 신분도 알아보려 하지 않은 채 어릿어릿한 표정으로 대답했다.

"큰집에서 이 집 집문서를 모두 가져갔다 그라든디요."

"큰집이라니, 저어기 풍산에 사는 본처 말인가요?"

"예에."

집은 크고 터도 넓었다. 마당 한쪽에는 빈 술독이 여러 개 휑뎅그렁하게 놓여 있었다. 사건이 난 이래 거의 버려지다시피 되었기 때문인지 마루는 온통 뿌옇게 먼지로 덮여 있었고, 구석구석이 쓰레기투성이였다. 찢긴 문풍지가 바람에 너풀거리는 것을 보자 병호는 방 안으로 들어가 보고 싶은 마음이 없어지고 말았다.

아낙은 마당에 엉거주춤 서서, 병호가 얼른 돌아가 주기를 바라는 눈치였다.

"이 집은 팔려고 내놨나요?"

"그런가 봐요. 큰집 사람들이 와서 내놓은 모양인디, 누가 살라고 해야 말이지요."

"이 집 안주인은 완전히 맨몸으로 쫓겨났는가요?"

"묘련이 엄마 말이지유?"

"네, 묘련이 엄마 말입니다."

아낙은 머리를 흔들면서 혀를 쑥 내밀었다.

"아이구, 말도 말아유. 큰집 사람들이 들이닥쳐 가지고 머리끄댕이를 잡구 돌아다녔는디요. 옷도 전부 찢어 놓고 야단했지요. 죽지 않고 쫓겨난 것만도 다행이지라우."

"묘련이도 함께 쫓겨났나요?"

"그러문요. 서울로 간다고 갔지요."

"혹시 서울 주소를 알고 있습니까?"

"몰라요."

"누구 알 만한 사람 없을까요?"

"몰라요."

아낙은 춥다는 듯 어깨를 웅숭그렸다.

병호는 뒤켠을 한 바퀴 돌아 밖으로 나왔다.

거리에서 어정거리다가 그는 날이 어두워진 뒤에야 비로소 생각난 듯 급한 걸음으로 장터 초입의 술집을 찾아갔다. 그를 보자 주모는 반색을 하며 맞았다. 그러면서 한편으로는 방 아랫목에 잠들어 있는 아들에게 여느 때처럼 욕설을 퍼부었다.

"이 썩어 문드러질 자석아. 손님 왔다. 일어나!"

상우는 눈을 부스스 뜨고 병호를 바라보더니 벌떡 일어나 앉았다.

"안녕하세유?"

그는 머리를 꾸벅하면서 하품을 했다. 병호는 웃음이 나오는 것을 참으면서 그의 어깨를 툭 쳤다. 주모가 다시 소리를 질렀다.

"썩어 문드러질 자석. 이날 이때까지 제시간에 밥 먹을 때가 한번 없구만. 썩 나가라고."

상우는 입을 삐죽 내밀면서 나가려고 몸을 일으켰다. 병호가 급히 그의 팔을 잡아끌었다.

"내가 좀 물어볼 말이 있으니까. 이쪽으로 앉아. 술 한잔 할까?"

상우는 씨익 웃으면서 주모의 눈치를 살폈다. 주모가 눈을 부라리자 그는 술잔을 밀어냈다. 병호는 주모에게 자리를 좀 비켜 달라고 말했다. 주모는 영문을 모르는 채 병호와 상우를 번갈아 보다가 밖으로 나갔다. 그러자 상우가 술을 한 잔 쭉 들이켰다. 그리고 다급했던지 손가락으로 얼른 안주를 하나 집어 날름 입으로 가져갔다.

"다름이 아니고 부탁이 있어서 그래. 진태한테 가서 서울 묘련이네 집 주소 좀 알아 와. 급히 알아 왔으면 좋겠어."

상우는 두 눈을 끔벅거리면서 어리둥절한 표정을 지었다.

"묘련이한테서 편지가 온 게 있을 거야. 두 사람이 열렬히 연애를 했던 사이니까 말이야."

"편지가 오긴 왔어요. 저도 잠깐 본 적이 있어요."

"거봐. 편지가 왔으니까 서울 주소를 알 거야. 수고스럽지만 좀 알아봐 줘. 정 뭣하면 진태를 이쪽으로 데려와도 좋고…… 자, 이거 기분 나쁘게 생각지 말고 받아 둬."

병호가 500원짜리를 한 장 꺼내 주자 상우는 두 손을 마주 비비면서 우물쭈물하다가 슬그머니 그것을 받아 들었다. 그러고는 냉큼 밖으로 뛰쳐나갔다.

뒤이어 주모의 욕설이 터져 나왔다.

"저 썩을 자석이 미쳤다냐. 뭐가 좋아서 저렇게 날뛰고 지랄이 다냐."

상우가 돌아올 때까지 병호는 혼자서 술을 마셨다.

상우가 한참 후 돌아오자 주모가 다시 소리를 질렀다.

"미쳐서 잘도 싸돌아다닌다. 미친 자석, 지 애비를 닮아서 때도 모르고 싸돌아다니는구만. 아이구, 저 꼴을 내가 언제까지 본다냐. 어메, 이게 누구여? 진태 아니여?"

병호는 방문을 활짝 열었다. 진태가 핼쑥한 얼굴로 술청 안으로 들어서고 있었다.

"어서 와. 기다리고 있었지."

병호는 몹시 기쁜 마음으로 진태의 손을 잡아끌었다. 주모가 뒤에서 아들을 쥐어박고 있다가 병호와 시선이 마주치자 얼른 손을 거두었다. 그 틈을 타서 상우는 재빨리 문을 닫은 다음 진태에게 술잔을 권했다.

"한잔 할 텐가?"

그는 말없이 잔을 받았다. 그리고 단숨에 술잔을 비웠다.

"몸은 어떤가?"

"괜찮습니다."

그는 시선을 피하면서 병호에게 술잔을 돌렸다. 매우 우울한 모습이었다. 얼굴은 처음 보았을 때보다도 훨씬 여위어 있었고, 눈에는 초조한 빛이 깃들어 있었다.

"요새 무슨 일 있었나?"

"아닙니다."

진태는 시무룩해서 대답했다. 그리고 한참 머뭇거리다가 못 참겠다는 듯이 고개를 들었다.

"서울 가실 겁니까?"

"그럴 참이야."

"언제 가실 겁니까?"

"내일쯤 가려고 하는데, 왜 그래? 뭐 전할 것 있어?"

진태는 머뭇거리다가 말했다.

"저도 좀 데려가 주십시오. 서울에 한 번도 가보지를 않아서 혼자 가기가……."

"서울엔 왜 갑자기 가려고? 무슨 일이 있나?"

진태는 얼른 대답하려고 들지를 않았다. 그는 고개를 숙인 채 입술만 깨물었다. 그러자 상우가 불쑥 끼어들었다.

"묘련이가 수녀원에 들어갔대요."

"뭐라고? 그거 정말인가?"

병호는 진태를 똑바로 바라보았다. 진태는 상우를 흘겨보다가 기어드는 목소리로 대답했다.

"네, 수녀원에 들어갔어요."

"편지가 왔나?"

"네, 그런데 수녀원에 들어갔다는 말만 있고, 주소도 안 적어 놨어요."

"그래서 서울에 가려고 그러는군. 그렇지만 묘련이 주소도 모르면서 서울 바닥에서 어떻게 찾으려고 그러나?"

진태는 고개를 번쩍 들었다. 그리고 눈을 빛내면서 고집스럽게 말했다.

"꼭 찾아내겠습니다."

"찾아내서 어떻게 하겠다는 건가?"

"수녀원에서 나오라고 하지요."

"이젠 늦었어. 일단 수녀원에 들어간 이상 그렇게 쉽게 나올 수는 없어."

까만 제복의 그 슬픈 듯한 눈매를 한 소녀가 수녀원에 들어갔다는 사실에 그는 왠지 아련한 아픔이 느껴졌다. 그는 진태의 심정을 이해할 수 있을 것 같았다. 그러나 그는 진태가 서울로 가려는 것을 간곡히 말렸다.

"자네 마음은 잘 알겠네. 그렇지만 주소를 모르고는 찾을 수가 없어. 더구나 자네는 할머니를 모시고 있지 않나."

진태를 설득시키는 일은 쉽지 않았다. 한참 만에야 겨우 납득이 간 진태는 우울한 얼굴로 돌아갔다.

병호는 진태의 일로 머리를 쓸 여유가 없었다. 그보다도 손지혜를 만나는 일이 급했다. 그러나 진태에게서도 그녀의 주소를 알아낼 수 없었으므로 그는 퍽 난처했다.

묘련이를 찾을지도 모른다고 생각한 것은 이튿날 아침께였다. 급히 여행 준비를 마친 그는 김 서장을 잠깐 만나 본 다음 곧장 역으로 나갔다.

여행할 때면 언제나 그랬던 것처럼 그는 이번에도 역시 객차 안에서 내내 졸았다. 몽롱한 수면 상태 속에 잠겨 있다 보면 계속 몸이 허물어져 내리는 기분을 느끼곤 한다. 레일 위를 굴러가는 열차의 적당한 진동감과 소리, 소곤거리는 잠음, 어둠의 바다, 막막하고 막연한 세상살이가 주는 피로감⋯⋯ 이런 것들로 하여 그의 몸은 자꾸만 무너져 내린다. 그것은 아편이 주는 환각처럼 아주 기분이 좋다.

문득 잊었던 것이 생각난 듯 그는 두 홉들이 소주를 한 병 간다. 옆에 앉아 있는 노동자 차림의 사내와 그것을 나누어 마시고 눈을 감는다. 노동자가 뭐라고 묻는다. 네? 뭐라고요? 어디까지 가냐고요? 아, 네 서울까지 갑니다. 저도 그렇구만요. 잘 좀 부탁합니다. 서울은 초행길이라서. 서울엔 뭐하러 가시나요? 밥벌이라도 할까 하고요. 시골이 낫지 않아요? 그래도 서울이 낫지요. 노동자가 담배를 권한다. 엄지손가락 손톱이 찌그러져 있다. 마디가 굵은 투박스러운 손. 노동자의 손은 언제 보아도 인간적이다. 병호는 자신의 매끄러운 손에 부끄러움을 느낀다.

서울에 닿은 것은 저녁 무렵이었다. 거리에는 이미 땅거미가 내리고 있었고 날씨는 추웠다. 겨울 차림을 하지 않은 병호는 몸을 떨었다. 노동자가 두려운 눈으로 거리를 바라보다가 말했다.

"저쪽으로 가문 어딩가요?"

"용산으로 가지요. 어디로 가실 거요?"

"글쎄요. 아무 디나 가지요."

"약속한 데도 없소?"

"없어요."

"아는 사람도 없소?"

"고모 아들 처남이 미아리 어딘가 있다는디……."

"갑시다. 가서 저녁이나 먹고 헤어집시다."

저녁 식사를 하는 동안 노동자는 줄곧 병호의 눈치를 살폈다. 그 눈길을 받을 수가 없어 병호는 끝내 외면했다.

노동자와 헤어질 때 그는 미안한 생각이 들었다. 한참 걸어가다가 돌아보니, 노동자는 여전히 그 자리에 우두커니 서 있었다. 이 추운 서울 거리에서 갈 곳도 없이 어쩌자는 것인가. 화가 나고 울적해서 그는 어깨를 웅크린 채 빨리빨리 걸어갔다. 소방차가 여러 대 소리를 지르면서 한강 쪽으로 달려갔다.

오랜만에 와보는 거리라 그런지 모든 것이 낯설고 서먹서먹했다. 거리는 여기저기 파헤쳐져 있었고, 차와 사람의 물결이 홍수처럼 흘러넘치고 있었다. 무엇인가 변하고 있었다. 그 변화는 매우 냉정하게, 아니 오히려 무자비할 정도로 진행되고 있는 것 같았다. 사람들은 묵묵히, 그러나 불안한 눈으로 주위를 휘둘러보면서 허덕거리며 거기에 따라가고 있었다. 그들의 웃음과 눈물

최후의 증인 上

과 움직임, 그리고 무언의 눈빛 속에는 언제라도 도망쳐 버릴 수 있다는 결의가 숨어 있는 것 같았다. 그러나 그는 변화에 적응할 수도 없었고, 그렇다고 도망쳐 버릴 수 있는 준비도 되어 있지 않았다.

그는 마치 이방 지대에 와 있는 기분이었다. 결코 오고 싶지 않았던 거리에 다시 오게 되었다는 사실이 그로 하여금 서울에 있는 몇몇 친구들에게 소식을 전하는 것을 주저케 했다.

다방에 앉아서 이 생각 저 생각 하다가 밤이 늦어서야 그는 여관을 찾아들었다.

이튿날 아침 늦게 일어나 보니 밖에 함박눈이 내리고 있었다. 금년 들어 첫 번째로 내리는 눈인 것 같았다. 그는 다시 드러누우려다가 밖으로 나왔다.

철 늦은 바바리코트를 걸친 채 눈을 맞으며 걸어가는 그의 모습은 아침을 거른 실업자 같았다.

그가 처음으로 찾아간 곳은 가톨릭계의 어느 단체였다. 그곳에서 기대할 만한 이야기를 듣지 못한 그는 다시 다른 단체를 찾아갔다. 그러나 어디를 가나 시원스럽게 대답해 주는 사람은 없었다.

"어디서 오셨죠?"

으레 이렇게 물은 다음 일단 아래위를 훑어본다. 그리고 대답이 신통치 않으면 다시 묻는다.

"무슨 일로 그러시죠?"

이러저러한 일 때문에 그런다고 설명하면 그제야 기껏 한다는 소리가 이런 식이다.

"글쎄요, 잘 모르겠는데요."

그러나 이렇게나마 그는 한두 가지씩 필요한 것들을 수집해 나갔다. 그렇게 몇 군데를 돌아다니다 보니 어느새 하루가 지나 갔다.

이튿날부터 그는 수집한 주소를 가지고 서울 변두리에 위치한 수녀원들을 찾아 나섰다. 하루 종일 버스에 흔들리고 질척거리는 길을 걷다 보니 몸은 피로할 대로 피로해지고 머리까지 멍해져 버렸다. 그러나 그는 무엇엔가 홀린 듯이 사건의 핵심을 향하여 마치 고삐 달린 소처럼 느릿느릿 끌려갔다.

사흘째 되는 날 그는 서울 남쪽 끝에 자리 잡고 있는 조그만 수녀원 정문 앞에 서 있었다. 그 수녀원은 아주 오래된 곳인지 거무스레하게 퇴색한 돌담에는 마른 이끼가 더덕더덕 붙어 있었고, 건물의 벽에는 줄기만 남은 앙상한 담쟁이덩굴이 찢긴 그물처럼 걸려 있어 바람이 불 때마다 흔들리고 있었다. 그를 문 앞에서 막은 사람은 늙은 수녀였다. 수녀는 안경 너머로 병호를 쏘아보다가 재빠른 어조로 말했다.

"누굴 찾으시나요?"

그녀의 말씨는 너무나 빨랐기 때문에 받아들이기가 이상할 정도였다.

"실례합니다. 다름이 아니라…… 혹시 여기에 양묘련이라고 하는 수녀가 있는지요?"

병호는 더듬거리듯 하며 말했다. 수녀는 고개를 내저었다.

"그런 사람 없습니다."

"실례지만 한번 알아봐 주십시오."

"그런 사람 없다니까요."

늙은 수녀는 그의 말을 들으려고도 하지 않고 철문을 쾅 하고 닫아 버렸다. 빌어먹을. 욕이 튀어나오려는 것을 겨우 참으면서 그는 돌아섰다. 언제 어디서나 당하고 있는 일이었기 때문에 그는 가능한 한 참아 왔고, 또 그렇게 하는 데 익숙해져 있었다.

수녀원은 야산 골짜기에 자리 잡고 있었기 때문에 주위에는 잔 소나무들이 제법 빽빽이 들어차 있었다. 나뭇가지들을 손으로 툭툭 치면서 잔설(殘雪)이 깔린 오솔길을 걸어 나오다가 병호는 인기척에 고개를 들었다.

맞은편에서 젊은 수녀 두 사람이 어깨를 나란히 한 채 무엇인가 작은 소리로 부지런히 속삭이면서 걸어오고 있었다.

병호를 보자 수녀들은 깜짝 놀라며 걸음을 멈추다가 다시 걸어왔다. 병호는 그들이 겁을 내지 않도록 웃으면서 다가섰다.

"실례합니다."

"네, 무슨……?"

몹시 말라 보이는 수녀가 물었다.

"저기 혹시…… 이 수녀원에 양묘련이라고 하는 수녀가 있습니까?"

두 수녀는 서로 말없이 바라보다가 이쪽의 신분을 궁금해하는 눈치를 보였다. 그러나 그것을 묻지 않고 자기들끼리 이야기를 주고받았다.

"양묘련이라고 있어?"

"글쎄, 몰라."

"양루시아하고 양마리아가 있는데…… 혹시 아닐까?"

목이 긴 수녀가 병호를 가만히 바라보면서 조심스럽게 물었다.

"세례명을 모르세요?"

"그걸 모릅니다."

"그러면 곤란한데……."

"아직 스물도 못 된 어린 아이죠. 들어온 지 얼마 안 됐을 겁니다."

"아, 그러면 양루시아 말씀이군요."

"부탁합니다. 꼭 좀 만나게 해주십시오."

병호는 기쁜 나머지 자기도 모르게 큰 소리가 나왔다.

"무슨 일로 그러시는가요?"

말라 보이는 수녀가 갑자기 냉랭한 음성으로 물었다.

"급한 일로 무얼 좀 알아볼 게 있어서 그럽니다."

"어디서 오셨는가요?"

"문창에서 왔다고 하면 알 겁니다."

"어떤 관계이신가요?"

"제 조카 되는 아입니다."

경찰에서 왔다고 할 수 없어 그는 거짓말로 둘러댔다.

"여기서는 면회가 금지되어 있습니다. 무슨 말씀인지 저한테 해주시면 전해 드리겠습니다."

"직접 만나 봐야 할 일이기에 그렇습니다. 안 되는 줄 알지만 잠깐이라도 좀 만나게 해주십시오."

수녀들은 다시 서로 얼굴을 바라보았다.

"양루시아가 맞는지는 확실하지 않지만, 들어가서 알아보겠습니다. 안에서 알면 곤란하니까 여기서 기다리고 계십시오."

"감사합니다. 꼭 좀 부탁드립니다."

병호는 수녀들에게 꾸벅 하고 머리까지 숙여 보였다.

양루시아를 기다리는 동안 병호는 몹시 초조했다. 그녀가 묘련이라고 해도 그를 만나러 나오지 않을 가능성은 많았다. 어린 나이에 세상을 피해 숨어 버렸으니, 그녀의 마음이 지금 어떤 상태인가는 충분히 짐작이 갔다. 자기 아버지가 살해당하고, 자기 어머니가 첩이란 것을 알게 될 때, 그만한 나이의 소녀라면 누구나 크나큰 충격을 받을 것이다.

그러나 다행히도 그가 담배를 두 대째 태우고 있을 때 모퉁이 길로 수녀의 모습이 나타났다. 긴장한 그는 피우던 담배를 버리고 그쪽으로 다가갔다. 수녀는 그를 보더니 시선을 밑으로 떨어뜨렸다. 병호는 첫눈에 그녀가 묘련이라는 것을 알 수 있었다. 수녀복을 입고 있지만 사진에서 본 것처럼 얼굴에는 아직 소녀티가 많이 남아 있었다. 눈을 찌르는 듯한 그녀의 아름다움에 놀라 그는 잠시 할 말을 잊고 멍하니 서 있었다. 그녀와 시선이 마주친 것은 잠깐이었지만 눈빛은 맑고 조용했다.

그녀는 가늘고 긴 두 손을 앞으로 마주 잡은 채 꼼짝 않고 서 있었다. 어디서 온 누구냐고 묻지도 않았고, 알고 싶어 하지도 않는 눈치였다. 핏기 하나 없이 야윈 모습을 보고 있자니 병호는 울컥 뜨거운 것이 치밀어 올랐다. 말할 수 없는 연민의 정이 자기도 모르는 사이에 솟아나고 있었다.

"미안합니다. 양묘련 씨 되는가요?"

병호는 나직이 물었다. 수녀는 대답 대신 고개를 끄덕거렸다. 시선은 여전히 아래를 향하고 있었다.

"문창 경찰서에서 왔습니다. 아버님 사건을 조사하다 보니까 여기까지 오게 됐습니다. 아버님께서 불의의 변을 당해서 안됐습니다."

양루시아는 더욱 고개를 숙였다. 마주 잡고 있는 두 손이 조금 떨리는 것 같았다. 병호는 계속 혼자 지껄이는 것이 민망했다. 그러나 그는 다시 정중하게 말했다.

"한마디만 물어보겠습니다. 수사상 꼭 필요해서 그러니 가능하면 대답해 주십시오. 어머님께서는 지금 어디 계신가요?"

양루시아는 오른쪽 발끝으로 땅을 비볐다. 한참 후에야 그녀는 입을 열었다. 슬프도록 고운 음성이었다.

"어머님은 지금 몹시 괴로워하고 계세요. 더 이상 괴롭히지 마세요."

가냘픈 목소리였지만 거기에는 범할 수 없는 무게가 있었다.

"잘 알고 있습니다."

그녀는 다시 한참 침묵을 지키고 있다가 괴로운 듯 띄엄띄엄 주소를 말해 주었다. 병호는 그것을 재빨리 수첩에 적었다.

양루시아는 끝내 병호를 쳐다보지 않았다. 그녀는 뭔가 물을 듯하다가 그대로 돌아서 버렸다.

"실례 많았습니다."

병호는 그녀에게서 눈을 떼지 않은 채 말했다. 양루시아는 멈 칫하는 것 같더니 마침내 질문을 던져 왔다.

"제가 여기 있다는 것을 어떻게 아셨는가요?"

"박진태 군한테서 수녀원에 들어갔다는 말을 들었습니다. 그 래서 수녀원을 찾아다니다가 여기까지 왔지요. 진태 군은 잘 있 습니다."

그의 말이 끝나자 양루시아는 감사하다는 말을 던지고는 오 솔길 저쪽으로 뛰듯이 가버렸다. 펄럭이는 수녀복 자락이 모퉁 이 길로 사라진 뒤에도 병호는 그 자리에 한참 동안 우두커니 서 있었다. 그는 이번 사건에 뛰어든 이래 처음으로 자신에 대해 환멸과 증오를 느꼈다.

그날은 더 이상 다니고 싶지 않았으므로 그는 바로 여관으로 돌아와 누워 버렸다.

슬픔을 이기려는 듯 괴로움으로 차 있던 양루시아의 그 맑고 조용한 두 눈이 좀처럼 뇌리를 떠나지 않고 있었다. 동시에 어머 니는 18세 때에 여러 남자들에게 능욕을 당했고, 그 딸은 18세 때에 수녀원에 들어갔다는 사실이 묘하게도 한 가닥 실이 되어 그의 의식을 조이기 시작했다. 우연의 일치라고 보기에는 어머 니와 딸이 당하고 있는 고난이 너무도 큰 것 같았다.

이튿날 오후 병호는 손지혜의 집을 찾아 나섰다. 주소를 찾는 일에 익숙한 그는 쉽게 그 동네를 찾을 수 있었다.

서울 변두리의 들판에 위치한 그 동네는 주로 철거나 수재(水災)에 쫓겨 온 사람들이 이루어 놓은 이른바 난민촌이었다. 정작 주소를 찾기가 힘들어진 것은 동네 안에 들어와서였다. 아직 구획 정리도 되어 있지 않아 주소의 위치를 정확히 알고 있는 사람도 없었고, 번지 하나에만도 수십 세대가 걸려 있었다.

손지혜가 세 들어 있는 판잣집을 찾은 것은 저녁때가 가까워서였다. 주인집 여자로 보이는 아낙이 판자문을 열고 고개를 내밀었다. 손지혜를 찾자 아낙은,

"없어요."

하고 퉁명스럽게 말했다.

"급히 좀 만날 일이 있어서 그러는데, 어디 가셨는지 모릅니까?"

"몰라요."

"언제쯤 돌아오실까요?"

"몰라요."

아낙은 춥다는 듯 문을 닫을 기색이었다. 기분 같아서는 금방 돌아서 버리고 싶었지만 그럴 수도 없는 노릇이라 병호는 꿀꺽 마른침을 삼키고 그 자리에 버티고 서 있었다.

마침 그때 그 집 아들로 보이는 사내아이 하나가 울면서 들어왔다. 아낙은 호들갑을 떨면서 뛰어나와 아이를 껴안았다. 그러자 아이는 더욱 기세 좋게 울었다. 병호는 얼른 500원짜리 한 장을 꺼내 아이 손에 쥐여 주었다. 돈을 본 아이는 신기할 정도로

울음을 뚝 그쳤다. 아낙의 표정도 금방 누그러져 있었다.

"꼭 만나셔야 되는가요?"

하고 그녀가 은근히 물었다.

"네, 아주 급한 일이라…… 서로 잘 아는 사입니다."

"네에, 그래요? 그런데 직장에 나가기 땜에 밤늦게야 들어오는데 어떡하지요?"

"어느 직장에 나가는가요?"

여자는 주저주저하다가 목소리를 낮추어 말했다.

"아마 술집에 나가나 봐요."

"어느 술집입니까?"

"글쎄, 청계천 어디라고 하던데 잘 모르겠네요."

아낙은 조금 생각해 보는 눈치더니 아이를 들쳐 업고 밖으로 나왔다.

"이리 따라오세요. 영이 엄마가 알고 있을 거예요."

"영이 엄마라니요?"

병호는 아낙의 뒤를 따르며 물었다.

"영이 엄마가 술집에 소개해 줬으니까 거기 가서 물어보면 알 수 있어요."

아낙은 비탈길을 재빠르게 올라갔다.

이윽고 어느 블록집 앞에 이르자 그녀는 병호를 밖에 세워 두고 안으로 들어갔다. 조금 후에 영이 엄마라는 40대의 여자가 아낙의 뒤를 따라 밖으로 나왔다. 부은 듯한 얼굴에 입이 유난히 커 보이는 여자였다. 그녀는 병든 남자처럼 낮고 쉰 목소리로 대뜸,

"왜 그러시죠?"

하고 물었다. 병호는 거짓말을 잘해야 되겠다고 생각했다.

"제 누님 되시는 분입니다."

"누님이라고요? 그런 말 못 들었는데…… 형제간도 없이 혼자라고 하던데……"

여자는 미심쩍은지 병호를 조심스럽게 훑어보았다. 병호는 여유를 보이기 위해 빙그레 웃었다.

"네, 친누님은 아니고 이종사촌 누납니다."

"그런데 무슨 일로 그러시죠?"

"서울에 올라오셨다는 말을 듣고 좀 만나 보고 싶어서 그럽니다."

"내일 만나시면 안 되나요? 오늘 밤 들어오면 말해 둘 테니까."

"오늘 꼭 만나야 될 일입니다. 내일은 제가 또 어딜 가기 때문에……"

"아주 급한 일이신가 봐."

옆에서 아낙이 병호를 거들었다. 입이 큰 여자는 다시 한 번 병호를 살핀 다음 겨우 입을 열었다.

"청계천6가에 가면 남해집이라고 있어요. 거기 가서 물어보세요."

여자는 더 말할 게 없다는 듯 돌아서 들어가 버렸다. 병호는 문을 열어 잡은 채 다급하게 물었다.

"6가 어디쯤입니까?"

"나도 잘 몰라요. 서울운동장 쪽으로 가보세요."

최후의 증인 上

부엌 안에서 여자가 소리를 질렀다. 안방 문이 열리더니 거나하게 취한 남자의 얼굴이 힘상궂게 이쪽을 쏘아보았다. 병호는 얼른 대문을 닫았다.

그길로 그는 택시를 타고 곧장 서울운동장 쪽으로 갔다. 초저녁인데도 술집마다 사람들이 넘쳐흐르고 있었고, 여기저기서 노랫가락이 흐드러지게 터져 나오고 있었다.

한참 동안 골목골목을 헤매던 그는 아무리 해도 남해집을 찾을 수 없자 몸도 녹일 겸 우선 아무 술집에나 들어가 술부터 마셨다. 혼자서 술 마시는 사람은 그뿐인 것 같았다. 배가 고프던 참이라 술이 들어가자 금방 취기가 돌았다. 한 잔만 들고 일어서야지 하고 생각했던 것이 자꾸만 잔이 늘어 갔고 그와 함께 점점 엉덩이가 무거워졌다. 결국 두 홉들이 소주 한 병을 다 비우고 나서야 그는 자리에서 일어섰다.

시계를 보니 8시가 지나 있었다. 그는 정신을 번쩍 차리고 다시 술집 간판들을 쳐다보며 걷기 시작했다. 오늘 밤 중으로 손지혜를 만나야 한다는 생각에 그는 갑자기 허둥대고 있었다.

만일 오늘 그녀를 만나지 못한다면 앞으로의 계획에 큰 차질이 빚어질지도 모른다. 만일 이번 사건에 그녀가 어떤 형태로든 관계가 있을 경우, 그녀는 가능한 한 수사의 손길을 피하려 들 것이다. 오늘 그녀를 만나지 못할 때, 영리한 그녀는 귀가 즉시 경찰이 다녀갔다고 생각할 것이고, 그러면 당장 어디론가 숨어 버릴 것이다.

병호는 취기 때문에 가빠 오는 숨결을 진정하면서 더욱 걸음을 빨리했다. 춥던 몸이 더워지고, 이마에서는 땀이 흘렀다. 10시가 지나서야 그는 마침내 남해집을 찾을 수가 있었다. 안에서는 흘러간 유행가 가락과 함께 젓가락 장단이 한창 어우러지고 있었다. 그가 들어가자 늙은 주모가 일어서며 혼자 왔느냐고 물었다. 그렇다고 하자 주모는 방에는 자리가 없다고 했다.

"아무 데라도 좋습니다."

그는 밖에 훤히 내다보이는 난롯가에 주저앉아 술을 청했다. 손님들은 모두 방 안에 들어가 있었기 때문에 술청 안에는 그와 주모뿐이었다. 병호는 들락거리는 접대부들을 눈여겨보았다. 그러나 손지혜로 짐작되는 여인은 좀처럼 눈에 띄지 않았다. 한 번도 본 적이 없지만 묘련이같이 아름다운 딸을 낳았을 손지혜의 모습이 어떠하리라는 것은 충분히 짐작이 갔다. 방마다 사람들이 가득 차서 흥청거리는 것이 여느 술집보다 장사가 잘되는 집 같았다. 병호는 가만히 앉아 있을 수만도 없어 수모에게 넌지시 말을 걸었다.

"여기 혹시 손 마담이라고 없습니까?"

"손 마담이요?"

"네, 손 마담 말입니다."

"우리집에 손가라고는 없어요."

주모는 그를 쳐다보지도 않은 채 말했다. 병호는 더 이상 캐묻지 않았다. 술집 접대부가 본명을 사용하는 경우는 극히 드물다. 따라서 손지혜도 가명을 사용하고 있을 가능성이 많았다. 그것을 어떻게 알아내는가 하는 것이 문제였다.

병호가 그 문제를 골똘히 생각하고 있을 때 방문 하나가 벌컥 열리면서 취객의 고함이 터져 나왔다.

"이봐, 춘희 어디 갔어? 빨리 안 보내!"

"네, 곧 갑니다."

심부름하는 아이가 거기에 대답했다. 그러나 춘희라고 불리는 여자는 쉽게 나타나지 않았다.

다른 방에서도 그녀를 찾는 손님들이 있는 것으로 보아, 그녀는 남해집에서 인기 있는 접대부인 것 같았다. 병호는 춘희가 나타나기를 기다렸다.

얼마 후 제일 안쪽 방문이 열리더니 묘령의 여인 하나가 조용히 밖으로 나왔다. 화장을 짙게 한 탓도 있지만, 전체적으로 얼굴의 윤곽이 뚜렷한 아름다운 여인이었다. 특히 서글서글한 눈매와 흰빛을 띤 긴 목이 강렬한 인상을 던져 주었다. 병호는 그녀를 보는 순간 직감적으로 그녀가 손지혜라고 생각했다.

울렁이는 가슴을 진정하면서 그는 여인을 쏘아보았다.

여인은 술이 취한 듯 조금 비틀거리다가 다른 방 쪽으로 걸어갔다. 심부름하는 아이가 앞장서서 그녀를 안내했다.

아이가 문을 드르륵 열면서 뭐라고 소리치자 안에 있던 취객들이 모두 고개를 빼고 그녀를 바라보았다. 여인은 처음과 같은 자세로 소용히 방 안으로 들어갔다. 닫힌 방문 저쪽에서 들려오는 소리에 병호는 귀를 기울였다.

"야, 오라면 빨리빨리 오지 않고 왜 그렇게 재는 거야?"

"미안합니다."

취객의 거친 말씨에 비해 춘희의 목소리는 몹시 가냘프고 작게 들려왔다.

"야, 너 내 말이 아니꼬워?"

"아닙니다."

"그럼 왜 그렇게 못마땅한 표정을 해?"

"미안합니다."

"미안하다고 하면 다야? 너 아주 잘 팔리는 모양인데, 나한테는 그런 거 안 통해. 늦게 온 벌로 우선 노래부터 한 곡조 뽑아."

박수 소리가 한바탕 터져 나왔다. 그리고 춘희의 노래를 기다리는 침묵이 찾아왔다. 그러나 춘희는 쉽게 노래를 부르려고 하지 않았다. 취객들이 몇 번 더 다그치고 나서야 그녀는 겨우 가락을 뽑았다.

타향살이 몇 해인가

손꼽아 헤어 보니……

춘희는 조금도 감정을 넣지 않고 조용히 노래를 불렀다. 그러나 그 무감동하고 피곤한 듯한 목소리에서 오히려 병호는 안개같이 자욱히 가라앉은 슬픔을 느낄 수가 있었다. 그는 숨을 죽이고, 그 끊어질 듯 이어지는 기묘한 노랫소리에 바싹 귀를 모았다.

부평 같은 내 신세가

이리도 기막혀서

창문 열고 바라보니

하늘은 저쪽……

춘희가 나타나 노래를 부름으로써 술자리는 갑자기 활기를 띠는 것 같았다. 뒤이어 다른 접대부들의 노래가 흘러나오고 거기에 맞춰 남자들은 더욱 소란스럽게 젓가락을 두드려 대기 시작했다. 그 사이사이로 여자들의 자지러질 듯한 목소리와 잔이 부딪치는 소리, 그리고 욕지거리가 뒤엉켜 들려왔다.

병호는 차츰 초조해지기 시작했다. 술자리가 언제 파할지 알 수가 없었고, 따라서 무턱대고 앉아 기다릴 수가 없었다.

그때 춘희가 들어 있는 방에서 취객의 화난 고성이 터져 나왔다.

"이런 개 같은 년이! 에라이, 죽어라!"

그릇 집어 던지는 소리와 함께 철썩 하고 따귀를 갈기는 소리가 났다. 취객은 굉장히 화가 난 모양이었다.

"이 개 같은 년이 혀를 깨물잖아! 야, 이년아! 키스하기 싫으면 이런 데 나오지 마!"

"왜 때려요? 왜 때리는 거예요?"

여자의 울음 섞인 소리가 나자 주모가 그쪽으로 달려가 방문을 열었다. 그러자 취객이 더욱 기세등등해서 소리를 질러 댔다.

"나가, 이 쌍년아! 너 같은 거 없어도 술 마실 수 있어. 꺼져! 원, 개떡 같은 년, 키스 한 번 했다고 혀를 깨물어?"

취객은 접대부를 밀어내면서 침을 칵 하고 뱉었다. 밖으로 나온 여자는 춘희였다. 그녀는 얼굴을 두 손으로 감싸 쥔 채 한참 동안 벽에 기대서 있다가 주모의 부축을 받고 난로 옆으로 다가와 앉았다. 얼굴이 빨갛게 달아오른 것으로 보아 꽤 취한 것 같았다. 병호의 눈에는 그녀가 금방이라도 울어 버릴 것 같았다. 그러나 그녀는 울지 않았다. 처음에는 취기 때문에 몇 번 몸을 앞뒤로 흔들더니 이윽고 고개를 앞으로 푹 꺾으면서부터는 미동도 하지 않은 채 석상처럼 앉아 있었다. 그녀는 옆으로 앉아 있었기 때문에 병호에게는 그녀의 앞모습이 보이지 않았다. 그러나 그녀의 몸 전체에서 차갑고 엄한 기운이 풍겨 오는 것을 그는 느낄 수가 있었다. 주모도 그것을 느꼈던지 열심히 부어 대던 위로의 말을 걷어치우고 슬그머니 물러서 버렸다.

병호는 무표정한 얼굴로 술잔을 기울이면서, 탁자 너머로 눈치채이지 않게 그녀를 관찰했다.

그녀는 머리에 파마를 하고 빨간 치마저고리를 입고 있었지만, 이런 술집에 앉아 있기에는 아무래도 어울리지 않았다. 손지혜라면 서른여덟이나 아홉일 것이다. 사십이 가까운 여자가 가정도 잃은 채 술집에서 술을 따라야 한다는 사실이 그의 가슴을 깊이 찔렀다. 손지혜의 과거를 알기 때문에 더욱 가슴이 아려왔다. 그는 어떻게 그녀에게 말을 걸어야 할까 생각하면서 술을 거듭 들이켰다. 멀쩡한 정신 상태로는 그녀에게 접근할 수가 없을 것 같았다. 정말 취해서 평범한 취객으로 그녀에게 부딪쳐 보리라.

그가 이러한 생각을 하고 있을 때, 조금 전 춘희와 싸우던 패거리들 네댓 명이 방에서 우 몰려나왔다. 모두 삼십을 갓 넘어 보이는 청년들로 꽤나 술들을 마셨는지 얼굴이 벌겋게 달아올라 있었다. 그중의 하나가 밖으로 나가다 말고 춘희 쪽으로 다가왔다. 청년은 혀 꼬부라진 소리로 자기보다 댓 살쯤 더 들어 보이는 춘희에게 욕지거리를 해댔다.

"야, 이 잡년아, 키스했다고 혀를 깨물어? 내 혀를 깨물고 니가 여기서 제대로 온전할 줄 아나? 염병할 년 같으니라구."

그러나 춘희는 청년을 거들떠보지도 않았다. 그녀는 여전히 고개를 숙인 채 움직이지 않고 있었다. 그것이 청년들의 비위를 긁어 버린 모양이었다.

"저 쌍년, 뭐가 저렇게 데데해?"

"혀를 깨물었으면 사과라도 해야 할 게 아니야."

"콱 조져 버려. 저런 것은 조져 버려야 해."

"야, 너도 콱 물어 버려, 젖통을 물어 버려."

친구들이 이구동성으로 부추기자 혀를 물린 청년은 마침내 참을 수 없다는 듯 얼굴을 험악하게 일그러뜨리더니 그대로 춘희의 어깨를 밀어 버렸다.

갑작스러운 충격에 의자 위에 앉아 있던 춘희는 맥없이 뒤로 벌렁 나가떨어졌다. 쿵 하는 소리로 보아 시멘트 바닥에 머리를 호되게 부딪힌 것 같았다. 그녀는 쓰러진 채로 몇 번 몸을 꿈틀거렸다.

청년은 그녀를 노려보다가 바닥에다 침을 탁 하고 뱉었다.

"얼굴값이나 해, 이년아. 다시 올 테니까 그땐 목욕재계하고 수청 들 준비나 하고 있어."

기세가 하도 당당했기 때문에 주모나 접대부들은 모두 멍하니 바라보고만 있었다. 청년들은 만족한 듯 히죽히죽 웃으며 밖으로 나갔다.

병호가 일어선 것은 이때였다. 그는 춘희를 밀어뜨린 청년에게 다가가 어깨를 낚아챘다. 그리고 명령조로 엄하게 말했다.

"이봐요. 저 여자 일으켜 세우시오."

"뭐라고? 넌 뭐야?"

청년은 눈을 부릅뜨면서 병호에게 얼굴을 바싹 들이댔다. 다른 청년들도 가다 말고 돌아서서 병호에게 달려들었다. 몇 마디 오가다가 먼저의 청년이 병호의 멱살을 움켜쥐고 흔들었다. 병호는 그자의 겨드랑이와 얼굴을 동시에 후려쳤다. 청년은,

"어이쿠!"

하면서 휘청거리다가 겨우 몸을 가누고 병호를 바라보았다. 그 눈에는 공포의 빛이 나타나 있었다. 병호의 움직임이 너무도 재빠르고 정확했기 때문에 청년들은 더 이상 대들지를 못하고 주춤했다. 병호에게 맞은 청년이 그래도 기를 써보겠다는 듯 입을 열었다. 그의 말투는 그러나 처음과는 사뭇 다른 어조였다.

"아니, 왜 이러십니까? 왜 사람을 이렇게 치십니까?"

"잔말 말고 저 여자 일으켜 세워! 저렇게 여자를 밀어 놓고 그냥 나가겠다는 거야?"

"실례지만 어떻게 되십니까?"

다른 청년이 병호의 신분이 궁금하다는 듯 물었다.

"그건 알아서 뭘 해. 난 당신들이 여자를 저렇게 넘어뜨렸기 때문에 화가 난 거야. 남자답지 못한 짓 아니야! 빨리 일으켜 세우란 말이야."

그래도 그들이 멈칫거리자 병호는 춘희에게 다가가 그녀를 일으켜 세웠다. 그제야 접대부들도 우 몰려들어 춘희를 부축했다.

"놔요. 괜찮아요."

춘희는 사람들을 뿌리치고 헝클어진 머리를 쓸어 올렸다. 그리고 젖은 눈으로 병호를 잠시 바라보았다. 병호도 깊이 그녀를 응시했다.

행패를 부리던 패거리들은 모두 슬그머니 빠져나가 버렸다. 병호는 빈방으로 안내되어 들어갔다. 주모는 병호를 대단한 인물로나 생각했는지 아까보다 훨씬 친절히 대했다.

"아가씨 하나 부를까요?"

술상을 다시 차리면서 그녀가 물었다. 병호는 놓치지 않고 말했다.

"괜찮다면 춘희를 부르고 싶은데 좀 알아봐 주시오."

"염려 마세요."

주모는 기꺼이 응했다. 병호는 벽에 기대앉아 담배를 피웠다. 술을 그만 마시고 싶었지만, 오늘 밤 사정은 그렇게 될 수가 없을 것 같았다. 피곤한 데다 지금까지 마신 주량이 적지 않았기 때문에 그는 이내 졸음이 밀려왔다.

한참 기다려도 춘희는 나타나지 않았다.

"빌어먹을, 정말 데데한가 보군."

병호는 투덜대면서 하품을 몇 번 하다가 마침내 끄덕끄덕 졸
았다. 그때 문이 열리면서 춘희가 소리 없이 들어왔다. 병호는 눈
을 번쩍 뜨고 몸을 바로 했다. 춘희는 초록색 옷으로 갈아입고
있었다.

그녀는 병호 옆에 다소곳이 앉으면서,

"아까는 감사했습니다."

하고 말했다.

"원, 별말씀을 다 하십니다."

비록 술집 접대부라고 하지만, 병호는 깍듯이 존대어를 썼다.
그것이 춘희를 놀라게 했는지, 그녀는 한동안 물끄러미 병호를
바라보았다. 그 눈이 몹시 아름다웠기 때문에 병호는 가슴이 마
구 흔들렸다. 기막힌 미인이구나, 하고 그는 생각했다. 가까이서
보니 묘련이와 너무도 많이 닮은 얼굴이었다.

"한잔 드시겠습니까?"

그는 분위기를 누그러뜨리려고 애쓰면서 그녀에게 술잔을 내
밀었다. 춘희는 처음에는 사양하다가 그가 거듭 권하자 잔을 받
았다. 이 여자를 취하게 해야 한다, 안 마시면 강제로라도 마시
게 해야 한다, 하고 생각하면서 병호는 술을 잔뜩 따랐다.

한 잔이 두 잔이 되고, 다시 세 잔, 네 잔으로 늘어나자 그녀
는 마침내 별로 꺼리지도 않고 술을 들이켰다. 전작(前酌)이 있
는 데다 다시 계속해서 마시는 술이라 여자에게 상당히 부담이
가는 짓이었다. 그러나 병호는 틈을 두지 않고 자꾸만 술을 권했
다. 그 자신도 몸을 가누기가 불편할 정도로 취해 있었지만, 정

신은 말짱했다.

"나이도 적잖은 것 같은데, 고생이 많군요."

병호는 그녀의 신상에 대해서 넌지시 말문을 열었다. 그녀는 시선을 밑으로 떨어뜨렸다.

"고생이랄 거 뭐 있나요. 저 같은 거야 한물가서 괜찮지만, 시집갈 나이에 시집도 못 가고 이런 데 나오는 젊은 아가씨들이 안됐지요."

"실례지만 지금 몇 살쯤 되셨나요?"

"말씀 낮추세요. 그렇게 물으시니까 좀 거북해요."

"가까워지면 말도 낮추게 되겠지요. 몇 살입니까?"

"몇 살이나 돼 보여요?"

춘희는 미소를 띠며 물었다. 처음으로 그녀가 웃는 모습을 본 병호는 마음이 편안해지는 것을 느꼈다.

"글쎄요, 마흔은 아직 안 된 것 같고, 한 서른여덟이나 아홉쯤……."

"어머머, 어쩌면 그렇게 정확히 보세요. 아무도 제 나이를 못 맞추던데…… 전 여기서 서른셋으로 통하고 있어요."

"워낙 미인이시니까 그렇게 보이겠지요. 그렇지만 저 같은 사람은 속이지 못합니다. 나에겐 마음의 눈이라는 게 있으니까요."

"정말 그런가 봐요."

그들은 함께 웃었다. 그녀는 마음이 좀 풀리는지 병호에게 담배까지 청해 피웠다. 병호는 불과 몇 달 사이에 술집 접대부로 전락해 버린 이 여인에 대해 말할 수 없는 비애를 느꼈다. 그러나 내색을 하지 않은 채 계속 술만 마셨다.

통금 시간이 가까워 오고 있었지만 그들은 자리를 뜨려고 하지 않았다. 병호는 병호대로 춘희는 춘희대로 고통을 안고 있었고, 그것을 잊으려는 듯 그들은 취하고 있었다.

"이봐요, 나 이렇게 취해서 미안해요."

급기야 그녀는 눈물을 흘리면서 그에게 안겨 왔다. 값싼 화장품 냄새가 코를 찌르자 병호는 더 이상 참을 수가 없었다. 그녀가 더 파고들려는 것을 밀어내며 그는 낮게 소리쳤다.

"손지혜 씨, 정신 차려요!"

그의 말이 떨어지자마자 여자는 화다닥 몸을 일으켰다. 그리고 눈물을 닦으려고도 하지 않은 채 멍하니 그를 바라보았다. 이윽고 그 얼굴은 점점 공포의 빛을 띠어 갔다.

병호는 그녀의 손을 잡았다가 놓았다.

"무서워할 것 없어요. 당신을 해지려고 온 건 아니니까."

그녀는 여전히 병호를 뚫어지게 바라보다가 체념한 듯 고개를 숙였다.

"경찰이시군요."

"네, 문창 경찰서 오병호 형삽니다."

그는 혀가 꼬부라지지 않도록 조심하면서 말했다. 손지혜는 벽에 상체를 기대고 눈을 감았다. 그리고 나직이,

"경찰은 인정사정도 없군요. 그리고 무섭군요. 이런 데 있는 것을 다 알아내다니……"

하고 말했다.

"미, 미안합니다. 오고 싶지 않았지만…… 하, 하는 수가 있어야지요."

병호는 꺼억 하고 트림을 했다. 지혜는 역시 눈을 감은 채로 말했다.

"저를 잡아가시려고요? 제발 잡아가 주세요. 일찍 죽어야 할 몸인데 지금까지 이렇게 살아 있는 거예요. 죄 많은 몸, 죄 많은 이 몸……."

그녀는 무릎을 세우더니 거기에 얼굴을 묻었다. 그러고는 목 멘 소리로 흐느끼기 시작했다. 그녀는 소리를 내지 않으려고 애썼기 때문에 그 우는 모습이 더욱 애처롭고 처량해 보였다. 병호는 그녀가 실컷 울도록 내버려 두었다. 가슴에 박힌 한숨을 토하고 나면 그녀도 무엇인가 이야기할 것이라고 그는 생각했다.

한참 후, 손지혜는 눈물을 훔치고 나서 병호를 똑바로 보았다.

"문창에서 여기까지 다 오시고…… 수고가 많네요."

"뭐, 뭘요. 이게 직업인걸요. 그보다도…… 아직도 사건이 해결 안 돼 미안합니다."

병호는 진정 미안한 마음으로 말했다.

"아니에요. 저는 다 잊어버리고 싶어요. 누구를 미워하고 싶지도 않고, 또 누가 벌 받는 걸 바라지도 않아요."

"마음이야 그러시겠지만 법이라는 게 있지 않습니까."

병호의 말에 손지혜는 한참 동안 침묵을 지켰다. 그녀는 거듭 담배를 피웠는데, 입으로 가져갈 때마다 손끝이 떨리곤 했다.

이미 시간은 밤 12시를 지나고 있었다. 주모는 그들이 밤을 새울 줄 알았던지 술과 안주를 잔뜩 들여놓고 문을 닫아 버렸다. 병호는 자신이 수사관이라기보다는 손지혜를 이해하는 한 사람으로서 그녀의 이야기를 듣고 싶었다.

병호가 말렸지만 그녀는 술 한 잔을 더 들이켜고 나서 입을 열었다.

"저는 이 세상의 법이라는 것을 제일 싫어해요. 법은 사람을 위해서 생긴 것이지만…… 지금은 그렇지가 않아요. 오늘날의 법은 사람을 학대하기 시작했어요. 저는 법을 가장 경멸해요."

그녀의 말은 확신에 차 있었다. 병호는 거기에 동의했다.

"이해할 수 있습니다. 아마 법의 피해를 심하게 받으신 것 같은데……. 어떻습니까, 이렇게 갑자기 서울로 올라와서 생활하시는 것이?"

"시골에서 막 올라왔을 때는 막막했어요. 벌어먹을래도 뭐 해 본 게 있어야지요. 시골에서 살 때는 아무것도 하지 않았으니 말이에요."

"그래도 시골에서 오래 산 분 같지 않습니다."

그녀는 쓸쓸히 미소 짓다가 말했다.

"여학교를 서울서 다녔거든요. 친구들이 더러 있긴 하지만 부끄러워서 만나지를 못했어요. 처음엔 다방에 나갔어요. 부지런히 적응해 보려고 노력했지만 잘 안 되더군요. 보수도 적고 해서…… 결국엔 이렇게 술집으로 흘러들어 왔어요. 제가 술집에 있다는 것, 아무한테도 말하지 마세요."

이렇게 말한 그녀는 한숨을 길게 내쉬었다. 병호가 걱정스러위했지만 그녀는 마치 오늘 밤 모든 것을 끝장내고야 말겠다는 듯 술을 거푸 마셨다.

"저 취하고 싶어서 그러니까 말리지 마세요. 술은 얼마든지 있어요. 술값이 없으면 제가 낼게요. 저를 너무 욕하지 마세요. 술집에 몇 달 있다 보니까 술도 이렇게 배웠어요. 손님들 유혹이 많아서 몇 번 넘어가기도 했어요. 왜 그렇게 얼굴을 찌푸리세요? 제가 못마땅하세요? 제가 늙어서 그러세요? 안 그래요. 아직도 저는 처녀처럼 피부가 고와요."

병호는 그녀를 쏘아보았다. 그러나 손지혜는 계속 빈정거렸다.

"형사님, 오 형사님, 그렇게 노려보지 마세요. 오늘 밤 저를 유혹해 보세요. 깨끗한 척해도 남자들은 다 똑같아요. 다 도둑놈들이고 날강도들이에요. 오 형사님이라고 별난 줄 아세요?"

"형사라고 부르지 마시오."

"왜요?"

"듣기 싫단 말이오."

여자는 실소했다.

"그으래요? 그럼 선생님이라고 부를까요? 그래요, 그게 좋겠어요."

당황해 어쩔 줄 모르는 젊은 형사를 그녀는 재미있다는 듯 쳐다보았다. 병호는 화가 나서 쏘아붙였다.

"서울이라는 데는 기계처럼 엄밀히 계산해서 살아야지, 그렇지 않고 그렇게 주정을 부리다가는 살아 나가기 힘들 거요."

"흥, 남의 걱정 말고 자기 걱정이나 하세요."

"걱정해 준다고 기분 나쁘게 생각하지는 마시오. 하도 한심해 보여서 이런 말을 하는 거니까."

이 여자가 타락할지도 모른다고 그는 생각했다. 아니, 이미 타락해 있는지도 몰랐다. 과거를 모두 훌훌 털어 버리면 그녀는 한낱 술집 접대부에 지나지 않았다. 그는 그녀에게 무엇인가 가슴을 찌르는 말을 해줘야 한다고 생각했다. 그러나 실제로 튀어나온 것은 사무적인 말이었다.

"양 선생님 죽음에 대해서 아주머니 나름대로 뭔가 짚이는 게 없습니까?"

그녀는 대답 대신 고개를 흔들었다. 쉽게 응할 것 같지 않은 태도였다.

"이건 실례되는 말씀이지만…… 양 선생님과는 생전에 사이가 좋았습니까?"

그녀는 긴장한 얼굴로 그를 바라보았는데, 아까처럼 입을 열지도 않았고 고개를 움직이지도 않았다. 병호는 땀에 젖은 이마를 손등으로 문질렀다.

"뭐, 억지로 대답하실 필요는 없습니다. 다만 참고가 될까 해서 물어보았으니까요."

"꽤나 잔인하시군요. 그런 걸 물으려면 저를 경찰서로 데려가서 물으시지 왜 이런 데서 묻지요? 손님처럼 가장해서 들어와서는 남의 감정을 흔들어 놓고……."

"본의 아니게 그렇게 됐습니다. 미안합니다."

"말씀드리지요. 전 그이를 미워했어요. 죽이고 싶도록 미워했어요. 이제 아시겠어요?"

그녀가 또렷한 음성으로 차갑게 내뱉었기 때문에 병호는 주춤했다.

"누구나 사람을 죽이고 싶도록 미워할 때가 있는 법이지요. 그렇지만 그런 건 죄가 되지 않습니다. 그런데 왜 그렇게 부군을 미워했지요?"

그녀가 얼른 대답을 하지 않았으므로 그는 술기운을 빌려 잔인한 질문을 던졌다.

"아주머니에게는 묘련이 말고 아들이 하나 있었다는 말을 들었는데, 정말입니까? 양 선생님과 살림을 차리기 이전에 말입니다."

이것은 모든 것을 속속들이 알고 난 뒤에 나올 수 있는 질문이었기 때문에 손지혜를 몹시 놀라게 했다. 그녀는 너무 놀란 나머지 멍한 눈으로 병호를 바라보다가 고개를 떨어뜨렸다. 어깨가 파르르 경련하고 있었다.

"미안합니다. 되도록 과거의 일을 들추지 않으려고 했지만, 사정상 그럴 수가 없게 됐습니다. 묻는 대로 솔직히 대답만 해주신다면 의외로 사건이 쉽게 풀릴지도 모르겠습니다."

그녀는 고개를 숙인 채 아무 말도 하지 않았다. 병호는 더 재촉하지 않았다. 그녀가 스스로 대답해 오기를 기다렸다.

한참 후 그녀는 떨리는 목소리로 말했다.

"아들이 하나 있었어요."

"그 아들은 어디 있습니까?"

"저는 몰라요."

그녀는 몹시 당황하고 있었다.

"정말 몰라요."

그녀는 완강히 고개를 흔들다가 소매 끝으로 눈시울을 훔쳤다.

"제가 죽일 년이지요. 저는 그 애를 버렸어요. 저를 잡아가세요."

"그럴 수는 없습니다. 그건 제 권한 밖의 일이니까요. 저는 살인범을 찾고 있는 중입니다."

지혜가 다시 흐느끼기 시작했으므로 병호는 잠시 말을 중단했다. 손지혜 같은 여자가 울면 무한한 동정을 금할 수 없지만 그렇다고 수사관으로서 거기에 휩쓸릴 수도 없는 노릇이었다. 그는 손지혜를 외면한 채 다시 말했다.

"제가 묻고 싶은 건 아주머니의 과거입니다. 그러니까 산에서 내려와 자수를 하고 황바우라는 사람과 함께 살게 된 때부터의 이야기 말입니다. 그 전의 이야기는 강만호 씨한테 들어서 대강은 알고 있습니다. 괴로우시겠지만 자세히 말씀해 주십시오."

"강만호 그 사람이…… 지금도 죽지 않고 살아 있나요?"

지혜의 목소리는 경악에 가까왔다. 갑자기 강만호에 대한 말이 나왔으니 놀랄 수밖에 없을 것이다. 병호는 조용히 말했다.

"강만호 씨는 얼마 전에 죽었습니다. 죽기 전에 저에게 모든 것을 이야기해 주었지요. 아주머니와의 관계까지도 말입니다."

"그렇지만…… 그렇지만 너무하십니다. 제 더러운 과거를 제 입으로 말하게 하는 이유가 뭔가요? 제 과거가 이번 사건과 무슨 관계가 있나요? 전 말하고 싶지 않아요."

"말씀하시고 안 하시고는 어디까지나 아주머니 자유입니다. 그렇지만 제 입장에서는 그걸 들어야만 이번의 사건 수사에 도움이 되겠습니다. 그것이 양 선생님의 죽음과 과연 어느 정도 관계가 있는지는 좀 더 지나 봐야 알겠습니다. 거기에 대해서는 나중에 말씀드릴 기회가 있으리라 생각합니다. 저도 사실은 아주머니를 찾아보고 싶지 않았습니다. 그렇지만 맡은 일이 남을 괴롭히는 일이라…… 이렇게 서울까지 올라오게 된 겁니다. 가능하시다면 수사에 협조해……."

"알겠어요. 그만하세요."

손지혜는 어지러운지 한 손으로 이마를 짚었다. 그리고 체념한 듯 탁자 위를 물끄러미 내려다보았다.

병호는 그녀에게 제지당한 것이 못내 불쾌했다. 말은 듣기 좋게 협조해 달라고 했지만 정 안 들어 먹는다면 강제로라도 입을 열게 할 수도 있는 것이다.

그는 술 한 잔을 따라 들이켜면서, 이제는 좀 더 날카롭게 추궁해 들어가야겠다고 생각했다.

"기분 나쁘시겠지만, 좀 들어 두셔도 괜찮을 겁니다. 이번 살인사건을 수사하다가 알게 된 사실인데, 이건 양심상 도저히 덮어 둘 수 없는 일인 것 같습니다. 황바우라는 사람이 지금 무기징역을 살고 있는 것을 알고 계시죠?"

병호는 손지혜를 쏘아보았다. 그러나 그녀는 그를 외면한 채 대꾸하지 않았다.

"황바우 그 사람은 20년이 지나도록 아무 죄 없이 감옥에 갇혀 있습니다. 누구 하나 그 사람을 구하려 하지 않기 때문에 아마 죽어서야 감옥을 나오겠지요. 제가 알기로는 아주머니와 그 사람 사이는 서로 뗄 수 없는 관계라고 하던데, 그렇다면 왜 지금까지 황씨를 그대로 내버려 두었지요? 혹시 황씨는 아주머니 때문에 감옥에서 희생당하고 있는 거 아닙니까? 아니면 그럴 만한 이유라도 있습니까? 황씨가 정말 사람을 죽이고 부역을 했습니까? 정말 수사하다 우연히 알게 된 일이고, 저와는 아무 관계도 없는 일일지 모르지만, 적어도 피가 도는 인간이라면 이건 결코 외면할 수 없는 일입니다. 저는 아직 구체적인 사실을 확인하지 못했지만, 황씨가 억울하게 옥살이를 하고 있는 것은 틀림없는 사실인 것 같습니다. 그런데 아주머니, 왜 모른 체하시죠? 자기를 탓하고 싶으면 먼저 모든 걸 속 시원히 털어놓으십시오. 황씨가 불쌍하지도 않습니까? 황씨는 지금도 아주머니를 기다리고 있을지 모릅니다. 이래도 입을 다물고 계실 건가요? 정 그러시다면 제가 신문사에 연락해서라도 이걸 세상에 밝히겠습니다. 사실을 알아내는 건 시간문제니까요."

병호의 말이 끝나자 지혜는 전신을 한번 부르르 떨었다. 취기로 붉어 보이던 얼굴이 금방 창백하게 변하고 있었다.

"저 혼자만 알고 덮어 두려고 했는데 이렇게 경찰까지 알게 됐군요. 말씀하신 대로 황바우님은 무기징역을 살고 있어요. 모든 게 제 책임이에요. 이렇게 된 이상 전 피하지는 않겠어요."

병호는 하마터면 황바우 사건이 중요한 건 무엇보다도 그것이 양달수 살인사건과 깊은 관계가 있기 때문이라고 말할 뻔했다. 그는 손지혜의 과거를 아직 정확하게 파악하지 못했기 때문에 그런 말은 피하기로 했다. 뿐만 아니라 그를 또 주저케 한 것은 손지혜의 정체가 아무래도 미심쩍다는 점이었다. 그녀의 흐느낌, 조소, 말씨가 왠지 토막토막 끊어지듯 전해져 오는 바람에 단순하게 받아들이기가 어려웠고, 이쪽의 눈치를 너무 살피는 것이 좀 꺼림칙했다.

또 하나 납득하기 어려운 것은, 혼자 살면서 굳이 술집에 나와야 하는가 하는 점이었다. 다방 같은 데 나가도 혼자 생활비는 벌 수 있지 않은가. 물론 술집에 나오면 수입이 훨씬 많을 것이다. 그렇다면 이렇게 정갈한 여자가 술집에 나와 수입을 올려야 할 정도라면, 분명 지출해야 할 데가 많다는 의미가 된다. 그것도 아주 절박하게 말이다. 어디에다 그렇게 쓰려는 것일까?

그가 이런 생각을 하고 있을 때 마침내 손지혜가 조용히 이야기를 꺼내기 시작했다.

"잘 아시겠지만, 저는 그때 열여덟 살이었어요."

주위는 어느새 무거운 정적에 싸여 있었다.

〈하권에 계속〉